新 潮 文 庫

死　　　　　　闘

古着屋総兵衛影始末 第一巻

佐 伯 泰 英 著

新 潮 社 版

9104

目次

死闘

古着屋総兵衛影始末　第一巻

序章

元和《げんな》二年（一六一六）二月、大御所徳川家康は死の床にあった。

将軍秀忠も江戸から駿府《すんぷ》に駆けつけ、家康を見舞った。

七十五歳の老人の下には京より女御《にょうご》、女院《にょういん》、親王《しんのう》、公家《くげ》衆、門跡《もんぜき》衆、江戸より諸大名、日本各地より社人《しゃにん》、僧侶《そうりょ》らが見舞いに訪れ、駿府城下はときならぬ緊迫に包まれた。

三月二十九日、家康は駿府に滞在する公家衆、諸大名に暇を与えて、それぞれ引き取らせ、親しい大名には形見の品々を分かち与えた。

四月二日、側近の本多《ほんだ》正純《まさずみ》、天台宗の南光坊天海《なんこうぼうてんかい》、臨済宗の金地《こんち》院崇伝《いんすうでん》の三人を枕辺《まくらべ》に呼んで、死後のことを遺言した。その夜、江戸から密《ひそ》かに呼ばれていた男が家康の病床に召された。

病間からすべての者が遠ざけられた。

男は日本橋鳶沢町《とびさわちょう》に古着問屋を商う大黒屋《だいこくや》総兵衛《そうべえ》であった。

「総兵衛、身罷《みまか》るときが参った」

家康が喉《のど》の奥からざらざらと乾いた声を絞りだした。

「御供仕《つかまつ》りまする」

商人とも思えぬ口調で総兵衛が応じた。

「ならぬ」

家康が殉死を拒んだ。

「そなたには新たな役目を申しつける」

と言った家康はしばらく呼吸を整え、

「総兵衛、そなたと出会うたはいつのことぞ」

「慶長八年（一六〇三）、大御所様が征夷《せいい》大将軍に任じられ、江戸に下られた年にございます」

「おお、そうであったな。江戸はまだ葭《よし》の原が茫漠《ぼうばく》と広がる地であった……」

この年、家康は徳川の基礎を築く江戸造営に着手した。

建設工事を命じられたのは、福島正則、結城秀康《ゆうきひでやす》、前田利長、伊達《だて》政宗、細川忠興《ただおき》、黒田長政、加藤清正、上杉景勝ら七十家に及ぶ。それぞれが十三組に編成され、この下に四万余の人夫が集められ、神田山を崩し、その土で洲崎《すさき》の海を埋める大工事であった。それは世が豊臣の時代から徳川に、大坂から江戸に移ったことを示していた。

荒々しいまでの活況を求めて、江戸に浪人者たちや無頼の徒が入りこみ、夜ともなると乱暴狼藉《ろうぜき》に及んで、無法の地と化した。

戦国時代の気風をとどめた慶長期である。

夜が明けてみると江戸のあちこちに惨殺《ざんさつ》されたり、凌辱《りょうじょく》された男女の犠牲者が転がっていた。だが、江戸にはいまだ無法者を取り締まる警察機構は存在せず、またその余力もなかった。

家康は一計を案じた。

暗躍する無頼者のなかでも悪名を轟《とどろ》かせていた西国浪人鳶沢成元《なるもと》とその一族に狙《ねら》いをつけて、腹心の本多正純に命じて捕縛させた。

鳶沢成元は六十二歳の家康の下に引かれてきた。

家康は不敵な面魂《つらだましい》を見やると、一言も声をかけることなくその場に放置した。

家康の下には名だたる大名、武将が訪れては指示を仰ぎ、江戸造営の経過を報告しては去っていった。

二刻《とき》(四時間)がすぎた。

ようやく家康が鳶沢成元を見やった。

「そなた、関ヶ原には西方で参戦したか」

「首を落としたまえ」

「断罪するは簡単なことよ。使い道がないかと思案していたところじゃ」

「使い道……」

成元は思いがけない言葉に家康を見返した。

「いったん悪に染まった者の使い道はなかなかないわ」

天下統一をほぼ手中に収めた家康がじろりと見た。

「江戸は大坂に代わって日本の都となる。そなたらの無法もいつまでも続かぬ」

成元とてそれが分からぬわけではない。だが、敗北した石田三成側に与《くみ》した者に仕官の道は閉ざされ、人足に身を落とす決心がつかないままに無法に走っていたのだ。

「成元、十日ほどそなたの命、生き長らえさせる。この江戸で無法を働く者どもを一掃してみよ」

「それがしに仲間を捕まえよと仰《おお》せられるか」

「捕まえるも斬《き》るもそなたしだい。安心して一人歩きできる江戸の夜に十日で変えてみることができるか、どうじゃ」

成元はしばし考えていたが、

「かしこまってそうろう」

と頭を垂れた。

家康は縄目を切るとその場から解き放った。

十日後、鳶沢成元は、家康の前にあった。

「ようしてのけたな、成元」

家康は、夜盗の群れを束ねる首魁《しゅかい》十人ほどが斬殺《ざんさつ》され、その下で無頼を働いていた者たちが江戸の外に逃げ落ちたことを本多正純から聞き知っていた。

「成元、生きて徳川のために働け」

「仕官をせよと」

「仕官はならん」

言下に言い放った家康は、

「商人《あきんど》になれ」

と命じた。

「商人、にございますか」

思いがけない言葉に成元は呆《あき》れ顔で家康の顔を仰いだ。

「そなたに古着屋の権利を与える。江戸城からほど遠からぬ一角に店を構えよ」

成元は呆然《ぼうぜん》とした。

戦場を往来し、槍《やり》一筋の功名を望んできた武士《もののふ》に商人、それも古着屋稼業《かぎょう》に身をやつせという、なんという沙汰《さた》か。

成元は憤激に身を慄《ふる》わせた。

が、家康は平然としたものだ。

「成元、ただの商人ではないわ」

にたりと笑った狸親父《たぬきおやじ》が古着屋の貌《かお》の下に隠される任務を伝えた。

聞き終えた成元の顔は興奮に紅潮していた。

「ありがたき幸せ。成元の一命、家康様にお預け申す」

御城から半里（約二キロ）、鬼門にあたる艮《うしとら》の造営地が鳶沢町と命名され、堀端に古着問屋の大黒屋が店開きしたのは慶長九年（一六〇四）の春のことだ。

慶長十二年（一六〇七）、二年前に三男秀忠に将軍職を譲った家康は江戸を去り、駿府府中に引退した。しかし鳶沢成元は江戸に残された。

いわゆる大御所時代の始まりであった。

この時期、豊臣と徳川の両派は雌雄を決する最後の秋《とき》を迎えていた。

慶長十九年（一六一四）十月、徳川への臣従を拒んだ淀君《よどぎみ》ら豊臣の強硬派の態度に、家康は二十万の大軍を浪速《なにわ》に派遣して、大坂城を包囲、冬の陣が始まった。さらに翌年には大坂夏の陣で徳川と豊臣両軍は最後の戦いを展開した。

淀君、秀頼母子は自害して、豊臣は滅亡した。

この冬の陣、夏の陣の二つの戦いの間、大黒屋総兵衛は、江戸にあった各大名方の密かな動きを探索しては駿府に知らせた。

古着屋商いには仕入れや売り立てと一緒に情報が集まる。家康はそれを見越して、夜盗の頭目であった成元を影の諜者《ちょうじゃ》につけたのだ。

鳶沢成元改め大黒屋総兵衛は約定をはたすべく家康の死の床で対面していた。

「わしの目に狂いはなかったわ。総兵衛、そなたがこの九年間に送り届けてくれた江戸城内外の風聞、役に立った……」

と家康が呟《つぶや》き、語を継いだ。

「総兵衛、わしの亡骸《なきがら》は久能山《くのうざん》に葬《ほうむ》られる。さらに一年後には、下野《しもつけ》日光に移され、永久の眠りにつく。そこでな、そなたの一族は久能山近くに移り棲《す》むことになる」

すでに霊廟《れいびょう》は完成していた。

「家康様の御霊《みたま》を護持して久能山から日光へ従えと仰せられますか」

「死者の御霊を護《まも》り、利用するのは坊主《ぼうず》どもの仕事」

家康は皮肉な笑いを浮かべた。

「久能山のわしの廟は西に向かって造られておる」

豊臣の残党がまだ復活の機会を窺《うかが》っていた。

家康は墓を西に向けることで睨《にら》みを利《き》かせようとしていた。

「総兵衛、久能山は七百余尺（二一六メートル）の高さながら江戸にも京、大坂にもほぼ等しい里程にある。また前は駿河《するが》の海じゃ。陸路、海路でどこへもつうじておる」

「…………」

「久能山とその背後の有度山《うどさん》の谷間《たにあい》に隠れ里がうねうねと広がっておる。そなたらの所領地じゃ。鳶沢一族はわしの廟の背後にあって東の防備を固めよ」

開府間もない江戸を護持しろと家康は言った。

「日本橋鳶沢町を引き上げよとの仰せにございますか」

「江戸は幕政の中心じゃ。大黒屋の当主は古着商い、鳶沢町惣代《そうだい》として生きよ。商人の顔を被《かぶ》りとおす」

家康はこの九年同様に闇《やみ》の動きに目をこらす諜者として任務を継続せよと言った。さらに、

「久能山裏手の隠れ里に隠棲《いんせい》させる分家一族には余の墓所の裏門衛士《えじ》を命じる。じゃが、それは表の仕事。この隠れ里において武芸を磨き、徳川存亡のときに江戸にはせ参じる隠れ旗本が真の役目、江戸備えの影の軍勢じゃ」

「家康様、われら鳶沢一族に徳川家を護持する隠れ旗本として生きよと仰せられますか」

「不満か」

「なんの不満がございましょうや。それがしは十数年前に一度は死んだ身にござる」

殉死すると申しでたのもそれがあったからだ。

よかろうと家康が満足そうに言った。

「徳川百年の計は敷いた。が、何が起こるかわからんのが世の常じゃ。徳川家が危難に見舞われたとき、鳶沢一族を率いて、阻止せよ。それが影旗本鳶沢総兵衛成元、そなたの任務じゃ」

「われら一族の任務を知るは大御所様のみにございますか」

家康は枕元の書付けを総兵衛に渡した。

「今一通の書付けは本多正純に預けおく。二つの書付けにはわしの花押《かおう》が割印となっておる。総兵衛、そなたが死ぬとき、総兵衛を世襲する者のみに渡せ。正純に預けたもう一通も正純が信頼する譜代の臣へ受け渡される。そうやって、秘密を継承していくことになる。時いたらば相協力して働け。そなたらは、この家康の直属の臣下じゃ。わしの命ずること、分かったな」

総兵衛はかしこまって受けた。

総兵衛の履歴と任務を知るただ一人の人物、本多正純が呼ばれた。

正純は手にしていた一振りの刀を総兵衛に渡し、家康が言った。

「余の形見じゃ」

総兵衛が鞘《さや》を払うと、豪壮な厚重ねの太刀から血の匂《にお》いが漂った。

「わしと臣従の誓いを持ちながら、淀君どのに内通していた者が捕らえられて駿府に送られてきた。その者の首を刎《は》ね斬ったばかりの三池典太光世《みいけでんたみつよ》よ。茎《なかご》に葵《あおい》の紋を改刻させてある。葵典太と言われるゆえんじゃ。総兵衛、典太は徳川の護り刀、そのことを忘れるでない」

総兵衛はかしこまって頷《うなず》くと平安末期の刀工、筑後《ちくご》の住人三池典太光世が鍛えた、天下五剣の逸品を鞘に納めた。

「総兵衛、別れじゃ」

鳶沢総兵衛成元は、翌朝、駿府を立って江戸に向かった。

大御所家康が亡《な》くなったのは十五日後の四月十七日、巳《み》の刻（午前十時頃）のことであった。霊棺《れいかん》はその夜のうちに久能山の頂近くの神廟《しんびょう》に遷《うつ》された。

そのとき、神廟に安置される家康の亡骸を漆黒の闇から見守る、双鳶《ふたつとび》の紋を染めた影の衛士たちがいた。


家康の死から八十五年後の元禄《げんろく》十四年（一七〇一）初春の夕刻、江戸郊外の尼寺で奇妙な取りあわせの集まりがあった。

いましも紅椿《べにつばき》の花が真っ盛り、散椿《ちりつばき》が赤く埋めた庭を残照が照らしつけて、毒々しい幻想に満ちていた。

離れ座敷に町方与力《よりき》、香具師《やし》、古着商を待たせた女性《にょしょう》は鋏《はさみ》を手に紅椿の枝を切りとった。そのようすを頰の殺《そ》げた、労咳《ろうがい》病みの剣客が廊下の端から所在なげに見ている。

女性が商人に視線を向け、ふいにいった。

「そなたの嘆願の筋、実行に移すときが参りましたぞ」

「おおっ、ありがたいことで」

喜色にあふれた声は何度か会合が開かれ、男たちが待たされていたことを示していた。

「お方様《かた》、いつ仕掛けてもよろしいのですな」

香具師も破顔して聞いた。

「あやつの正体を暴《あば》き立てよ。さすれば富沢町はそなたらのもの」

「はっ」

椿の庭から座敷に戻った女性は切りとったばかりの枝を三人の前に置いた。

「美味肉《うまにく》を食するには一致協力してな、そなたらの手を血に染めてもらわねばならぬ」

「お方様、手前は商人にございます。荒っぽいことは」

「そなた、ただの商人ではあるまい」

と一蹴《いっしゅう》した女性は、

「あの者を連れていけ。役に立とう」

黙したままの廊下の剣客を顎《あご》で指した。

第一章 危　機

一

徳川幕府誕生からおよそ百年、大事件が出来《しゅったい》した。

元禄十四年（一七〇一）三月十四日、江戸城中松之廊下において、播磨《はりま》赤穂《あこう》藩五万三千五百石の藩主浅野内匠頭長矩《たくみのかみながのり》は、幕府の礼式を司《つかさど》る高家《こうけ》筆頭吉良《きら》上野介義央《こうずけのすけよしなか》に対して、刃傷《にんじょう》におよんだ。

このことを聞いた五代将軍綱吉の決断は素早く、浅野長矩は即座に愛宕《あたご》下の一関藩主田村右京大夫建顕《うきょうだゆうたけあき》邸に預けられ、同日のうちに長矩の切腹、浅野家断絶の厳しい沙汰《さた》が下された。

浅野長矩の刃傷事件は、徳川幕府の太平を揺るがす大事件ではあった。だが、庶民は事件の行く末に好奇の目を集めつつも、いつもの暮らしに精を出していた。

江戸城からわずか半里（約二キロ）ほど艮《うしとら》（北東。陰陽道で鬼門とされる）に寄った日本橋富沢町。

春の陽気に誘われた女たちが雲集して目の色を変えていた。

富沢町は南を元吉原、西は元吉原の遊廓《ゆうかく》へかよう名残りの大門通り、東には入堀に、北は弥生《やよい》町と接した一角だ。さらに大門通りの西に走る人形町通りの葺屋《ふきや》町から堺《さかい》町には中村勘三郎の中村座、村山又三郎の市村座、それに森田勘弥の森田座があって、三月の芝居が華やかに幕を開けていた。

旧吉原の遊廓は、明暦の大火後に浅草に移転していた。が、かつて芝居と遊廓、二つの歓楽地を近くに控えていた富沢町はもう一つ、江戸の女たちを興奮させる町として知られていた。

着物である。とはいっても越後屋や三井本店のように新しいものを扱うのではない。古着を扱う店《たな》が軒を連ねていた。

当時、江戸には二千からの古着屋が営業をなし、その大半がこの富沢町に暖《の》簾《れん》を掲げ、毎日、古着市が立って殷賑《いんしん》を極めていたという。

徳川家康が西国浪人鳶沢成元にこの地に古着問屋を営業する鑑札を与えた。以後、この地は鳶沢町と呼ばれ、古着市が開かれることで知られてきた。それが家康の死の直後に富沢町と呼び代えられ、町名の由来となった鳶沢某のことは時の彼方《かなた》に忘れられた。

富沢町入堀にかかる栄橋を渡ると、将軍家と謁見《えっけん》する資格のない御目見《おめみえ》以下の御家人《ごけにん》たちが住む久松町、若松町などが広がる。これこそが古着商売を繁盛《はんじょう》させるお客たちの住む町だ。

御家人の最高の家禄《かろく》は二百六十石。最低は四両一分といった俸給である。奢侈《しゃし》を競い、贅《ぜい》を誇った元禄時代にあって、年の収入が四両一分では、とうてい新しい衣服など買う余裕はない。そこで古着の需要がおこった。

一万七千余人の御家人ばかりか、町の衆も古着を買って、自分で仕立てなおしたりして着るのが当たり前の時代であったのだ。さらにはこの古着、江戸ばかりか近郊の農村部でも求められたから、需要たるや膨大、売り上げは巨額に上った。

これらの古着の大半は当時の流行の発信地の京や大坂や堺からの下りもので、なかにはまだ新しいものも混じっていた。

この日の昼下がりも富沢町は、御家人の妻女や娘たちの溜《た》め息《いき》が交差し、目を血走らせた小女《こおんな》でにぎわっていた。

富沢町でただ一軒の古着問屋大黒屋の大番頭笠蔵《かさぞう》は、小僧の駒吉《こまきち》を供に、町内の見回りに歩いていた。

本通り、横町、路地に軒を連ねる古着屋の大半が大黒屋となんらかの関係を持っている。町の衆はおとぼけの笠蔵さんとその老獪《ろうかい》ぶりを親しみをこめて呼ぶ。

「大番頭さん、よいお日和《ひより》で」

「すっきりと晴れ上がりましたな、商いはどうです」

と例のとぼけた顔で挨拶《あいさつ》を返し、訊《き》いた。

「おかげさまでな、京の下りものの小紋が飛ぶような人気でしてな」

「さすがに京の職人衆じゃな、あの意匠の味は江戸では出ませんな」

五十六歳、この道、四十年余の笠蔵が人混みをかき分けるように進むと、あちこちの古着屋の主人や手代が声をかけてくる。なにしろ大黒屋六代目の総兵衛は仕事よりも遊びが好き、あちらこちらの茶屋遊びが本業と巷《ちまた》で噂《うわさ》されていた。この遊び人の主人をしっかりと支えているのが大番頭の笠蔵なのだ。

「お茶をいれましたがどうです」

「商売の邪魔をしては悪いでな、また日暮れにでも寄らしてもらおう。それより近ごろ持病の痔《じ》の具合はどうじゃ。よう効く漢方薬を乾燥させたで煎《せん》じようか」

笠蔵の道楽は薬草摘みだ。大黒屋の庭には小さな薬草園まで持っていて万病に効くという草や根に滅法詳しい。採取した薬草を乾燥させたり煎じたりして、大黒屋の奉公人や富沢町の住民にまで押しつける。

「へえ、おかげさんで。苦い薬はまだたっぷりございます」

この商売に身を入れてきた笠蔵ですら、春のおだやかな日差しに照らされた京友禅、加賀友禅、唐桟《とうざん》、縮緬《ちりめん》、鹿子《かのこ》、繻子《しゅす》、紬《つむぎ》、上布《じょうふ》、絣《かすり》と五彩の色の着物や反物が店の軒に吊《つる》されて、あでやかに風に舞う光景は、目を奪われる。通りを京の染め、琉球《りゅうきゅう》の織り、江戸の文様と多彩な織物が乱舞しているのだ。なんとも華やかで活況がある。

女たちが血相を変えるのも不思議ではないなと笠蔵は小さな辻《つじ》で足を止めた。

「大番頭さん」

小僧の駒吉が笠蔵の名を呼んだ。

笠蔵も気づいていた。

北町奉行所の定廻《じょうまわり》同心遠野《とおの》鉄五郎《てつごろう》が目明かしの半鐘下の鶴吉《つるきち》と下っ引きをしたがえて、人混みを十手《じって》の威光でかき分けながら見回りしている姿があった。

「これは遠野様、ご苦労さまにございます」

「笠蔵か、異変はないな」

「ごらんのお日和と同じく平穏無事にございます」

腰をかがめた笠蔵はもみ手をしながら遠野のかたわらにすり寄ると、素早い手つきで巻羽織の袖《そで》に小粒をくるんだ紙包みを放りこんだ。

遠野のねちっこい眼光がその瞬間だけ緩んだ。

古着屋は古着買、質屋、小道具屋、古鉄屋、古鉄買などと一緒に「八品商売人」といわれ、江戸の治安上「紛失物詮議《せんぎ》掛り」、つまりは盗品取締りの組合を組織させられて町奉行支配下にあった。

それだけに間違いがあっては即座に商い停止《ちょうじ》の沙汰が下り、商売に差しつかえる。

富沢町を差配する大黒屋の大番頭としては町方とはなんとしても仲よくしておかねばならない。

「笠蔵、京の町奉行所からな、そなたらが古着を独占的に買い占めて江戸送りにしておると苦情が御城にきているそうじゃ。買い占めがすぎるとお奉行も放ってはおかれんぞ。総兵衛に申しておけ、遊びも商いもほどほどにしておけとな」

「はいはい、さっそく申し伝えますでございます」

笠蔵はかしこまって遠野らの一行を見送った。

「いやな野郎でございますね」

駒吉が見送りながら、小声で言った。

「駒吉、遠野様は御用の筋を伝えられただけじゃ。お上のことをかるがるしく口にするではない」

笠蔵は遠野が半鐘下の鶴吉を使い、富沢町の古着屋からかなりの額のみかじめ料を吸い上げて懐《ふところ》に入れているのを承知していた。小商いの古着屋からいくつかの苦情が大黒屋に寄せられていたが、主人の総兵衛は、

「まあ、今のうちは見て見ぬふりをしておけ」

と古着屋の主《あるじ》たちをなだめるように笠蔵らに命じていた。

「大番頭さん、どちらに」

駒吉が笠蔵に訊く。

西に向かえば大門通りに、東に足を向ければ入堀に達する。

しばらく思案した笠蔵は栄橋の前にある大黒屋の方角へと歩きだした。

両側の店先の軒から異郷の更紗《サラサ》木綿が吊されて、路地を吹く風に異国の色をなびかせていた。

笠蔵は相変わらず古着屋の番頭たちと挨拶を交わしながら歩いていく。客の大半が女だ、そのせいか鬢《びん》付け油の匂《にお》いもどこかなまめかしい。

「きゃっ!」

女の悲鳴があがったのは笠蔵の前方からだ。

「駒吉！」

名を呼んだときには駒吉は人混みを縫うように走っていた。富沢町で荷かけの縄を扱わせたら、駒吉の右に出る者はいない。解《ほど》くのも結ぶのも自在の腕前を店の者は綾縄《あやなわ》小僧と呼んだ。

「殺しや、女の死体や！」

「ごめんなさい」

笠蔵も女たちをかき分けていた。

騒ぎは大黒屋の裏手に接する空地でおこっていた。

五十坪ほどの空地を利用して、店を持たない露天商たちが集まれるように大黒屋が音頭をとって、町奉行所から許しをえた青空市のただなかだ。

「どちらさんもごめんなさい」

笠蔵が女たちをかき分けて騒ぎの場に近寄ると紅絹《もみ》を首筋に巻きつけた女の死体が古着のあいだからのぞいていた。どす黒く暗紫色に染まった顔は、苦悶《くもん》の表情を残して死の瞬間の恐怖を物語っていた。首に一筋、太い鬱血《うっけつ》の跡を残していた。無残にもくびり殺された痕跡《こんせき》だ。

「大番頭さん」

顔見知りの露天商の鍋三《なべぞう》が笠蔵を見た。

「その隅にこずんであった荷をさ、そこのお客様がひっかきまわしなさったら
さ、この死体《してえ》が転がりでてきやがったんで」

鍋三が第一の発見者を顎《あご》で指した。

お店《たな》のめし炊《た》きか、そんな感じの女が青い顔でがくがくとうなずいた。

「大番頭さん」

足下から小僧の駒吉が鋭い声を上げた。

笠蔵は駒吉のわきに膝《ひざ》をついた。すると駒吉が女の顔を見るように無言で伝えてきた。笠蔵は厳しい眼光を死体の顔に向けた。そしてすぐに駒吉の伝えようとしたことを理解した。笠蔵は駒吉に、

「旦那《だんな》様に」

と鋭く命じた。

「へえっ」

駒吉は機敏に立ち上がると、人混みの間をすり抜けて姿を消した。

笠蔵は合掌をするふりをしながら、死体に顔を近づけた。そして合掌した手を解く瞬間、女の胸前に差しこまれていたものを摑《つか》むと自分の懐に隠し入れた。老人の手捌《てさば》きとは思えぬ敏捷《びんしょう》さであった。

「どいた、どいた！」

「北町定廻同心遠野鉄五郎様のお出ましだ。邪魔をすんじゃねえぜ」

半鐘下の鶴吉の下っ引きたちが強引にやじ馬を十手の先でかき分けて、同心遠野鉄五郎に道を開けた。

そのときには笠蔵は死体のかたわらから立ちあがっていた。

「おいおい、どうしたんでえ」

下っ引きが事情を説明しろと辺りを見まわし、鍋三がさきほど笠蔵に話したことをつっかえながらも告げた。

「古着のなかからこの死体が現われたってんだな」

鶴吉の問いに、女が何度もうなずいた。

「半鐘下、やじ馬を遠ざけろ！」

遠野に命じられた鶴吉は下っ引きを顎でしゃくった。

「ほれほれ、お上のお調べの邪魔をすんじゃねえ。下がれ、下がれ！」

居丈高に女たちや露天商たちを後ろに下がらせた。

遠野は死体のかたわらに膝を突き、女の首すじにからまった縮緬を十手の先でどかすと、凶器の紅絹や鬱血の状態を観察した。さらに襟を大きく広げて胸あたりを、さらには大胆にも裾《すそ》を手繰《たぐ》って下腹部の豊かな茂みまでたしかめた。

「旅支度だな、江戸者《えどもん》じゃねえな」

「旦那、着るもんなんぞは、あか抜けてますぜ」

「鶴吉、殺されてからだいぶ時が経《た》っている」

「へえっ、体の緩み具合から言って一昨晩あたりですかね」

「そんな時分だろうな。ともあれ、身元をたしかめろ」

「遠野様」

調べが一段落つくのを待っていた笠蔵が遠野の名を呼んだ。

振り向いた遠野は笠蔵をじろりとねばっこい視線で睨《にら》んだ。

下っ引きも富沢町の古着問屋大黒屋の大番頭までは遠ざけられなかった。

「おめえはおれっちより先に来ていたか」

「お店に戻ろうとした矢先にこの方の悲鳴を聞きましたでな」

「なにか用か」

「身元を調べる必要はございません」

「どういうことだ、笠蔵」

「うちの担《かつ》ぎ商い、そめにございます」

遠野は笠蔵の顔を睨むと再び死体に視線を移し、また笠蔵に戻した。

「間違いねえな」

「はい」

「住み込みか、かよいか」

「住み込みです」

「昨晩、店に戻らなかったのだな」

「はい」

「半鐘下、さすがじゃねえか。大黒屋の大番頭さんは、住み込み女の動静まで一人ひとり承知しているぜ」

遠野は目明かし相手に皮肉を言った。

「昨晩、そめが店にいないには理由《わけ》がございましてな。そめは、二日ほど前より会津福島方面へ担ぎ商いに出ております」

「それがどうして店の裏手に死体で転がってるんだ」

遠野はぎょろりと睨んだ。

「それは手前にも皆目……古河《こが》あたりを旅している頃合にございます」

「二日前、店を出たのはたしかだな」

「はい、荷といっしょに」

担ぎ商いは二人一組でまわる。そめの連れの朝吉《あさきち》は五十四歳の老爺《ろうや》だ。板橋宿に先行し、伝馬《てんま》の手配をしていた。二人は幸手《さって》宿で落ち合い、荷を整理して改めて出立する。が、笠蔵はこのことを遠野には告げなかった。

「帰《けえ》ってくる予定はいつのことだ」

「会津から仙台へと廻りますので一月《ひと》はかかります」

「そめに男がいたんじゃねえか。店を出たけどよ、江戸の男と乳繰りあっていたって寸法だ。二日ばかりの遅れはどうとでもなる、一月後に帳じりあわせりゃいいんだからな」

「そめにかぎってそのようなことは……」

「ねえってのか。番頭さんよ、大黒屋は主人が女遊びに狂っているって噂だ。奉公人だってよ、外に男の一人や二人、いたっておかしかあるまい」

そう言い放った遠野は、

「半鐘下、大黒屋のそめの寝間を調べにゃなるめえ」

と命じた。

「下っ引きの谷平《やへい》たちによ、死体の隠されていた古着の包みがいつからここにあったのか、どこから運ばれてきたのか、詳しく聞きださせろ」

へえっ、とかしこまった鶴吉が、旦那に訊いた。

「死骸《しげえ》はどうします」

「町役人に命じてな、番屋に運ばせておけ」

入堀に面した店の二階の奉公人部屋を好き放題にひっくり返した調べが終わったのは、暮れ六つ（午後六時頃）過ぎのことだ。だが、遠野鉄五郎が想像したような男の影を偲《しの》ばせるものは、いっさい現われなかった。

そめの持ち物は行李《こうり》が三つ。きれいに冬物、夏物、袷《あわせ》と整理されてしまわれていた。あとは白粉《おしろい》や紅など女の化粧道具や小物があるばかりで、びた銭一文も出てこない。

「二十六の年増《としま》がさっぱりしたもんじゃねえか」

「身持ちはよいほうでと、さきほども申しあげましたが」

「お調べに文句をつけようってのか」

「滅相もございません」

「給金はどうなっている」

「年四両二分でございましてな。店に奉公して十余年、担ぎ商いに転じて五年ばかり、これまで貯《た》めた給金は二十七両三分、そっくり店に預けてございます」

遠野は舌打ちした。

「国は駿州《すんしゅう》でございまして、そめの両親も大黒屋に奉公しておりました」

「笠蔵、一点の非の打ちどころもねえ女がどうしてあんな無残な殺されかたしたんだ」

「それはばかりはなんとも……」

そめの部屋を沈黙が支配した。

「親分」

階段下から半鐘下の下っ引きが声を張り上げた。

「そっちに下りる」

旦那の気配を読んだ鶴吉が応じた。

一行は店先に戻った。すでに大戸は閉じられて通用口だけが開かれている。

店のあちこちに番頭、手代、小僧たちが深刻な顔で控えていた。

土間に谷平と呼ばれていた下っ引きがいた。

「調べがついたか」

鶴吉が谷平に訊《き》いた。

「へえっ、死骸の隠されていた古着ですがね。鍋三のやつが田所町の裏長屋から夜明け前に最初に担ぎこんできたものでしてね、長屋と空地を何度か往復して搬入しているんですよ。鍋三が言うには死骸が紛れていりゃ、絶対に気づくって頑張りやがんで。言われりゃ、おれも納得だ。女の死骸担いで分からねえ馬鹿《ばか》はいませんからね」

「無駄口利《き》くんじゃねえ、古着は何刻《なんどき》か、放置してあったんだ」

「へえっ、親分。人は大勢出入りしてますがね、いい場所に自分の荷を運びこむのに必死で、だれも死骸があったなんて気づいてねえんで」

「間抜け！　端《はな》から死骸がありゃ、そんとき、騒ぎがおこってるじゃねえか。搬入のどさくさに紛れて、どこのどいつかが、そめを運びこんで隠したんだ」

「するとそめは別のところで殺されたので」

笠蔵が訊いた。鶴吉は意見を求めるように遠野の顔を見た。

「ああ、半鐘下の言うとおりだ。問題はどこで殺されたか」

遠野はねばっこい目で立ち会いの笠蔵をじろりと見た。

「意外とな、この店《たな》のなかかもしれねえぜ」

「遠野様、滅相もございません」

さすがに笠蔵が抗《あらが》うように言った。

「まあ、これからの調べで分かることだ」

と言い放った遠野は、主《あるじ》の総兵衛の世話をするおきぬが顔をみせないものかと見まわした。

富沢町ではおきぬが浮世絵になったこともあって浮世絵おきぬと呼ばれていた。

遠野はおきぬをなんとかものにしたいものと、何度か誘いをかけていた。が、そのたびにていよく断られている。

「旦那は奉公人が殺されたっていうのに茶屋遊びかい」

「いえ、今日は内藤新宿のほうまで掛け取りにいかれておられます」

口をとがらせて抗弁した笠蔵は、遠野のもとに近寄り、

「お清めとは思いましたが、この騒ぎです。遠野様にも親分さんにも粗相があってはいけません。これで……」

笠蔵は遠野に二両、半鐘下に二分の包みを握らせた。

「そめはどうなりましょうか。国にも知らせねばなりませんが」

「死骸をいま一度改める。明朝、町役人を同道して番屋に参れ」

ようやく大黒屋から遠野鉄五郎と半鐘下の親分たちが引き上げた。

二

大黒屋は入堀ぞいの浜町通りと富沢町を二つに分かって抜ける通りの角地に間口二十五間（約四五メートル）四方六百二十五坪の敷地を広げていた。二つの通りに面した鉤《かぎ》型の店の二階は住み込みの奉公人らの住まい、隣家に接した奥の二辺には蔵が並び、敷地の中央には大黒屋総兵衛の住まいがうっそうとした樹木や庭石や池などで巧妙に隠されてあった。

鳶沢一族が百年の歳月と莫大《ばくだい》な費用を投じて完成させた、外観は商家でありながら館《やかた》造りの住居である。

大番頭の笠蔵は飛び石伝いに主の住まいに入った。すると女中のおきぬが出迎えた。

「旦那《だんな》様は大広間にてお待ちでございます」

おきぬは笠蔵を主の居間に案内すると南蛮渡りの違い棚の引き戸をいくつか開けては閉じた。奇怪な動作は地中で巨大な歯車でも回転しているような響きを呼び、床の間の一角が口を開けて、隠し階段が現われた。

笠蔵が階段を下りていくとかすかに水音が聞こえてきた。

入堀に架かる栄橋下から堀端の通りの下を横切り、大黒屋の敷地の下へ隠し水路が引きこまれて、蔵に見せかけた地下の舟着場へと通じていた。隠し水路も奥行五間（約九メートル）幅三間（約五・四メートル）の舟着場もすべて切石を組み上げた頑丈なもので、江戸の創成期の混乱の最中でしか建設が考えられないものだ。それでも建設の苦労は並大抵なものではなかった。舟着場が設けられた蔵の地上には入り口はない。両隣の蔵内の隠し戸を利用して入りこむしか方法がない仕組みだ。舟着場の石段を上がると、切石の迷路が大黒屋総兵衛の住まいの下へとつながっていた。

大黒屋の裏表の実務の最高責任者、大番頭笠蔵は板の間に座して主に許しを乞《こ》うた。

「旦那様、笠蔵にございます」

「入れ」

板戸を引き開けるとそこには簡素な武家屋敷の大広間があった。板の間は武術の稽古《けいこ》ができるように天井も高く、広い。

二羽の鳶《とび》が飛び違う家紋の双鳶《ふたつ》が描かれた上段の間には、初代鳶沢総兵衛成元の座像、南無《なむ》八幡大菩薩《はちまんだいぼさつ》の掛け軸、南蛮拵《こしら》えの具足が飾られ、四尺の馬上刀と脇差《わきざし》が刀掛けに見られた。また壁には槍《やり》、薙刀《なぎなた》、鎖鎌《くさりがま》、木剣などがかかっている。

笠蔵は上段の間に座す主の前にかしこまった。

この大広間には鳶沢一族の主だった者だけが入室を許されていた。

行灯《あんどん》の明かりに稲妻と火炎の文様を大胆に散らした小袖《こそで》の大黒屋六代目総兵衛が銀の長煙管《ながぎせる》をくゆらしている姿が浮かんだ。座していてもしなやかな筋肉の持ち主ということが分かる。背は六尺（約一八二センチ）を越えていよう。若さと渋みがなかばした風貌《ふうぼう》だ。そして物事を透徹するような双眸《そうぼう》と意思の強さを示す顎《あご》が総兵衛を特徴づけていた。

総兵衛が視線を忠勤の大番頭に向けた。

「駒吉からお聞きおよびとは存じますが、かさねて申しのべます。担ぎ商いのそめをくびり殺して大黒屋の裏手の空地に投げだしていった者がございます……」

笠蔵はこれまでの経緯を手際《てぎわ》よく述べた。

総兵衛は煙草《たばこ》をくゆらしながら、両眼を細めて笠蔵の話に聞き入った。それがどうやら考えるときの総兵衛の癖らしい。話が終わるとゆっくり口の煙を吐きだし、

「われら鳶沢一族は、神君家康様に江戸の安寧を守る代わりに古着屋の権利を許され、これまで富沢町惣代《そうだい》の御起請《ごきしょう》を得てきた……」

初代鳶沢成元は、御城からわずか半里の場所に古着屋を開き、江戸から駿府に移った大御所の命に従った。そして家康の遺言どおりに、鳶沢一族を二つに分かつと、本家の鳶沢家を富沢町に残して古着問屋を営ませ、分家にあたる鳶沢一族を久能山裏の隠れ里に送って、家康の闇《やみ》の神廟衛士《しんびょうえじ》の職に就けた。日本橋の鳶沢町を富沢町と改名して、鳶沢一族とのつながりを消したのも総兵衛成元だ。

二代目総兵衛が古着を京、大坂から仕入れることを発案し、さらには木綿ものの販路拡張に東北地方に目をつけて巨万の富を稼いだ。

今や古着問屋大黒屋は六代目になり、商いは年額一万五千両を超え、三万石の大名と同じ収入を得ていた。それも少ない人数でである。

鳶沢総兵衛に本多正純から初めてのつなぎが来たのは家康の死から四年目の夏、広島藩主福島正則が所領四十九万石を没収されたおりだ。

朝鮮出兵、関ヶ原の戦いと勇名を馳《は》せた福島正則は、幕府の禁を犯して広島城を無断で修復し、秀忠より所領没収の厳罰を受けた。

猛将正則が秀忠の命を簡単に受けるとも思えない。もし武力をもって反抗すれば、江戸は合戦場になる。その際は密《ひそ》かに暗殺せよとの密命を受けて、成元らは愛宕下の福島正則邸に忍びこんだ。

が、正則は秀忠の上使に、

「家康ならば申したてることもあり。秀忠には何も言いたくなし」

と所領没収を甘んじて受けた。

以後、鳶沢一族の影の任務は十五度に及んだ。福島正則の一件のように血を見ることなく終わった任務はまれであった。

元和《げんな》八年（一六二二）には御起請そのものが危殆《きたい》に瀕《ひん》した。

初代の影、宇都宮藩十五万五千石の城主本多正純が突然秀忠によって改易され、厨料《くりや》五万石の出羽由利に配流《はいる》された。正純はこの仕打ちに五万石を固辞、わずか千石の拝領を願った。憤激した秀忠は正純を大沢へ、さらに横手へと配流を命じた。

徳川家康に近侍して辣腕《らつわん》をふるってきた正純の失脚には、諸説ある。

初代鳶沢総兵衛はもはや影の使命はあるまいと覚悟した。

が、その四年後につなぎがきた。

家康と鳶沢一族の起請は生きていた。

寛永十五年（一六三八）、島原の乱では三代の鳶沢総兵衛が戦死し、一族もその戦力を三分の一までに殺《そ》がれる打撃を受けた。

ともあれ、家康との約束を鳶沢一族は血で贖《あがな》いつつことごとくはたしてきた。

「旦那様、われらの影の使命に気づいた何者かがそめを殺し、わざわざ富沢町の市へ投げ捨てたのでございましょうか」

笠蔵のとぼけ顔に緊迫が漂う。が、総兵衛は答えない。笠蔵が自答するようにいう。

「でなければ、そめを大黒屋裏まで運んでくる意味がありますまい」

板戸の向こうから声がかかって、一番番頭の信之助《しんのすけ》が入室してきた。笠蔵の次席を務める番頭だが、年齢は二十七歳と若い。

鳶沢分家の次男信之助は、槍を使わせたらまず一族でも右に出る者がいない。目にも止まらぬほどの速さで繰りだされる穂先が前後に三つ見えることから、三段突きの信之助と呼ばれていた。

「信之助、よいところにきた」

そういった笠蔵が懐《ふところ》からしなびた花をつけた一枝を出して総兵衛に渡した。

「そめの胸に差しこまれていたものにございます」

総兵衛は赤い花を黙念と眺めていたが、

「紅椿《べにつばき》か」

と呟《つぶや》いた。

艶麗《えんれい》な花ながら花全体がぽとりと音を立てて散る椿を武家方では、首が落ちるといって嫌った。

そめはなにかを告げ伝えようと椿の花を胸に隠したか、あるいは暗殺者に差しこまれたか。もし暗殺者が摑《つか》ませたものならば、大黒屋総兵衛が隠れ旗本と気づいたことを暗に知らせているのではないか。

「そめの足取りを追え」

椿の花を手にした総兵衛が笠蔵に命じた。

板橋で合流する前に殺害されたのなら、朝吉から連絡が店に入ってしかるべきだ。それがないところを見ると朝吉の命もないものと推測された。

「秀三《ひでぞう》とおてつに後を追わせます」

大黒屋の担《かつ》ぎ商いは二十数名におよぶ。彼らはときに江戸近郊から東北地方まで、古着を持って二人一組で商いに出る。

おてつと秀三は実の母と子である。が、そのことを知る者は少ない。

おてつは気のおけないおしゃべりで相手の胸襟《きょうきん》を開き、大男の秀三の得意は呆《ほう》けた顔だ。その表情の背後で怜悧《れいり》な観察眼が働く。また闘争となったときには秀三の大力は頼りになる。

「そめの死を鳶沢村にも知らせねばなりますまい。風神の又三郎《またさぶろう》を送ろうと思いますが」

笠蔵が総兵衛に伺いを立てる。

四番番頭の又三郎は風神と呼ばれる。風のように足が早いのと身のこなしが変幻自在なことからつけられた名だ。

「まずその死だけを鳶沢村に飛脚便にて知らせよ」

久能山東側の隠れ里はいつしか駿府鳶沢村と呼ばれるようになっていた。

江戸の大黒屋の中核を固めるのは鳶沢村に生まれ、修行をつんだ者ばかりだ。

そめもまた鳶沢の里に生まれ育ち、老いた両親に代わって富沢町に奉公に出てきた一族の者だ。

「徳次郎《とくじろう》は病気で伏せっておったな」

そめの父親の徳次郎は鳶沢村に引き籠《こ》もった後に患《わずら》っていた。

「軽い中気にございます」

「風神を使いに出すはしばらく待て」

総兵衛に考えがあるのか、そう命じた。

「はっ」

とかしこまった笠蔵が、

「旦那様、近ごろ、北町の同心が大黒屋を目の敵《かたき》にしているように思えます。今度の一件とかかわりがございましょうか」

「同心ふぜいがわれらの秘密を察知したとも思えんが……」

総兵衛は煙管の吸い口を銜《くわ》え、考えに落ちた。


入堀にかかる高砂橋際に番屋はあった。

翌朝、大黒屋の大番頭笠蔵が町役人五名を同道して、そめの亡骸《なきがら》を受け取りにいくと、北町定 廻《じょうまわり》同心の遠野鉄五郎と半鐘下の鶴吉親分がすでに顔を揃《そろ》えていた。

「遠野様、そめをお下げわたしのほどお願い申しあげます」

笠蔵が遠野の前で白髪頭を下げた。富沢町の町役人も羽織袴《はかま》で笠蔵に従った。

「笠蔵、昨日はそめの同道者のことをなぜ申さなかった」

遠野が暗いまなざしを向けた。

「朝吉じいのことでございますか」

「担ぎ商いは二人一組って言うじゃねえか。大黒屋じゃ後ろめたいことでもあって隠しごとをするのか」

「滅相もございません、遠野様。朝吉は別行で先発しております。商いの地で合流する手筈《てはず》でございました。それで申しあげなかったのでございます」

「番頭さん、あとでよ、いろいろと出てきて面倒になっても知らねえぜ。名主の彦左衛門《ひこざえもん》様もこんどのことはいたく気にしておられる。挨拶《あいさつ》はしておくことだな」

半鐘下まで遠野の尻馬《しりうま》にのって嫌みを言う。

「親分さん、名主様にはのちほどご挨拶に参ります」

さんざん嫌みを言われて、ようやくそめの亡骸が渡された。

笠蔵は番屋の前に用意してきた大八車にそめの亡骸を乗せて、真新しい白布で全身を覆《おお》い、その上に筵《むしろ》をかけた。

大黒屋の頼んだ人足たちに大八を引かせ、小僧の駒吉に先導させて送りだす。

笠蔵は町役人たちに足労をかけた礼を述べた。

「大番頭さん、ここんところ、よそ者の名主がえらくのさばるじゃないか。どうしたものだろうね」

町役人の一人、富沢町でも古手の古着屋伊勢屋久五郎《いせやきゅうごろう》が笠蔵に小声で話しかけた。

「そうそう彦左衛門の野郎、名主の後家を誑《たら》しこんだ当座こそ殊勝な顔をしていたが、ここんところでっけえ面《つら》をして肩で風切るようすはどうだ。まるで古《ふる》狸《だぬき》にさかりがついたふぜいじゃないか」

先代の名主江川屋《えがわや》彦左衛門は人徳の士として知られ、富沢町で慕わぬ者はなかった。その先代が七年前、五十前にして急死した。一年もすぎない頃、後家のつたと出入りの担ぎ商いの得三《とくぞう》の噂《うわさ》が富沢町あたりに流れた。

親類の者が真偽をたしかめるとつたは得三と再婚すると言いだし、周辺を呆《あき》れさせた。が、つたは強引にも得三を江川屋に入れ、そのうちには名主職まで得三改め彦左衛門に譲りわたした。

当代の彦左衛門が威勢を張るようになったのはここ三、四年のことだ。

北陸一帯に古着の販路を拡張して、商い高が急激に上がった。それと相前後して古着屋を支配する町奉行所にしげく足を運んでは与力犬沼勘解由《よりきいぬぬまかげゆ》やその配下の遠野鉄五郎らと昵懇《じっこん》な付き合いを見せるようになっていた。富沢町惣代の大黒屋の向こうを張る新興勢力にのし上がった江川屋彦左衛門の態度が目に見えて横柄《おうへい》になったのは奉行所の後ろ盾をえた時期からでもあった。

「笠蔵さん、ここらで灸《きゅう》をすえとかなきゃ、どこの馬の骨とも知れん奴《やつ》に富沢町は牛耳《ぎゅうじ》られるよ」

「伊勢屋さん、もう少しようすを見ようじゃありませんか。うちの旦那《だんな》様も気にかけてはいなさるからね」

「総兵衛さんは幾《いく》とせの千鶴坊《ちづるぼう》に入れあげるのもいいけどさ、富沢町の束《たば》ねも頼むよ」

町役人一同に小言を言われて、笠蔵はぺこぺこと頭を下げた。

伊勢屋らとはそこで別れた。

もはや桜の咲く季節だ。死体の傷《いた》みも早い。

そめの亡骸は元鳥越の寿松院に運ばれ、湯灌《ゆかん》をした後、大黒屋の身内だけで密葬がおこなわれる手筈になっていた。

(だれがそめをこんなめに……)

駒吉の後を追いながら、笠蔵はやり場のない憤《いきどお》りと不安に見舞われていた。

富沢町の古着商の駿府屋《すんぷや》繁三郎《しげさぶろう》は、薄ら寒い風を背に感じて足を速めた。ここは須崎村。すぐ先は源森川と横川がぶつかる河岸、そこには迎えによこした猪牙舟《ちょき》が待っているはずだ。

繁三郎の楽しみは俳諧《はいかい》だ。

前々日、仲間の宗机《そうぎ》から使いが来て、須崎村の庵《いおり》に招かれた。

約束の朝、大川を渡り、源森川を東に下って、横川との合流地付近で猪牙を下りる。夜の五つ（八時頃）に迎えに来るように船頭の安吉《やすきち》に命じた。

句会の後はいつも酒になる。どうしても辞去するのが夜になった。

宗机の庵を訪ねると庭掃除していた当人が、

「古衣《ふるごろも》どの、これはまためずらしや」

と駿府屋を迎えた。古衣とは俳号だ。もちろん古着屋商いからとったものだ。

「めずらしやとはまた奇怪な。宗机どのの招きで伺いましたものを」

と使いが来て、呼ばれたことを話した。

「手前ではないな。古衣どの、どなたかの使いと間違われたな」

「そんな……」

困惑する駿府屋に、

「まあ、よい。招かざる客もよし。二人句会をな、催しましょうぞ」

もともと好きな道だ。句を詠《よ》み始めると使いがだれであったかなどすっかり忘れた。

句を詠み、酒を楽しんで、宗机の庵を辞去したのが船頭と約束した五つ前のことだ。

川風が酔った駿府屋繁三郎の顔を撫《な》で、背に悪寒《おかん》を感じた。

昼間はひなびた須崎村は夜になると漆黒の闇《やみ》だ。

繁三郎の手にする提灯《ちょうちん》の明かりの他に光はない。

ようように岸辺に出た。が、まだ猪牙が来ている風はない。

(今少しのんびりしてもよかったか)

繁三郎は土手から川面《かわも》に突きだされた舟着場の柱に提灯をぶら下げ、土手に戻った。

小便をしようと裾《すそ》に手をかけたとき、闇のなかに椿の匂《にお》いを嗅《か》いだような気がした。

(はてこんなところに椿の木があったか)

振り向いた駿府屋繁三郎の視線にのっそりと立つ影が映った。

「あなた様は……」

駿府屋が驚愕《きょうがく》の声を上げかけたとき、鞘走《さやばし》った刃が白い光となって、喉首《のどくび》を襲った。冷たい感触を駿府屋繁三郎が感じたその直後には、死出の道をたどっていた。

暗殺者は痙攣《けいれん》する駿府屋の手に紅椿の一枝を握らせると、川面に響いてきた櫓《ろ》の音にちらりと視線を送り、闇に没した。


駿府屋繁三郎の死は明けがたになって富沢町に知らされた。

源森川の岸辺で惨殺体《ざんさつたい》となって横たわっていた繁三郎を発見したのは迎え舟の船頭の安吉だ。腰を抜かしかけたがなんとか舟に戻り、横川に架かる業平《なりひら》橋下を漕《こ》ぎ下って、北割下水《きたわりげすい》の横川町の自身番に飛びこんだ。そこからほど近い本所松倉町の岡っ引き、金助《きんすけ》親分に知らされた。金助親分らの案内に立って現場に戻った安吉は、さんざん事情を聞かれた後も一晩現場ですごすことになる。

夜明け前、安吉は下っ引きを供に富沢町に知らせることを許された。

主《あるじ》が戻らないことを心配して一晩寝ずにすごした女房のまきは知らせを受けるや、

「大黒屋にすぐに知らせを」

と手代を走らせた。

まきは総兵衛の実姉である。

駿府屋繁三郎は総兵衛の義兄となる。

まきは大黒屋の担ぎ商いのそめが殺されて古着市で発見された事件をすぐに脳裏に浮かべた。

(なにか不吉な……)

それが大黒屋へ使いを走らせたのだ。

現場へは笠蔵と信之助の二人が向かった。

戻ってきたのは昼前だ。

地下の大広間で総兵衛が笠蔵と信之助の二人を迎えた。

「旦那様」

信之助の顔には昨日にも増して緊迫が漂っていた。

「駿府屋さんは、首筋を刎《は》ね斬《き》られて殺されなされました」

「そめと同じく駿府屋の旦那の手には紅椿《べにつばき》一枝をもたされていましたそうな」

笠蔵も押さえた口調に緊張をこめて、言い添えた。

「そめは絞殺、駿府屋は斬殺。殺しかたは違っても殺しを命じた者は同じ人物……」

総兵衛が呟《つぶや》き、信之助が須崎村で見聞した事情を手際《てぎわ》よく話した。

「俳句仲間の宗机どのは駿府屋へ使いをよこしてはいないそうで、何者かが駿府屋の旦那を句会にことよせて、須崎村まで呼びだし、帰り道を襲ったことになりまする」

「そめも繁三郎どのも殺される理由《いわれ》はない。どうやらこの大黒屋が狙《ねら》いとみゆるな」

二日のうちに大黒屋に関係した人物が殺され、放置される事件が二つもおこったのだ。

「笠蔵、信之助、なにかがわれらの周りでおころうとしておる。そめと繁三郎どのの殺された周辺を探りだせ」

二人の腹心に命じて去らせた総兵衛は馬上刀を手にした。

刀身の厚い四尺（約一二〇センチ）の馬上刀は、一貫（三・七五キロ）を優に越えていた。

総兵衛は片手に持つとゆるやかに頭上で回転させた。そうしながら舞うように板の間を動く。時の流れに総兵衛の動きが溶けこんだ。

鳶沢一族に伝わる祖伝夢想流は戦場往来のなかから編みだされた剣法だ。間合いと時の流れを読んで、太刀を時にゆるやかに舞うように時に光の如《ごと》く迅速に変幻自在に振るう。

当代の総兵衛は馬上刀の舞から秘剣、落花流水剣を編みだした。

それは落花が流れる水に添うように、流水もまた落花を乗せて流れたいように間と時が溶けあった瞬間に生死の境を求める剣技だ。

総兵衛の動きが素早くなった。

振るわれる馬上刀が一筋の光と変じて疾《はし》り、上に下に右に左に、斬りあげられ斬りさげられ、直線に走った白い光は次の瞬間には円弧を描いていた。総兵衛の全身から汗が流れ落ちる。

無限と思えた動きは二刻《とき》（四時間）ほど続き、再び眠りの世界に誘《いざな》うような舞に戻って終息した。

三

この日、大黒屋の担《かつ》ぎ商い秀三とおてつは、殺されたそめと行方を絶った朝吉が会津へ運んでいこうとした荷の一部を武州栗橋《くりはし》宿の路上で発見していた。なんとそれは宿の道端で売られているではないか。古着が広げられたござには富沢町大黒屋の印まで堂々と押されていた。ござは馬の背に積みこむ荷を包んでいたものだ。

古着を売っているのは、あだっぽい女だ。

おてつはその場にしゃがみこむと古着を手にとって女を観察した。

秀三は口端《くちは》からよだれを流しながら、そのかたわらにぼうっと立っていた。

江戸城を囲む外堀の東側、常盤《ときわ》橋と呉服橋の間に大川に向かって掘り割られた運河、日本橋川がある。府内の中心部を南北二つに分ける日本橋川には、一石橋、日本橋、江戸橋、さらに下って鎧《よろい》の渡し、湊《みなと》橋、豊海橋と江戸で知られた橋がかかり、渡しがあった。

さて江戸橋あたりは江戸の水上交通のもっとも賑《にぎ》わう一帯である。

東西に貫通した日本橋川に南北に掘られた運河が何本も交差して、屋形船、荷船、漁師舟、御用船、猪牙舟などが行き交っている。

疾風のように大川から上ってくる舟は、日本橋の本船町の魚河岸《うおがし》に江戸湾や遠く房州、相模《さがみ》で捕れた魚介を水揚げする漁師舟だ。

江戸橋をくぐって鎧の渡しの方角に下ると北方向へ四町（約四四〇メートル）ばかりの運河が口を開けている。堀江町と新材木町に囲まれた運河の河岸は蔵地が細く広がり、南から思案橋、親仁《おやじ》橋、万《よろず》橋と三つの橋が二つの町をつないでいる。そして堀は、その町名の堀留町のとおりに堀留二丁目付近でせき止められていた。

船宿幾とせは、思案橋際の小網町にのれんを掲げて七十余年の老舗《しにせ》である。大黒屋と幾とせは、先々代からの交際があった。

この日の夕暮れ、総兵衛と幾とせの一人娘千鶴を乗せた屋根船が女将《おかみ》のうめに見送られて舟着場を離れた。

二人は物心ついてからの付き合いだ。

二年前の冬、幾とせの主の丈八《じょうはち》が流行病《はやりやまい》にあっけなく亡《な》くなった。まさかの死で一人娘の千鶴の婿《むこ》も決めてない。初七日が終わった夜、うめは総兵衛を呼んで千鶴と三人の慰労の席をもうけた。その場で総兵衛は、

「幾とせを続けるにはなんとしても千鶴に婿をとってもらわねばなりませぬ。総兵衛様、どなたかよき方をお世話してくださいな」

と頼まれた。が、

「おっ母さん、婿なんて、私とらないわよ」

千鶴は即座に反論して母親の口を封じた。

そのとき、総兵衛も千鶴も同じことを脳裏に描いていた。

総兵衛が十六、千鶴が五つの春、幾とせに新造の猪牙舟が届けられた。ちょうどその場に居合わせた総兵衛と千鶴を誘った丈八は、初乗りだと自ら櫓を取り、大川を鐘《かね》ヶ淵《ふち》まで遡《さかのぼ》って土手に咲く老桜の下で花見をしたことがあった。

もやわれた小舟の胴の間に座した総兵衛の膝《ひざ》に乗っかった千鶴は、

「大きくなったら千鶴は総兵衛さまのお嫁さんになってあげる」

と言いだしたものだ。

「おお、そいつはうれしいな」

「約束しましょうな。いい、総兵衛さま、ゆびきり拳万《げんまん》、嘘《うそ》ついたら針千本のます……」

千鶴の小さな指が総兵衛のそれにからみ、幼い口と指でかわされる光景を丈八もうれしそうに眺めていたものだ。

あれから十三年の歳月が流れた。

二人の心の底にはそのことがしっかりとあった。

だが、総兵衛は鳶沢一族の後継者、影の旗本として秘密を共有することになる伴侶《はんりょ》は一族から選ばれるという不文律があった。

一方、千鶴には幾とせの暖簾《のれん》を守る務めがあった。一人娘が暖簾を守るには婿をとって切り盛りするのが最善の途《みち》だと千鶴も理解していた。

互いの胸のうちには鐘ヶ淵の約束がいつも残っていたが、そのことを千鶴も総兵衛も口にすることはない。口にすると幼き日の約定が音を立てて崩れる、それが千鶴には怖かった。

結城紬《ゆうきつむぎ》を着流し、腰に煙草《たばこ》入れを差しただけの大黒屋総兵衛と千鶴を乗せた猪牙舟は、幾とせの老船頭勝五郎《かつごろう》の櫓で鎧の渡しから大川へと下っていった。

夕風が吹き抜けて、風に桜の花びらが混じっているのも春の宵を感じさせる。

「総兵衛様、そめどん、駿府屋の旦那《だんな》と続けざまにむごいことで、お悔み申しあげます」

勝五郎が総兵衛に悔みの言葉をかけた。

そめの密葬と駿府屋の葬儀を総兵衛は言い知れぬ憤りを抑えて務めあげた。

「父つぁん、ありがとうよ」

総兵衛は礼を言った。

勝五郎とも生まれたときからの付き合いだ。

「大黒屋の旦那にこんなこと申しあげていいのかどうか分かりませんが、奇妙なことを耳にしましてな。お知らせにいこうかどうか迷っていたところですわい」

「……………」

「江川屋の番頭の儀平《ぎへい》が彦左衛門が富沢町を仕切るって言ってまわっているんですよ。後家のつたをうめえこと誑《たら》しこんで後釜《あとがま》に坐《すわ》った野郎がね、嘘にしろでかい面《つら》をするのが悔しいじゃありませんか」

「ほほう、そんな噂《うわさ》がな……」

噂話が府内を走るのに時間はかからない。

「彦左衛門の前身は何であったかな」

「それがなんともあやしげで……得三が富沢町に出入りするようになったのは十年も前のことでござんしたね。富沢町で売れねえような古着を仕入れて、江戸の近郊へ売り歩き始めたのが最初でござんしたよ」

勝五郎の話に総兵衛も記憶を呼びおこした。

大黒屋でも売れない古着を使ってくれる人がいるならと、ただで得三に渡したことがあった。そのころの得三は人を上目遣いに見て、卑屈なほどに腰の低い中年男だった。

「先代の彦左衛門さんが亡くなられた後のことでさ、後家と野郎がくっついたでしょう。そんときね、後家と得三が示しあわせて一服盛ったんじゃないかって、口さがない噂が流れましたっけ」

「人の口に戸は立てられないからな」

「いえ、いわれのないこっちゃない。後家と得三は先代の亡くなった後に知りあったことになってますがね、なあにそれ以前から得三は泥棒猫のように先代の旦那のいない隙《すき》を見ては、江川屋さんに出入りしていたんでさ」

二人が夫婦となった今、七年以上も前に流れた噂だけじゃ手の下しようもない。

「待て。先代には子がなかったか」

「へえ、先代には外に妾《めかけ》がありましてな、その間に松太《まった》郎《ろう》さんという男子がございました」

「妾は早くに亡くなったのであったな」

「そこで松太郎は江川屋に引き取られましたが、つたさんとの折り合いが悪くて、十三、四のおり、京だか大坂に修業に出られましてな。とうとう先代の葬儀にも戻ってこられませなんだ。生きておられれば、二十三、四になりましょうか」

舟は豊海橋をくぐると大川に出た。夕暮れの江戸の海が広々と開けた。

勝五郎は櫓《ろ》を巧みに操って流れに乗せた。右手は霊岸島が、左手には石川島の芦原《あしはら》が夕暮れの明かりに浮かぶ。舟はその間をゆったりと進む。

「総兵衛様、さっきからこのへんにさ、つっかえていることがありましてね」

「なんだね」

「いつのことかね、呼ばれた料理屋の前の河岸に猪牙《ちょき》をつけてさ、客を待っていたんで。するとそこにほろ酔いの客が女将やら連れの旦那に見送られておれの猪牙に座りなすった。舟は女将に艫《とも》を押されるように堀に出た。そこへまだ得三といった頃の彦左衛門がさ、河岸を通りかかったんで。どこか商いの戻りって、ふぜいでしたね。そしたら、はてなんであの野郎がこんなところにって、客が得三を恐ろしい顔で睨《にら》みつけなすったのさ。それであの男を知っているかとわっしに聞きなさったでね、古着の担ぎ商いの得三ですがと申し上げたら、じゃあ人違いかと悔しそうな顔をなすった。それをね、ふと思い出してね」

「その客を覚えていなさるか」

「一度っきりの客でね」

「ならば相手の旦那は」

「それなんで……たしかに知った顔なんだが、だれだったか思い出せねえ」

「勝五郎、お迎えした料理茶屋くらい覚えているでしょうね」

それまで黙っていた千鶴が聞いた。

「へえ、それは。薬研堀《やげんぼり》の稲勢《いなせ》で」

川魚を食べさせるので有名な料理屋だ。

総兵衛も一、二度座敷に上がったことがあった。

得三といった時代は、もう六、七年以上も前だ。客商売の料理屋が勝五郎のうろ覚えの記憶から相手の旦那を思い出してくれるかどうか。

「年寄りになると物忘れがひどくなっていけませんや」

佃島《つくだじま》が夕焼けに映えて見えてきた。その沖合に明々と松明《たいまつ》を照らして荷揚げを急ぐ弁才船《べざい》があった。大黒屋の持ち船明神丸《みょうじんまる》である。

勝五郎は荷揚げをする右舷《うげん》を避けて、明神丸の左舷に猪牙をつけた。舷側から縄ばしごがたれている。

「父つぁん、しばらく待っていてくれ」

舳先《へさき》に出た総兵衛は大型船の舷側を見上げる千鶴の体をひょいと肩に抱きあげた。

「あれ、総兵衛様」

驚く千鶴を肩に担いだ総兵衛は身軽にも縄ばしごをするすると上っていった。

甲板に上がると大番頭の笠蔵、一番番頭の信之助、それに京、大坂に古着の仕入れにいった三番番頭の国次《くにじ》、手代の磯松《いそまつ》らが千鶴を肩に姿を見せた総兵衛に、

「旦那様」

「これはまた千鶴様も」

と驚きの顔で迎えた。

「国次、磯松、ご苦労であったな」

総兵衛が千鶴を下ろし、番頭らをねぎらった。

千鶴は顔を染めながら乱れた裾《すそ》をなおした。

「ただ今、戻りましてございます」

「航海、つつがなかったか」

「はい、船旅はなんの支障もございませなんだ」

国次は商人というよりも船の船頭が似合いそうな剛直な風貌《ふうぼう》をしている。事実、祖伝夢想流の遣い手として、総兵衛、信之助の次に位する腕前だ。その国次が含みを残した答えかたをした。

「旦那様、お頼みの品も購《あがな》って参りました」

磯松が総兵衛と千鶴の顔を交互に見た。

「千鶴、そなたに磯松がな、流行《はやり》の反物やら化粧品を買ってきてくれたそうじや。船室に下がって見せてもらえ」

「えっ、そのために千鶴を誘われたのですか」

顔がぱっと明るくなった。千鶴は手代の磯松に案内されていそいそと明神丸の胴の間に姿を消した。磯松の人あたりのよさと、反物着物の流行すたりを見

とおす眼力は大黒屋でも右に出る者はいない。買い付け先の京、大坂でも、

「大黒屋の磯松はん、年は若いが目利《めき》きやで」

と評判の手代だ。一見優男《やさおとこ》だが小太刀を使わせたら、なかなかの技量の持ち主でもある。

残ったのは大黒屋の主《あるじ》と幹部三名だけだ。

四名の鼻先では船腹に積まれた下りものの古着が次々に荷船に積みかえられ、栄橋の大黒屋へと運ばれていく。

古着と一概にいっても新品、古着、上物、中物、下物と細かく仕分けされて梱包《こんぽう》されていた。上上物と呼ばれる最上品はすでに織物、染めごとに分類されて、洗い張りがしてあり、明日にも店先に出すことができた。それに比べ中物以下はまだ仕分けも手入れもしていない。これらを大黒屋では篩《ふる》い分けして各古着屋に卸《おろ》すのだ。

「国次、なにかあったようじゃな」

「はい」

緊張を顔にためた買い付け担当の番頭が返事をすると、

「京の仕入れ問屋の丹波屋《たんばや》様が次回のお取引からこれまでのように品揃《しなぞろ》えができるかどうか保証はできかねると申されまして……なにか大黒屋に不都合があったかと問い返しても、いや、そうではない。お上のご意向ゆえにお許しをと、繰り返されるばかりで要領をえません。そこで僭越《せんえつ》かとも思いましたが、町奉行の能勢式部太夫《のせしきぶだゆう》様にお目どおりを願いました」

「よい思案じゃ」

総兵衛は番頭の機転を褒めた。

「ところが多忙じゃとご用人が申されて、何度足を運んでも門前払いでございました。旦那様、役立たずで申しわけのないことでございます」

と国次は総兵衛に低頭した。

「江戸での話を聞いたであろうな」

「はい、大番頭さんから」

「ならば京のことは江戸での事件とかかわりがあると推測がつけられよう」

総兵衛は、腰の銀煙管《ぎんぎせる》を抜くと手元も見ずに刻みを詰め、松明の火に煙管を差しだすと火を点《つ》けた。一服吸った総兵衛が笠蔵を見た。

富沢町の古着問屋大黒屋にとって京、大坂の荷の仕入れが満足にできないということは死活につながる。それだけに早く手を打たねばならない問題であった。

「国次、鳶沢村には寄ったか」

明神丸が江戸と大坂の間を往来する際、久能山東照宮にお参りして後、駿府鳶沢村に挨拶《あいさつ》に立ち寄るのは習わしであった。

「次郎兵衛《じろべえ》様を始め、一族の皆様もお元気にございます」

分家の当主が一番番頭信之助の父親次郎兵衛であった。

「それはなにより……」

「藤助《とうすけ》どんの一行はもはや鳶沢村を出立されておられましたか」

とたしかめたのは信之助だ。

十日も前、京の丹波屋への二千両の前払金を運ぶため、二番番頭の藤助一行が江戸を出立していた。信之助は鳶沢村に立ち寄る手筈《てはず》の一行が京へ先発していたかと質《ただ》したのだ。

「藤助どんも京に上られましたか」

「父はそのことをなにも申さなかったか」

信之助がとがめるように聞いた。

「いえ、なにも……」

と訝《いぶか》しげに答えた国次は、慌《あわ》てて言い添えた。

「お待ちくだされ。次郎兵衛様はこのところ、江戸より便りがないがどうしておるかと漏らされておりましたが……」

「おかしい」

笠蔵が叫んだ。

「十日も前に品川を出たものが鳶沢村に姿を見せんということがあろうか」

江戸から鳶沢村までおよそ四十余里（約一六〇キロ）、旅になれた藤助らなら五日とはかからない。

笠蔵と信之助が同時に総兵衛を見ると、主が言いだした。

「丹波屋どのがこのたびにかぎり、秋もの仕入れの前渡し金を要求なされた。そこからしてすでにおかしい」

「そのことでございます」

総兵衛の呟《つぶや》きに笠蔵が応じた。

「そのうえ、来春の仕入れはこれまでのようには参らぬとおっしゃられたそうな」

「総兵衛様、先日、同心の遠野鉄五郎が嫌みを申しました。京の町奉行所から、古着を独占的に江戸が買い占めるとの苦情が御城にきているとか」

沈黙が支配した。それぞれが胸のうちに広がる不安を考えていた。それを口にしたのは笠蔵だ。

「藤助らはそめや駿府屋さんと同じ目に遭うたのでございましょうか」

総兵衛の双眸《そうぼう》が怒りをのんで充血した。が、静かな表情に戻した。

「調べねばなるまい。その前に大目付本庄伊豆守《ほんじょういずのかみ》様にお目にかかる」

大黒屋と親しく付き合う大目付の前職は京の町奉行であった。

「おお、それはようございます。国次、そなたらが求めてきた流行物のなかから本庄様の奥方とお嬢様への手土産をな、すぐにも選んでおくれ」

笠蔵が国次に命じ、三番番頭が頷《うなず》いて千鶴らのいる船室へと下りた。

「大番頭さん、この足でな、四軒町の本庄様の屋敷を訪ねてくれ」

「明日の面談の都合を伺うのですな、承知しました」

笠蔵は本庄家と長年の出入りの仲だ。

その笠蔵が、旦那様《だんな》、と言いだした。

「遠野の旦那の嫌みもありましたで、江川屋に会いましてございます」

「…………」

「そめの一件で挨拶しますと、なにやら腹に一物ありそうな感じでしてな。そこで先代の彦左衛門のころからの知り合いのめし炊《た》きを呼びだして、金を摑《つか》ませました。すると番頭の儀平が近々にも京へ出立するとか」

「なにっ、京へとな」

古着屋が商いで京に行くのは不思議ではない。だが、時期が時期だけに疑ってかかりたくなる。

「めし炊きにはいつ出立するか知らせるように手配りしてございます」

「さすがに手抜かりないな」

そう言った総兵衛はしばらく沈思していたが、

「……江川屋の京行き、今度の一件と関係あるのかないのか」

と重い口調で呟いた。

そのとき、千鶴が手に京で流行の袋物を下げてうれしそうに姿を見せた。後方には国次と磯松が柳行李《やなぎごうり》を抱えて従ってきた。

総兵衛はざわつく胸のなかを静めるように、夕焼けに染まった江戸の町を船上から眺めた。

幾とせの離れに戻ってみると千鶴の文机《ふづくえ》に総兵衛にあてた文がおいてあった。

〝やはち〟の崩し文字の下に面会の日時のみ。初代の影本多正純の通称は弥八《やはち》郎《ろう》といった。そこでつなぎ文の頭には〝やはち〟の崩し文字が必ず使われてきた。

総兵衛は鳶沢一族の運命をそのつなぎ文が象徴しているようでしばらく手にすることができなかった。

不安と憤激が波うってざわめく胸の内を強引に鎮《しず》めると、総兵衛はつなぎ文を手にした。

四

その夜、丑《うし》の刻（深夜二時頃）、大刀は膝《ひざ》の前に置き、脇差《わきざし》を帯にたばさんだ鳶沢総兵衛勝頼《かつより》と供の信之助の二人が徳川家の菩提寺《ぼだいじ》三縁山増上寺内東照宮の拝殿に正座していた。

総兵衛は二度この拝殿に坐《すわ》ったことがあった。

一度目は貞享《じょうきょう》四年（一六八七）、将軍綱吉が「生類憐《あわ》れみの令」を施行して世の中を震撼《しんかん》させた年だ。

綱吉が生き物への過剰な憐憫《れんびん》を見せ始めるのは世継ぎ徳松を五歳のおりに亡《な》くしたことが発端と言われる。綱吉の母の桂昌院が盲信した真言宗の僧侶《そうりょ》隆光は、

「綱吉様にお世継ぎが生まれないのは前世に殺生《せっしょう》した報いであり、現世では生き物は殺さないことが大事でございます」

という教えを桂昌院にも綱吉にも信じこませた。

この年の三月、先代総兵衛は影からの呼び出しを受けた。

御用は、隆光をつうじて申しでられた綱吉の隠し子松鶴君の真偽を調べよとの命であった。

先代総兵衛の供で勝頼は上野館林《こうずけたてばやし》に走り、綱吉が館林の藩主時代に手をつけたという奥女中須磨《すま》の方《かた》の一子の周辺を極秘のうちに洗いだし、隆光と須磨の方《かた》が騙ったうえで偽《にせ》の子を用意したとの確信にいたった。

先代総兵衛と勝頼は、敢然と須磨の方と松鶴君と名乗る九歳の少年を暗殺して江戸に帰着した。

二度目は元禄《げんろく》十一年（一六九八）九月のことだ。

先代の死後、総兵衛を継いだ勝頼は江戸三百余町を焼き尽くした勅額《ちょくがく》火事の真相を探るために呼ばれた。

この夏、上野の寛永寺根本中堂が完成し、その用材調達を一手に請けおった材木問屋紀伊国屋文左衛門は、五十万両におよぶ巨額の利益を得た。

九月六日、根本中堂に掲げられる、東山天皇下賜《かし》の勅額が京都から届くことになっていた。この夜明け前、数寄屋橋付近から出た火はたちまち南風に煽《あお》られて大名小路から町家へと広がり、大名屋敷八十三、旗本屋敷二百二十五、寺社二百三十二、町家一万八千七百余軒を焼失する火事となった。

影の命は、火事の混乱に乗じて綱吉暗殺の計画あり、その真相を探れというものであった。

鳶沢一族が探索した結果、紀伊国屋が独占した寛永寺根本中堂建設工事から排斥された材木問屋の甲州屋作左衛門が放火を実行、新たな儲《もう》け口を意図しようとしたものと判明した。真相を報告した数日後、総兵衛が名指しした材木問屋が捕われ、家財は没収された。が、その直後に甲州屋は牢死《ろうし》して、勅額火事との関係は闇《やみ》に葬《ほうむ》られた。

以来、三年ぶりの呼び出しである。

どこかで風音が聞こえ、御簾《みす》のなかに二つの影が現われた。一人は座し、一人はそのかたわらに片膝をついた。

「神君様の御起請文《ごきしょうもん》」

初めて聞く御簾の声に総兵衛は懐《ふところ》に持してきた御文を信之助に渡した。御簾のなかでも声の主が供に手渡し、二人の従者は御簾越しに接近した。

二枚の御起請文が広げられ、御簾をはさんで上下二つに割られた家康の花押《かおう》が合わせられた。二つの割花押はぴたりと一致した。

従者二人がそれぞれの主人のもとに戻り、御文を返却すると拝殿からどちらも姿を消した。

「ご用命お伺いいたしまする」

総兵衛の言葉に影はしばし沈黙していた。

「徳川様を揺るがす大事が発生いたしましたか」

かさねて総兵衛は訊《き》いた。

「不分明じゃ」

と声が言った。

「家康様が鳶沢総兵衛に与えた起請が危機に晒《さら》されておる」

「密約を反故《ほご》にされる動きがあると仰せられますか」

「いかにも」

「だれがなにゆえにでございますか」

「家康様と初代鳶沢総兵衛との起請から八十五年が経過した。どうやらわれらの特命を知る者が動き始めたようじゃ」

「われらの勢力が気に入らぬ……」

「と考えるお方がおられる」

御簾のなかの声はそう言い、言葉を継いだ。

「近々町奉行所より古着屋惣代《そうだい》が江川屋彦左衛門に申しわたされる」

「それがしから江川屋に移すと仰せられますか」

巷《ちまた》の風聞は当たっていた。

大黒屋総兵衛の富沢町惣代は商い発祥のときからの世襲であった。そのことを富沢町の住民、商人は当然のこととして受け入れてきた。どうやら江川屋の番頭らの京上りも一連の事件に連動していると思われた。

「町奉行所では今後彦左衛門から渡される鑑札を持たねば、営業成り立たずとの触れを準備しておる。そなたも江川屋の支配下に入ることになる」

「われらの武士身分もこれで終わりと……」

暗殺者がそめや駿府屋の手に持たせた椿《つばき》の一枝が意味を持ってくるのではないか。

（隠れ旗本大黒屋総兵衛の首を落とす）

と恫喝《どうかつ》してはいないか。

「町奉行一人《いちにん》ではなかなかできぬことよ」

影は総兵衛の問いには答えず、

「われらを殺《そ》がんとする企て、すみやかに潰《つぶ》せ」

と命じた。

「これまでどおりと考えてようございますな」

「いかにも。われらに与えられた力は、徳川の大事に発揮せられてきた。それを奪わんとする邪《よこしま》の考えこそ、神君家康様のお考えに反するわ」

「すでにわれら鳶沢一族の者が一名、さらには縁戚《えんせき》の者が一名、何者かに暗殺されてございまする」

「なんと……」

京に運ばれた二千両が行方を絶った一件は報告しなかった。

「すべてはあなた様のご懸念《けねん》があたっていることを示しておりまする」

「八十五年の間、敵意がわれら影に向けられたは初めてのこと。総兵衛、即刻反撃に転じよ」

「かしこまりましてございます」

御簾のなかの人影が消えた。

総兵衛も立ちあがった。


総兵衛と信之助が朝の早い魚市場の賑《にぎ》わいを避けて、本材木町から江戸橋を渡ろうとしたとき、七つ（午前四時頃）の鐘が水面に鳴り響いた。

江戸橋を渡った総兵衛らは右折してさらに荒布《あらめ》橋を越えた。

蔵地から照降町を一町も行くと、船宿幾とせが店を構える思案橋に出る。

「影様のお指図はいかなるものでございました」

信之助が聞いたのは照降町に入ったあたりだ。

「このたびのお指図はわれらに向けられた危難であったわ」

総兵衛と信之助は主従の関係であり、従兄弟《いとこ》同士でもあった。子なき総兵衛は自分の身にもしものことがあらば、信之助に次代の総兵衛を譲るつもりで遺言書を用意していた。

「われらが百年前から保ちつづけてきた富沢町惣代を、名主の江川屋彦左衛門へ譲る企てが城中で進行しておるそうな」

「巷に流れる噂《うわさ》は真実でございましたか」

「聞いたか」

「はい、どうやら江川屋の周辺から流れたもののように思えます」

「おれも船頭の勝五郎から聞かされた。まさかとは思うていたがな」

「旦那様、富沢町の惣代はわれら鳶沢一族の表の貌《かお》、裏の任務までつぶそうとする企てでございましょうな」

「影様もそこを心配なさっておられる。大黒屋の古着商いと鳶沢一族の任務は表裏一体不可分のものじゃ」

「そめ、駿府屋の旦那、藤助どんらの一件、さらには京の動き……敵方は大きゅうございますな」

影はその正体を知っているのではないか。総兵衛はそんな気がしていた。

堀に架かる親仁橋が見えた。

「総兵衛様、鳶沢村から助勢を呼びまするか」

「早晩そうなろう。が、いまは何が起こっているのか、耐えて探るときじゃ」

「影様が恐れられる勢力となれば、この江戸でもかぎられた人物にございます。老中、若年寄衆に見張りをつけますか」

元禄十四年の春、老中上座に柳沢出羽守保明《でわのかみやすあきら》（武蔵《むさし》、川越藩）がおり、以下、老中は阿部豊後守正武《ぶんごのかみまさたけ》（武蔵、忍《おし》藩）、小笠原佐渡守長重《さどのかみながしげ》（武蔵、岩槻《いわつき》藩）、秋元但馬守喬知《たじまのかみたかとも》（甲斐《かい》、谷村藩）、稲葉丹後守正通《たんごのかみまさみち》（越後《えちご》、高田藩）の四名である。

また若年寄は加藤越中守明英《えっちゅうのかみあきひで》（下野《しもつけ》、壬生《みぶ》藩）、本多紀伊守正永《きいのかみまさなが》（下総《しもうさ》、丹波の内）、稲垣対馬守重富《つしまのかみしげとみ》（三河、刈谷藩）、井上大和守正岑《やまとのかみまさみね》（丹波、亀山藩）と四名がいた。

「いや、それはどうしたものかな」

この九名のなかに影も含まれていると総兵衛は考えていた。

「四軒町を訪ねたうえでのことだ」

元京の町奉行職本庄伊豆守勝寛《かつひろ》の屋敷は四軒町にあった。

「本庄様のご面会の刻限は、五つ（朝八時頃）にございましたな」

笠蔵が昨晩のうちに四軒町に走り、本庄との面会をお膳立《ぜんだ》てしてきていた。

本庄は火急の用件と察して、城中に上がる前の時刻を指定したという。

「旦那《だんな》様のお帰りを待ったうえで出立いたします」

信之助は総兵衛と本庄の面談の後に立つことを申しでた。

「信之助、作次郎《さくじろう》ら四名ほど一族の者を連れていけ」

作次郎は大黒屋の荷運び頭、鳶沢一族の戦闘部隊の中核にあった。

「そなたの役目の第一は、藤助一行の生死をたしかめることじゃ。そのようすしだいでは江戸に立ち戻るか、鳶沢村に走って助勢を求めるか、信之助、そなたの判断に任す」

うなずいた信之助が指示を仰ぐ。

「京の丹波屋さんのほうはどうなさいますか」

秋物の仕入れに二千両の前渡しを求められ、それがどこかに消えた可能性があるのだ。それに来年からの仕入れを断ってきていた。早急に手当てをする必要があった。

「いま一度二千両を用意せねばなるまいな」

簡単に都合できる金ではなかった。

「旦那様、まずは藤助どんらの行方を摑《つか》むことが先決。新たな二千両はその後で算段して送金してはいかがでございましょう。丹波屋さんもそう阿漕《あこぎ》なことは申されますまい」

「であればいいがな」

総兵衛と信之助の足が同時に止まった。

潮が満ちるように敵意が二人の周りに押し寄せてきた。

二人の周りには最後の眠りに就く町家が広がっていた。

「どうやら先方から参ったようじゃな」

「このところ憤《いきどお》りが溜《た》まっておりました」

腰に差した刃渡り二尺三寸四分（約七〇センチ）の三池典太光世《みいけでんたみつよ》に総兵衛は手をかけた。六尺一寸（約一八五センチ）の長身に典太も脇差のように短く見える。

光世は平安後期、筑後国の刀鍛冶《かじ》である。室町以来天下五剣の一と言われ、反りが深くて堂々たる刀姿であった。死の床にあった家康から初代総兵衛が拝領した光世の銘の上に葵《あおい》の紋が刻まれて、葵典太と呼ばれることを知る者は一族の後継者だけである。
鳶沢総兵衛に従う信之助も大小を腰に差していた。
闇から滲《にじ》み出るように黒装束の影が七つ八つ、と現われた。
巨漢の頭に率いられた一団から血の匂《にお》いが漂ってきた。
総兵衛が静かな声で訊いた。
「何者か」
返答は戻ってこない。
「物盗《ものと》りとも思えん。こちらの正体を知っての狼藉《ろうぜき》か」
総兵衛はつぶやくように問いながら、葵典太の鯉口《こいぐち》を切った。
信之助は剣を抜くと、総兵衛のかたわらを固めた。
殺気が膨らみ、殺到してきた。
信之助が機先を制して、殺気の中心に斬《き》りこんだ。
総兵衛が草履を飛ばすか飛ばさないうちに、黒い影が襲いかかった。
総兵衛はそれが三つであることを知りながら、輪の中心部に自ら身を置いた。
躍動するように三方から襲撃してくるただなかに位置取りしながらも総兵衛

の身の動きは、際立《きわだ》って早かった。

鞘走《さやばし》った葵典太が総兵衛の手のなかで躍った。

太刀風がゆるやかな疾《はや》さで抜き打ちに円弧を描き、横に払われ、斬りさげられ、胴を抜いたとき、どさりと三人の暗殺者たちが路上に倒れこんでいた。

祖伝夢想流は戦国時代の気風を残した実戦剣法である。早く間合いのなかに入りこみ、相手の剣の動きを見定めつつ、太刀を舞うように振るう。

落花流水剣と名づけられた秘剣は、落花が流れる水に添うように流水も落花を乗せて流れたいように自然に舞い、動く。

そのため、総兵衛は四尺（約一二〇センチ）にもおよぶ馬上刀を片手で緩やかに素早く振る修行を毎朝何百回、何千回と繰り返しているのだ。

殺戮《さつりく》の場から横に身を移した総兵衛は、葵典太を構えなおした。

信之助も一人に傷を負わせて、総兵衛の背後にいた。

敵方は動揺も見せずに態勢を整えた。

明かりが走った。

新たな気配が闘争の場に加わろうとしていた。

巨漢の頭分の右手が上がって退却の合図を示した。

総兵衛は敵が傷ついた仲間たちの体を引きずって下がるのを許した。

襲撃者の気配が堀端から消えた。

風神の又三郎に指揮された鳶沢一族の者たちが総兵衛の足下に跪《ひざまず》いた。

総兵衛と信之助を陰ながら護衛していた者たちだ。

「ご苦労」

「何者でございますか」

又三郎が総兵衛に訊いた。

「分からぬ。おおかた、われらの力を試そうとしたのであろう」

「総兵衛様、あやつらを操る者が別におりまする」

「ほおっ」

「この場を見とおせる堀向こうから頭巾《ずきん》を被《かぶ》った武家がようすをうかがっておりました」

「あやつらはその者に雇われたか」

総兵衛がつぶやいた。

「屋根船を用意してございます」

夜が明け、人目につくのを懸念した又三郎が言った。

総兵衛らは堀に浮かんだ屋根船に乗りこむと影から古着屋の商人の顔に変えた。

当代総兵衛は初代総兵衛の座像と向かいあって瞑目《めいもく》していた。

(ご先祖様、そめと駿府屋繁三郎が何者かの手にかかりましてございます。家康様との御起請《ごきしょう》以来、鳶沢一族に危難の刃《やいば》が初めて向けられてございます)

総兵衛の胸に言葉が浮かんだ。

(いかなる者であれ、家康様との御起請に背く者は排除せよ。鳶沢一族の秘密に迫らんとする者は殺せ)

(殺すのでございますか)

(鳶沢を率いる頭領たるものの心得は一つ、一族を守るに非情に徹せよ。それが家康様との黙契……)

大広間に近づく者の気配が総兵衛の胸の想念を消した。

「だれじゃ」

「そろそろ本庄様のお屋敷に出向かれる支度をなさいませぬと」

おきぬが板戸の向こうから声をかけてきた。

四半刻《しはんとき》(三十分)後、総兵衛は笠蔵やおきぬらに見送られて店を出た。

眠れぬ鳶沢一族の夜はまだ続いていた。

おきぬに笠蔵は呼び止められた。

「下剤を調合してもらえませぬか」

「すぐにも奥に届けますぞ」

笠蔵の趣味は薬草摘みである。大黒屋の庭の一角に小さな薬草園を持っているほど詳しい。だが、苦い薬をありがたがる奉公人は少ない。

「即効性のあるものがようございます」

「どうやら大変のようじゃな、強い薬をな、調合して差し上げますぞ」

おきぬはきびしい顔でうなずくと奥へ戻った。

第二章 探 索

一

大目付を務める本庄伊豆守《いずのかみ》勝寛三千二百石の拝領屋敷は四軒町にあった。

この朝、紋服に身を包んだ大黒屋総兵衛は、前日の大番頭笠蔵の段取りに従い、千五百余坪の敷地の門をくぐった。本庄は、出仕前に総兵衛との面会を許すというのだ。

「大黒屋、昨日は家人が京よりの流行《はやり》の品々を頂戴《ちょうだい》したそうな、いたく喜んでおったわ」

「お礼を申されるほどの品ではございません。荷船の隅に積んできたわずかな物でございます」

「本日は何用か」

本庄家とは先代以来の厚情をかさねていた。そこで総兵衛は単刀直入に京からもたらされた古着仕入れの締め付けの一件を告げた。

「それはまたおかしな話じゃな」

本庄伊豆守は頭を捻《ひね》った。

大目付は老中の下で大名諸家の監察にあたり、鉄砲改め、宗門改めをも担当した。

大名家を取り締まる立場上、役料二千俵、待遇は大名並みである。

能吏の本庄は遠国《おんごく》奉行の一つ、京都町奉行職を経ての出世である。京の事情も江戸城の政情にもつうじた人物であった。

「京に赴任しておられる能勢式部太夫《しきぶだゆう》様はご存じでございますか」

「知っておる。長らく小普請《こぶしん》（無役）において苦労なさったがな。どうやらこのたび、陽の目を見たようじゃ。赴任は一年前のことだと記憶するがな」

本庄はしばらく考えていたが、

「大黒屋、柳営で京、大坂の古着買い集めが問題になったことはない。それをどうして能勢どの一存で指図できるのか、訝《いぶか》しいな」

「無役の能勢様を京都町奉行に推された方はどなたでございましょうな」

「うーむ」

　本庄はしばらく考えた末に、

「大黒屋、うかつなことは言えぬ。その辺にそなたの求める答えもあるやもしれんが、中奥のことはなかなか複雑じゃ。少し時間がかかるぞ。判明したあかつきには、そなたに極秘に知らせよう」

　と慎重なかまえを見せた。

「恐縮に存じます」

「京で大黒屋が古着を買い集めるのは丹波屋であったな」

「さようでございます」

「丹波屋とて、そなたらとの取引を中断したくはあるまいに」

　本庄は、京都町奉行時代をつうじて大黒屋と丹波屋の長い取引を知っている。

「手前もそう考えたいのですが」

「伏見にな、丹波屋の嫁女の弟が中国、四国筋を相手の古着問屋をやっておる。この讃岐屋《さぬきや》は東国にはあまり知られておらん。丹波屋からの不足分を当座讃岐屋から購入してはどうじゃな。これを先方が断るようなら、丹波屋によくよくの圧力がかかっているということじゃ」

総兵衛はぴしゃりと膝《ひざ》を叩《たた》いた。

「お礼の言葉も見つかりませぬ」

「南町の松前伊豆守《いずのかみ》どのは京都町奉行職時代の同輩じゃ、それとなく話を聞いておこうか」

「本庄様、松前様の名が出たところで、いま一つお願いがございます」

「なにかな」

「三年前、江戸は大火に見舞われました。勅額火事にございます。火事の直後、本所相生町《あいおいちょう》の材木問屋甲州屋作左衛門が町方に捕らわれて牢死《ろうし》し、家財没収された事件がございました。この事件と勅額火事はかかわりがあるのかないのか。松前様にお尋ねしていただけませんでしょうか」

「大黒屋、奇妙なことに関心を持ったな」

「甲州屋とゆかりがあったものですからつい……」

総兵衛は困った顔をした本庄にそう答えた。

三年前、総兵衛に影から呼び出しがきた。

火事の背景に綱吉暗殺の企てありとの風聞を確かめよとの命であった。が、甲州屋作左衛門が紀伊国屋文左衛門に嫉妬《しっと》と反感を持って付け火……が総兵衛が指揮した鳶沢《とびさわ》一族の出した答えであった。

そのことは影に報告して落着した。

その直後、甲州屋作左衛門は捕縛され、牢で急死したとか。家財は没収の沙汰《さた》が下って一家が離散して事は決着した。

総兵衛の任務は終わった。が、なぜか、釈然としないわだかまりが総兵衛の胸のうちに沈潜していた。それが咄嗟《とっさ》に口をついて出た。

「松前どのにそれとなく聞いてはみるがな」

あまりあてにするでないぞ、と言う本庄伊豆守の出仕を見送った総兵衛は、早々に屋敷を辞した。

富沢町の大黒屋に戻ると信之助が総兵衛を出迎えた。

大番頭の笠蔵は外出中という。

「お帰りなさいませ。すべて出立の準備は整えてございます」

そう答えた信之助は、

「そめと朝吉の探索に出ました秀三が戻っております」

総兵衛が居間に入るとおきぬが出迎えた。

その場に信之助が秀三を伴ってきた。

「ご苦労であったな。そなた一人、戻ってきたか」

「おてつどんは、今少し栗橋宿に残してございます」

自分の母親のことを秀三はそう呼ぶ。

「朝吉じいの行方は突きとめたか」

「幸手宿外れの破れ寺《やでら》の床下に死体が放置されてございました」

外出から戻った笠蔵が主《あるじ》の座敷に入ってきて、その場に静かに座った。

総兵衛は問いを再開した。

「そめと同じようにくびり殺されたか」

「いえ、刃物の傷にございます。乱暴な斬《き》りつけようで手練《てだ》れの手とも思えません」

大黒屋では長い商いに出る者の荷を江戸の外れまで送っていく習わしがあった。

会津若松を中心にそめの荷も奥州《おうしゅう》街道の最初の千住宿まで大黒屋の使用人の手で運ばれ、ここから駅馬の背に積み替えられた。そめが文禄《ぶんろく》三年（一五九四）に架けられた千住大橋を渡ったのは、五つ半（午前九時頃）時分と、ここまでは分かっていた。

秀三とおてつは駅馬宿や旅籠《はたご》を辿《たど》りながら、草加《そうか》、越谷《こしがや》、春日部《かすかべ》、杉戸、幸手と二人の行動を追っていった。

「そめどんはその日、朝吉さんの待つ幸手宿まで予定どおりに到着しております。旅籠は馴染《なじ》みの木乃根屋《きのねや》さん。二人はその夜のうちに荷を整理して、翌朝の早立ちに備えました。翌日、木乃根屋さんを出たのが朝の七つ（四時頃）過ぎ……」

江戸期、旅は早立ち、早泊まりが習わしであった。

大黒屋の担《かつ》ぎ商いたちもその習わしに従った。

「……四頭の駅馬に荷を積んで木乃根屋を出て、栗橋宿に向かいました。幸手と栗橋の間は一里半（約五キロ）少々、栗橋宿は暗いうちの通過、たしかめる術《すべ》がございません。利根川の関所の渡し場まで進んで、二人のことを聞いてまわったのですが、舟に乗ったようすはございません。そこで栗橋宿まで引き返して旅籠など虱《しらみ》つぶしに聞いてまわりました……」

二人がなんの手掛かりも得られないまま、先へ進むかと考えたとき、おてつが秀三の袖《そで》を引いた。おてつの視線を追うと、路上で女が古着を商っている。

それに敷かれたござには見覚えがあった。

その荷が大黒屋のものと確かめた二人は、監視しながら時が来るのを待った。

夕刻、馬方が空馬を引いて迎えに来た。

おてつと秀三は、二人の家まで尾行して栗橋宿外れにある一軒の百姓家に辿りついた。

秀三をその場に残したおてつは二丁も離れた隣家を訪ねて、馬方と女のことを聞きだした。

酒と博奕《ばくち》に目のない亭主の寅吉《とらきち》は名うての乱暴者で、土地の者は寅吉の馬を使うことはないという。江戸から流れてきたはるとは三年も前に一緒に棲《す》み始めたとか、二人の間に子はなかった。

その夜、二人は寅吉とはるの家に侵入した。火もない囲炉裏端《いろりばた》で酒を飲んでいた寅吉が、

「なんでえ、てめえらは」

と酔眼を二人に向けた。

「おまえさまに尋ねたいことがあってな。あの古着、どこで手に入れなすった」

おてつが土間に積んである古着の荷から寅吉へ視線を移しながら訊《き》いた。

「仕入れたものよ」

寅吉の目に不安が漂った。

「どちらからでしょうかな」

「おめえらに返答するいわれはねえ」

寅吉は囲炉裏のかたわらに積んであった薪《まき》ざっぽうに手を伸ばした。

「あの荷は江戸は日本橋富沢町の大黒屋の品……」

「それがどうしたえ。このはるが大黒屋から仕入れてきたもんだよ」

しどけなく横座りしたはるが声を張り上げた。

「大黒屋はあんたらのような者に荷を卸《おろ》すことはありません」

「どうして分かる」

「手前どもは大黒屋の者でございましてな。そめどんと朝吉じいの行方を追ってきた者……」

「ひえっ！」

悲鳴を上げた寅吉が薪を摑《つか》んで立上がり、おてつに殴りかかった。

のっそりと立っていた秀三が俊敏な動きを見せた。大きな体の背を丸めると土間から板の間に飛び上がった。寅吉の懐《ふところ》に飛びこむと腕をかいこみ、腰に乗せると跳ね上げた。

寅吉の体が宙に一回転して、板の間に叩きつけられた。

寅吉は呻《うめ》き声を上げて失神した。

「なにすんだよ！」

逃げだそうとするはるの髷《まげ》を摑んだ秀三が寅吉のかたわらに引き倒した。

鳶沢一族でも名だたる豪力の早技だ。

寅吉の顔におてつが水をぶっかけた。

意識を取り戻した寅吉は縄でぐるぐる巻きにされて、はると背中あわせにひっ括《くく》られていた。そのかたわらでは秀三が鎌《かま》の刃を砥石《といし》で研いでいる。鎌も砥石も寅吉の家のものだ。

「寅、二度は聞かねえ。そめどんと朝吉じいがどうなったか喋《しゃべ》りねえ」

秀三が静かに寅吉を見据えて訊いた。いつもの呆《ほう》けた顔つきは消えていた。

寅吉が目を逸《そ》らそうとすると鎌の刃が頰にあてられ、すうっと引かれた。痛みが走り、血が流れ出た。

「喋る、喋るからよ。命だけは助けると約束してくんな」

「話しな」

「旅の者に馬を都合してよ、貸し賃に古着をもらっただけだ」

「たわけたことを吐《ぬ》かすでない」

秀三の手の鎌がひらめき、寅吉の足の甲を貫いた。

げえっ！

痛みに体を捩《よじ》り曲げる。が、刃は床を刺し貫いていて、逃げようにも動けない。

「言ったはずだ。二度とは尋ねないとな」

血が板の間に広がっていく。

「話す、話す。そいつを抜いてくれ」

寅吉は痛みに泣きながら哀願した。

秀三が鎌を抜いた。

渡世人二人が寅吉の家にやってきて、明朝までに馬を四頭都合できるかと一両小判二枚を見せびらかした。中年の小男と若い巨漢の二人連れだ。不敵な面相には修羅場をくぐってきた危険な匂《にお》いがこびりついて、さすがの寅吉もうす気味悪かった。

「一日仕事かね」

「いや一刻《とき》（二時間）あれば十分だ。馬方はいらねえ」

「宿場の決まりもあらあ。馬だけなんて、そりゃできるこっちゃあねえ」

寅吉は銭になりそうな男たちに反論した。

「寅、黙って従え。おめえも女も死ぬことになるぜ」

小男のほうが寅吉をぎろりと見る。視線には寅吉を身震いさせる威嚇《いかく》がこめられていた。

「兄い、分かった。馬を四頭だな」

「七つ前までに幸手宿の木乃根屋まで引いてきな。空馬だ、一人で引いてこれよう。さあ、行きな」

小男が二両をはるの襟の間に突っこみ、

「女は仕事が終わるまで預かる」

と言った。

約束の刻限、寅吉が仲間から集めた馬を引いて木乃根屋の前に行くと頬被《ほおかむ》りをした馬方四人が待っていて、馬を受け取った。そのうちの二人は昨夜の男たちだ。

「おめえは家で待ちねえ。ただし女はあそこにゃいねえぜ」

寅吉は家に戻る振りをして、木乃根屋を見張った。

老人と女、二人の客が寅吉の用意した馬の背に荷を積んで旅籠を発《た》ったのは、まだ暗闇《くらやみ》のなかだ。

寅吉は暗闇に乗じて後をつけた。荷を強奪するにしては大掛かりだ。

幸手と栗橋の間にある破れ寺の前に差しかかったとき、山門から黒い影が現われた。

女がなにか声を発しようとしたとき、巨漢の馬方が女の首筋にいきなり紅絹《もみ》を巻きつけてぎりぎりと絞り上げた。

なんとも手慣れた殺しの技だ。

老人が身構えた。すると後ろにまわっていた兄貴分が匕首《あいくち》を抜きざま、背を突き刺した。老人が振り返り、よろけながらも横に逃れた。

「くそっ！」

小男は老人に追いすがると匕首を乱暴に振りまわした。その一撃がよろけた老人の胸を貫きとおして騒ぎは鎮《しず》まった。

寅吉は襲撃者たちが破れ寺に馬と死体を入れて始末する一部始終を見た。

女の死体は荷のようにこもに包まれて用意されていた荷車に乗せられ、何処《いずこ》ともなく運ばれていった。老人の死骸《しがい》は寺の床下に荷と一緒に隠された。

そこまで見た寅吉は家に走り戻った。

男たちが馬とはるを連れて戻ってきたのは一刻（二時間）後のことだ。

「寅、二両は忘れ賃だ。下手なことをするとおめえらの死骸が利根川に浮くことになるぜ」

寅吉とはるをさんざん脅した男たちは姿を消した。

二日後、寅吉とはるは夜中に馬を引いて破れ寺に戻り、隠されてあった荷を盗んだ。

「……おれが知っているのはそれだけだ」

寅吉が血止めをしてくれと泣きついた。

「旦那《だんな》様、寅吉はそれ以上のことは知っちゃいませんでした。ところがはるのほうが二人の渡世人の交した言葉を覚えていたのでございます。なんでも小男は大男を野嵐《のあらし》と呼び、兄貴分の小男は猿《ましら》とか音七《おとしち》と呼ばれていたようでございます。そして二人の言葉つきは間違いなく江戸者であったとか……」

秀三がそう報告を締めくくった。

「朝吉の死体はどうしたな」

「腐敗がひどくて穴を掘って埋めるのが精一杯にございました。そこまで手伝いまして手前だけが報告に走り戻ってきました。おてつどんはいましばらく寅吉とはるの動きを監視しながら、取り戻した荷を幸手宿の木乃根屋に預ける手配などをしております」

「秀三、ようやった」

総兵衛は褒めると秀三を下がらせた。

座敷に残ったのは主の他、途中から入ってきた笠蔵、信之助、おきぬの三人だけとなった。

「どうやら最初の手掛かりがえられたな」

「旦那様、江川屋のめし炊《た》きが連絡をくれましたでな、会うておりました。儀平の京上りは明朝、供は手代一名、浪人者が三名……」

笠蔵が外出の理由を告げた。

おきぬが訊いた。

「仕入れの金でも運んでいくのでしょうか」

「いや、そのようすはない。それに江川屋は派手な商いのわりには内情が苦しいのは分かっております。出入りの商人も支払いの悪さには困っておりましてな」

笠蔵は彦左衛門がどこぞに金をばらまくせいだと言い添えた。

「旦那様、浅草界隈《かいわい》に縄張りを持つ閻魔《えんま》の伴太夫《ばんだゆう》という香具師《やし》を覚えておいでですか」

笠蔵がいきなり話題を転じた。

「浪人者は閻魔一家の用心棒にございます」

と笠蔵が言い、

「なるほど……」

と総兵衛と信之助がうなずきあった。

香具師は寺社仏閣の祭礼日に境内のショバ割りをするのが本業である。が、閻魔の伴太夫は賭場《とば》から口入れ屋まで手広く間口を広げていた。

五年前、富沢町の露天の古着市にショバ代を払えと小売り商たちに閻魔の手下が嫌がらせを繰り返したことがあった。小売り商の通報に信之助を連れた総兵衛が浅草三間町の閻魔一家に出向いた。

伴太夫は総兵衛らが頭を下げにきたと勘違いしていた。痛めつけようとした三下どもは反対に総兵衛と信之助二人にさんざんな目に遭わされた。

玄関先に引き出された伴太夫は、総兵衛の貫禄《かんろく》に竦《すく》み上がった。

「閻魔の伴太夫、富沢町には手をつけないのが江戸始まって以来の決まりごと。どうしても閻魔一家が縄張りうちに悪さを続けるなら、大黒屋にも考えがございますよ」

静かな口調でじんわりと諭されたものだ。それは商人の風貌《ふうぼう》でも眼光でもなかった。なにか謎《なぞ》めいたものを湛《たた》えて、閻魔は富沢町に手を出すことを諦《あきら》めた経緯があった。

「あやつ、近ごろでは餓《が》狼《ろう》のような浪人者を配下においておるとか。旦那様と信之助を襲った浪人たちもここいらあたりが出所ではありませぬか」

「五年前の意趣返しか。臭《にお》うな」

総兵衛と笠蔵が言いあい、

「閻魔一家に野嵐とか、猿とかいう二つ名の者が三下にいるかどうか調べてみよ」

「かしこまりました」

信之助が、

「旦那様、手前どもも明朝出立しようかと思います」

と出立の変更を言いだした。

「儀平一行を見張りながら、東海道を上るというのか」

と総兵衛が承知し、

「そなたは儀平と顔見知りであろうな。ならば、京へ足を延ばすことも考えにいれて、磯松を連れていけ」

京、大坂での仕入れを担当して船に乗っていることの多い磯松は、富沢町では知られた存在ではなかった。

「信之助、なんとしても藤助らがどうなったか、調べ上げてくるのです」

笠蔵は二千両を取り戻してくれという言葉を飲みこんだ。

翌朝、一番番頭信之助を頭分に手代の磯松、荷運び頭の作次郎、その配下の銀三、亀八ら五名の者たちが品川外れで江川屋の番頭一行を待ち受けるために早立ちして富沢町を発った。

信之助らが江川屋の一行を見張りながら、東海道を上ってから二日あまり何事もなくすぎた。その間に幸手宿からおてつが戻ってきた。おてつは馬方の寅吉とはる夫婦は意気消沈して、怪しげな動きはみせないと報告した。

二

おきぬは船宿幾とせへの供を命じられたとき、胸が騒いだ。

幾とせに行けば千鶴がいる。

おきぬは大黒屋に仕えてすでに十四年、総兵衛にひそやかな恋情を抱いてきた。

千鶴は鳶沢一族の者ではない、添い遂げられる仲ではないのだ。そう思ってみたが、千鶴を嫉妬《しっと》する気持ちはおさえきれない。

おきぬの恋心は複雑に揺れ動いて胸のなかにわだかまり、生き続けている。だが、その感情を総兵衛や他の奉公人の前で見せることはなかった。

そんなおきぬの女心を知ってか知らずか、総兵衛がこれまでおきぬを幾とせに伴うことはなかった。

富沢町から思案橋まで人形町の通りを横切ると堺町、葺屋町の芝居町を抜ける。

三月芝居の最中、中村座の軒先にはにぎにぎしく角切銀杏《いちょう》の、中村家の紋入りの提灯《ちょうちん》がぶら下がっていた。また堺町の中村座の櫓《やぐら》には、座元の紋を染めだした幕が張りめぐらされて、そこが町奉行所支配下の官許であることを示していた。が、江戸の芝居は早朝に始まって日没に終わるのが習わし、幕が下りて半刻もした頃合だ。どこか町並みに芝居見物のざわめき、余韻が漂っていた。

「今月は団十郎と九蔵の親子の山上源内左衛門と八王丸が評判なそうな。芝居見物と行きたいところだが、この騒ぎではな」

着流しの総兵衛は絵看板や櫓下看板を見上げながら、おきぬに言った。

元禄のこの時期、まだ千両役者は登場していない。荒事の創始者市川団十郎が年間五百両の給金をとって役者筆頭といわれた。

「旦那様、なにか御用にございますか」

おきぬは総兵衛に訊《き》いた。

「おお、まだ説明してなかったな」

総兵衛は、芝居町の通りを歩きながら、船頭勝五郎から聞いた得三時代の江川屋彦左衛門の一件をおきぬに話した。

「勝五郎さんと稲勢さんにいって昔の話を聞きだしてくるのでございますな」

「そういうことだ」

「かしこまってございます」

そう答えたおきぬの顔が引き締まった。

「旦那様、同心の遠野鉄五郎と会いましてございます」

「いつのことか」

予期せぬ話に総兵衛が足を止めた。

「昨夕のことでございます」

そういえばめずらしくおきぬが顔を見せなかったなと総兵衛は思い出した。

「一人で会ったか」

「男の誘いに供を連れていくのも野暮な話、相手が警戒いたします」

「遠野がおきぬに懸想《けそう》していたとはな」

「これまで何度か誘いをうけてございます」

おきぬは総兵衛の顔を見ぬように言った。

おきぬが上野の池之端《いけのはた》の料理茶屋の池を見わたせる座敷に入ると、すでに北町同心の遠野鉄五郎と半鐘下の鶴吉がいた。だいぶ飲んでいるようすで渋茶色に日焼けした二人の顔が赤い。

「これはまた親分さんも」

「おきぬか、旦那も待ちかねておられたぞ」

「まあ、駆けつけ三杯と申すでな」

遠野が眼光鋭いまなざしに笑いを浮かべ、おきぬに自分の杯を出した。

「これはまたもったいないことで」

おきぬは立て続けに酒を飲まされて頬をうっすらと染めた。

「旦那、酒は強くはございません。もう胸が早鐘のように。旦那、親分、ご用とはなんですね」

「出会い茶屋に呼びだされてご用もないぜ。おきぬ、お前《めえ》もおぼこじゃあるめえ」

半鐘下がにたりにたりと笑いながらいう。

「なんでも旦那と親分はこのところ、奉行所の覚えがよろしいとか。もっぱら巷《ちまた》の評判でご出世を噂《うわさ》されていますよ」

「なにっ、そんな風聞が飛んでおるか」

同心の顔がにやけた。

「おきぬ、そのことよ。旦那にはな、筆頭与力の犬沼様がついていなさる。それとお奉行様もじきじきに応援してくださるんだ。町方同心は不浄役人って言ってよ、お奉行様から声がかかることなど滅多にねえ、蔑《さげす》みの目で見られるのがおちだ」

遠野が嫌な顔をしたのも気づかず、半鐘下は酔った勢いでまくし立てた。

「ところが遠野の旦那にはお奉行の保田《やすだ》様も一目おかれてな、しばしば奥までお呼びになってご用件を命じられるほど高く買っていなさるんだ。これは大変なことなんだぜ。だからよ、お前《めえ》もちょいと計算すりゃあ分かることだ」

「親分さん、計算とはなんですね」

「大黒屋は終わりってことよ」

「店でも名主の江川屋さんのお力が強くなったとか。奉公人のだれもが浮き足立っています」

「ほれ、みねえ。富沢町を仕切るのは早晩江川屋彦左衛門の旦那だ」

「だって江川屋さんはよそ者ですよ」

「よそ者だろうとなんだろうと、この世は金がものをいう。大黒屋のようにお上をないがしろにするようじゃ、後がねえってことだ」

「大黒屋は奉行所でそうも嫌われてますか」

「奉行所ばかりじゃねえ。みんながな、大黒屋を煙たがっているんだよ。まずはおれっち町方を大事にすることだ」

「みんなってだれですね」

「そんなこと簡単に口にできるかえ。ともかくこの世は金しだい……」

半鐘下は臆面《おくめん》もなく言い切った。

「大番頭さんがいつも遠野の旦那や親分に付け届けをしているって話ですがねえ」

「あんな端金《はしたがね》、けちくさいったらありゃしねえ。それに総兵衛は商人《あきんど》の癖にえらく横柄《おうへい》じゃねえか。おれっち町方を見下しているような態度だぜ。それがな、いけねえってんだ」

「するとお上は大黒屋を潰《つぶ》す気なんですね」

おきぬは怯《おび》えた顔をして見せた。

「まあ、看板が上がっているのは秋口までだな」

「そんな……」

「だからよ、お前《めえ》もこの際、河岸《かし》を変えるこったぜ。旦那に可愛《かわい》がってもらってさ、小粋《こいき》な家の一軒も造ってもらえ」

「だって同心の給金は、三十俵二人扶持《ぶち》っていうじゃありませんか。小粋な家なんてとうてい無理……」

遠野が嫌な顔をした。

「旦那《だんな》の前でなんてことを。これだから、女はものを知らねえって言われんだよ」

半鐘下は自分が酔って喋《しゃべ》ったことを棚に上げて、おきぬをなじった。

「あら、そうですかね」

おきぬは遠野の杯に酒を注いだ。

「江川屋が富沢町の古着屋の株頭になってみねえ、金なんぞは湯水のように入ってくる寸法よ」

「奉行所の一存で大黒屋が潰されるので」

「だから奉行所ばかりじゃねえんだよ」

「だからだれですね、大黒屋を嫌っておられるお方は」

「そりゃかるがるしくいえねえよ」

さすがに半鐘下も口を滑らせない。

「だって女ひとりが生涯を賭《か》けようって瀬戸際《せとぎわ》ですよ。そんないい加減な話じゃねえ。なびくものもなびかないわ」

「おきぬ、お前《めえ》も浮世絵の一枚看板になったほどの女だ。この世の中に裏も表もあることぐれえ、承知していよう。この話はでっけえ話なんだ。親船に乗ったつもりで旦那の胸に飛びこんでいきねえ」

おきぬは鶴吉がそれ以上のことは知らないと判断した。

「あらっ、親分はご存じないのね」

「世の中、口にしないのが華ってこともあらあな」

「じゃあ、私は帰えろっと」

おきぬは立ち上がるふりをした。

「半鐘下、そろそろ気をきかせろ」

「おお、これは頭のまわらんこって」

半鐘下の鶴吉がよろよろと座敷から出ようとして次の間の襖《ふすま》を開けた。赤い絹布《けんぷ》の布団《ふとん》が敷かれてある。

「おきぬ、旦那を頼むぜ」

こっちを見た半鐘下が廊下に出ていった。

「旦那、かための杯。三三九度の真似《まね》ごとよ」

おきぬは野菜の煮物の器の蓋《ふた》を手にすると、たっぷり酒を注いだ。

「さあ、一気に……」

遠野は一合はたっぷり入った酒を飲みほした。

「次はそなたじゃ」

遠野が不確かな手つきで杯に酒を注ぐ。

おきぬはゆっくりと飲むと一息ついた。

「もう駄目だわ」

「夫婦のかための杯は飲み干すものじゃ」

おきぬは残りを一息に飲んだ。

「旦那の番……」

おきぬは遠野にふたたび盞を持たせた。

「待て待て。床入り前に厠《かわや》へな、行って参るで待っておれ」

遠野がふらりふらりと座敷を出た。

おきぬは新たに注いだ酒のなかに大黄《だいおう》、巴豆《はず》、桃花《とうか》などおとぼけの笠蔵が念入りに調合した下剤をたっぷりと混ぜた。

遠野が目をぎらつかせて戻ってきた。

「さあて、三三九度がお待ちかね、旦那」

「三度目は床でな」

と言いながら、遠野はおきぬの肩を引き寄せ、酒を一気に飲んだ。

「遠野様、江川屋を富沢町の株頭に推されるお方はどなたなんです」

「北町奉行の保田越前守様よ」

「その奉行様の背後に控えていらっしゃるお方ですよ」

「そいつはよ、おめえをたっぷり泣かせてから喋ろうじゃねえか。半鐘下など喋りたくても知りもしねえ」

知っているのか知らないのか、見当がつかない。

「おりゃ、そのために危ねえ橋も渡らされた」

遠野が奇妙なことを言いだし、顔をしかめた。

「そろそろ床入りじゃ」

おきぬの手を摑《つか》んだ遠野は、強引に次の間に引っ張っていこうとした。

「お話しくださいな。そうしなければ決心がつきませぬ」

そのとき、遠野が身を捩《よじ》らせた。

「ちょいと待て。その前に今一度な、厠へ参る……」

遠野が慌《あわ》てて厠に走っていった。

笠蔵の調合した薬は予想外に効きすぎた。

どうやら引け時だとおきぬは立ちあがった。

「おきぬ、遠野が渡らされた危ない橋とはいったいなんのことだ」

「探りますか」

「もはや遠野の誘いに乗るでない。そなたは大黒屋にとってなくてはならぬ女じゃ」

総兵衛はおきぬに釘《くぎ》を刺した。

二人は堀留の堀端に出ていた。親仁橋から思案橋はすぐそこだ。

思案橋の船宿幾とせの舟着場にはちょうど女将《おかみ》のうめと勝五郎が立ってお客の乗った屋根船を送りだしたところだ。

「勝五郎、おきぬとな、稲勢までいってくれまいか」

「先日の一件ですな、合点だ」

「なにが合点だよ。勝五郎、お前がしっかり覚えていりゃあ、おきぬさんの手をわずらわせることもないんだよ」

そのことを承知しているらしい女将のうめに叱《しか》られた。

「ちげえねえ」

勝五郎は年寄りとも思えない素早い段取りで猪牙《ちょき》舟を用意しておきぬを乗せた。

「おきぬ、幾とせで待っておる」

おきぬがうなずき、女将のうめが猪牙の艫《とも》を手でかたちばかり押した。

思案橋の下から堀に出た猪牙は、夕闇《ゆうやみ》に溶けこむように水上に消えた。

猪牙舟は鎧《よろい》の渡しから右手に与力、同心たちの屋敷がならぶ八丁堀を見て、大川に下る。

「勝五郎さん、稲勢のお女将さんは年の頃、いくつですね」

「女の年ははっきりは分からねえが、四十そこその大年増《おおどしま》だ。商売柄さ、お紋《もん》さんはたっぷりと色香を残していますぜ」

「薬研堀《やげんぼり》に行く前にお店に寄ってはくれますまいか」

「へえっ、ようがす」

勝五郎は霊岸島新堀には舟を入れず、崩橋へと左折させて蠣殻《かきがら》町と箱崎町の間を抜ける運河に方向を変えた。永久橋をくぐっておよそ八町（約八八〇メートル）も上がると右手に大川の本流と中洲《なかす》が見えてくる。勝五郎は上野館林《こうずけたてばやし》藩上屋敷の角から富沢町のある入堀へと猪牙を入れ、組合橋、小川橋、高砂橋とくぐって、大黒屋が間口二十五間（約四五メートル）四方の店を構える栄橋下の舟着場に猪牙をつけさせた。

「勝五郎さん、すぐに戻ってくるからね」

そう言い残したおきぬは河岸に上がった。

店先から半鐘下の鶴吉と下っ引きが肩を怒らせて元吉原のほうに歩いていくのが見えた。おおかた、昨日の不首尾に逆ねじでもつけに来たのだろう。おきぬは目明かしの背にあかんべえをすると店の通用口をくぐった。

「おや、おきぬ、そのへんで半鐘下を見なかったかい」

大番頭の笠蔵が帳場に立って、おきぬに訊《き》いた。

「げじげじ野郎の背中は見かけました。昨日のことですね」

「おきぬ、旦那様の言いつけかい」

「いえ、無断で」

「そんな乱暴な」

「旦那様にお話し申しあげたら、お叱りを受けました」

「当たり前です」

「それにしても大番頭さんの調合した下剤はよう効きました。飲ませた途端に遠野の旦那は厠がよい」

「なにっ、あの下剤を同心に……そりゃ見たかった」

「大番頭さんのお小言は後日、あらためて」

「なにか急ぎの用事かな」

笠蔵が勘を働かせる。

「幾とせの船頭さんと稲勢に聞きこみにいく途中です。稲勢の女将さんになにか手土産をと思い、立ち寄りました」

「何年も前の話を聞いてもらうにゃ、京の袋物か反物だね」

笠蔵は手代の稲平《いなへい》に命じて、友禅染めの袋物と流行《はやり》の紅を包ませ、

「もしかのときのためにな」

と五両の金を小粒混じりに渡してくれた。

「気をつけてな」

おきぬはふたたび猪牙の人となった。

三

薬研堀に行くには、いったん入堀を大川まで戻り、さらに七、八町ほど上流へと漕《こ》ぎあがらねばならない。入堀と同じ右岸にあるので川幅の広い大川を横断することはない。

堀口に難波橋が架かる短冊形《たんざくがた》の堀が薬研堀だ。このあたりには赤子を下ろすことを専門にする中条流の医者が多く住んだという。

川魚料理を売り物にした稲勢は、堀留の北側に舟着場をもつ小粋な料亭だ。

勝五郎が猪牙をもやうと、おりよく客を見送りに来ていた女将のお紋が立っていた。

「おや、勝五郎さん、めずらしいね」

お紋が顔見知りの老船頭に声をかけ、おきぬにも笑顔を向けた。

「お客様を案内してきたんじゃねえんで」

勝五郎がつっかえながらも用件を述べ、岸に上がったおきぬも挨拶《あいさつ》した。

「大黒屋のおきぬと申します」

お紋は如才のない視線をおきぬに向けると、言いだした。

「これはまた浮世絵おきぬさん……」

「若げのいたりにございます」

「まあ、帳場にお上がりなさいな」

おきぬと勝五郎は稲勢の帳場に上げられた。老船頭は勝手が違うのか恐縮して身を固くして坐《すわ》っている。おきぬは用意した京の下りものをお紋に差しだした。

「なんですね、気遣いなんぞは無用にしてもらいたいもんですよう」

流行の紅を見るお紋の目は輝いていた。

「六、七年も前のお客様で、名も行く先も覚えてない。勝五郎さん、まるで雲でもつかむような話だね」

「すまねえ、女将さん。年をくっちまったら急に物忘れがひどくなってな。江川屋彦左衛門の旦那がまだ得三といって、古着の担《かつ》ぎ商いをしていた時分のことがもう思い出せねえ」

「相手の顔も思い出せないのかい」

「それがさ、知った顔なんだがどうもな」

勝五郎はいよいよ借りてきた猫のように身を縮めた。

「弱ったね」

「おれが乗せた客はどこか堅気のお人じゃなかったね。目が鋭くってさ、闇夜に出くわすと肝っ玉を縮ませるような、苦み走った風貌《ふうぼう》をなすっていなさったね」

隣りの部屋で働いていた仲居が顔を覗《のぞ》かせた。そしておきぬと勝五郎に会釈《えしゃく》をするとお紋に言いだした。

「女将さん、つい耳に話が入ってしまって」

「しげ、なにか心当たりがあるのかい」

「勝五郎さんが送っていかれたのは、房州のほうから見えていた十手《じって》持ちの親分さんじゃありませんかね。七年前の秋に一度だけうちに上がられて、川魚は臭いとお酒ばかり召し上がられた客ですよ。お相手は、横山町の旅籠《はたご》銚子屋《ちょうしや》の亡《な》くなられた旦那《だんな》……」

「違えねえ、銚子屋の客だ。なんてこった、おれはよ、うちの店先の木更津河岸《が し》まで送っていったんだ」

木更津河岸は江戸橋のかたわらにあって、幕府が木更津湊《みなと》の人々に優先的に使用権を認める定期船の揚場があった。

「銚子屋の旦那かえ。二年前に卒中で亡くなられたけどね。倅《せがれ》の文七《ぶんしち》さんに訊けば、なにか分かるかもしれないね」

「よく覚えていて頂きました」

おきぬは礼を述べると小粒を紙にくるんで差しだした。

「こんなことをなさることは」

固辞するしげの手に無理に握らせて、稲勢の帳場を辞去した。

猪牙舟に戻ったおきぬに勝五郎がいった。

「銚子屋は横山町四丁目、浅草橋が近いぜ。それにしても、銭を使わせて悪いな」

「勝五郎さんがその人のことを覚えてなきゃあ、得三の過去も手繰《たぐ》れなかったわ」

猪牙舟は大川に出ると真っ暗に変わった川面《かわも》をさらに上流へと向かう。長さ九十六間（約一七三メートル）の両国橋をくぐり、西から流れこむ神田川に入った。三年前の元禄《げんろく》十一年（一六九八）に架かった柳橋下をくぐると浅草橋はすぐそこだ。

時刻は五つ半（夜の九時頃）あたりか。相手は旅籠商売、まだ寝込む時刻ではあるまいと河岸に勝五郎を残して、浅草御門に上がった。横山町と馬喰《ばくろ》町の間の通りは、旅人宿が軒を連ねる旅籠町だ。銚子屋は浅草御門の近くにあって通用口の引戸がわずかに開いていた。だれかが戻ってきて、戸を開けたばかりのようすであった。

「ごめんくださいな」

おきぬが入っていくと男連れの客が二階への階段を上がるところだった。

番頭か、まだ若い男が困ったなという顔でおきぬを見た。

江戸期、女の泊まり客はどこの宿でも迷惑がられた。

「遅い時分に申しわけございません。富沢町の古着問屋大黒屋の使いの者にございます」

おきぬが口上を述べると男の顔が緩んだ。

「うちのことを稲勢でね。それで大黒屋さんがまた木更津の叔父きに何用で」

どうやら相手は主《あるじ》の文七のようだ。

「こちら様の叔父ご様でしたか。いえね、少しばかりお尋ねしたいことがございまして」

「叔父は木更津湊でお上の十手を預かる身でございましてね。湊のそばの房州屋竹松《たけまつ》といえば、すぐにも分かります。なにかお知りになりたいのでしたら、房州から来たお客に手紙を託《ことづ》ける手筈《てはず》もつく。うちの客は大半が木更津からでしてね、叔父も筆まめじゃないがかならず返書をくれますって」

おきぬは一瞬迷った後、訊いてみた。

「木更津湊に向かう便船は頻繁にあるものですか」

「ええ、木更津は江戸とは深いつながりのある地でございますよ。今晩四つ半(十一時頃)過ぎにも夜船が木更津河岸を離れます」

「乗れましょうか」

「これからにも叔父を訪ねていかれるので」

銚子屋の若主人はびっくりしたようにおきぬの貌《かお》を見た。が、急ぎの事情と察したか、

「まあ、乗って乗れないことはありません」

「ならば急ぐ用件でございます。なんとか木更津に」

笠蔵が気を利《き》かせて持たせた五両が急ぎ旅を考えさせた。

「よろしゅうございます。船頭の権造《ごんぞう》どんに一筆書きますのでお待ちを」

と土間から帳場に上がった。

「ご主人、私にも筆と紙をお貸し願えませんか。店に書き残して、木更津に行きとうございます」

若主人は上がりがまちに筆と硯《すずり》と紙を用意してくれた。

おきぬは総兵衛に当ててこの夜の経緯を簡略に記した。

銚子屋の主人も船頭に当てて手紙を書き終えていた。

「君津丸の船頭の権造はうちの縁続きでございます。もちろん竹松叔父のこともよう知っておりますゆえ、船中粗略に扱うことはないと思います。ですが、魚も客も一緒に乗せる船、江戸の方はびっくりするかもしれませんよ」

おきぬは礼を述べて、いくらかの礼金を置こうとした。

「お心遣いはご無用」

と文七は取らなかった。

「お礼はいずれ」

おきぬは浅草河岸に走り戻った。

「勝五郎さん、四つ半までに木更津河岸に戻っておくれ。木更津行の船に間にあいたいのさ」

「半刻《はんとき》（一時間）あまりか」

勝五郎はぐいっと櫓《ろ》を水に入れた。

猪牙《ちょき》が風を食らって神田川を下り、大川の流れに乗って水上を走った。

おきぬは途々《みちみち》銚子屋でのやり取りを勝五郎に話すと総兵衛に宛《あ》てた手紙を託

した。

勝五郎が猪牙舟を江戸橋際《ぎわ》の木更津河岸に漕ぎ着けたとき、百二十石の君津丸は河岸を離れようとしていた。

「待て待て、待ってくんねえ。客だよ」

船頭が艫《とも》から、

「朝の船にしねえ。もう岸を離れたんだ」

と叫ぶ。

「権造さん、冷てえことを言うもんじゃねえ。この客は、房州屋竹松親分を訪ねていかれる客だぜ。それでも乗せねえってのか」

「なにっ、竹松親分に別嬪《べっぴん》が用事ってか。どんな風の吹きまわしだ」

「ここに銚子屋さんの添え状もございます」

おきぬの言葉に船頭が勝五郎の猪牙の舳先《へさき》を手鉤《てかぎ》で引きつけ、

「さあっ、乗りなせえ」

と太い手を差しだした。

総兵衛は勝五郎からおきぬの手紙を受け取ると素早く読み下した。

「無理をしおって」

総兵衛のつぶやきを千鶴が聞き止めた。

「おきぬ様は来られませぬか」

「木更津まで行きやがった」

総兵衛はおきぬの行動を勝五郎から聞きながら、胸のなかで漠然と考えていた。

(おきぬは千鶴と会うことを避けたのではないか)

総兵衛とておきぬの気持ちに気づかぬわけではない。おきぬを嫁に迎えるならば、話は別だが、情を交わすことは組織を乱す因となる。総兵衛には鳶沢一族の頭として一族を束ねる責務があった。それに総兵衛の胸のうちには千鶴がいつもいた。

「木更津にでございますか」

「うーむ、今ごろは暗い海を渡っている」

総兵衛は堀の向こうに広がる江戸湾を船で渡るおきぬの胸中を思った。

君津丸が江戸湾を縦断して木更津湊に到着したのは、朝の五つ半（午前九時頃）のことだ。

「姐《ねえ》さん、房州屋は湊の真ん前、親分は釣りに出てなきゃあ、長火鉢の前でさ、茶なんぞ飲んでいる時分だ」

船頭が朝日のあたる障子戸を指した。十手持ちの竹松は人入れ稼業《かぎょう》もやっているらしく、「口入御用房州屋」の看板が掛かっている。房州屋の前の通りにはちり一つ落ちてない。障子紙も真っ白で桟にも雑巾《ぞうきん》が丁寧にかかっている。

「ごめんくださいな」

「へえっ、どうぞお入りなすって」

機敏な返事が戻ってきた。

夜船の疲れが顔に出ていることを気にしながらも、房州屋の玄関に入った。

半纏《はんてん》を着た若い衆が腰を折っておきぬを迎える。

「どちら様でございましょうか」

中年男が帳場からきびきびと応対する。

「江戸は富沢町、古着問屋の大黒屋総兵衛の使いの者にございます。急用あって竹松親分にお目どおりを願いとうございます」

「大黒屋さんの女衆《おんなし》かえ。そいつは困った」

「親分さんはお出かけにございますか」

「いやさ、朝早くから子分一人を連れて船釣りだ。どこに行かれたか気分しでえでしてね、呼びに行こうにも手がねえ。夕刻には戻ってみえる。姐さん、すまねえがそれまで待ってはくれめえか」

おきぬはうなずきながら、どこか旅籠で体を休めようかと考えた。

「姐さんは夜船で来なすったか」

「はい、銚子屋さんの文七様のお手配で無理に権造さんの船に乗せてもらって参りました」

「ならばうちで休んで親分の帰りを待ってくだせえ」

「それではご迷惑……」

「銚子屋の手配の客人ならうちでも客だ。こちとらは口入れ稼業で部屋もある、奥の女衆に任せますでそうしなせえ」

おきぬは奥に招じあげられた。

その日、おきぬは房州屋の奥座敷で朝ごはんをご馳走《ちそう》になり、朝寝までさせてもらって時をすごすことになった。

初めての家でおきぬが寛《くつろ》げたのも房州屋の男衆や女衆の応対を見て、竹松の人柄が飲みこめたからだ。この親分ならきっと力になってもらえる。そう信じて釣りから戻るのを待った。

笠蔵は蔵の隠し階段から地下へ下りた。

大広間では肩脱ぎになった総兵衛が馬上刀を手にゆるやかに舞うような撃ちこみを繰り返している。

鋼鉄のような体の肌から汗が滴《したた》り落ちていた。

それが行灯《あんどん》の明かりにてらてらと光って見えた。

「笠蔵にございます」

総兵衛は撃ちこみをやめると大番頭を見た。

「後にしますか」

「いや、かまわん」

馬上刀を鞘《さや》に納め、刀掛けに戻した。

手拭《てぬぐ》いで胸の汗をふきながら、大番頭の前に座った。

「浅草の閻魔《えんま》伴太夫の動静を調べましてございます。一家は、浅草・上野界隈《かいわい》を縄張りにご法度《はっと》の博奕《ばくち》にまで手を染め、用心棒の浪人者を出入りさせ、腕ずくの商売を繰り返しております」

笠蔵は一族の担《かつ》ぎ商いたちに命じて閻魔の周辺を探らせていた。

総兵衛は汗をふき終わり、腕を袖《そで》にとおした。銀煙管《ぎんぎせる》の吸口をくわえて、紫煙をふかすともなく話に聞き入っている。

「旦那《だんな》様、そめをくびり殺し、朝吉じいを刺し殺した野嵐龍五郎《のあらしたつごろう》、兄貴分の猿《ましら》の音七の二人ともに閻魔一家の三下にございました」

総兵衛の顔に怒りが走った。

「猿の音七、相撲上がりの野嵐龍五郎は、このところ肩で風を切って盆ござの仕切りを務めているそうにございます。こやつら二人を始末しませんことには鳶沢の面目が立ちませせぬ」

「そめも朝吉も浮かばれまい。じゃがな、笠蔵、当分は閻魔に気取られたくはない。猿と野嵐の行動を見張ってな、鳶沢の仕業と考えつかぬ場所を見つけてくれえ」

「承知つかまつりました」

笠蔵が立ちあがりかけ、言いだした。

「おきぬのほうからなにか手蔓《てづる》がつくとよろしいのですがな」

「木更津の親分を連れてこないともかぎらぬぞ」

「ならばこちらも用意をしておきませぬとな」

木更津湊《みなと》の顔役、房州屋竹松が釣りから戻ってきたのは、暮れ六つ（六時頃）前だ。

番頭からおきぬの訪問を聞いた竹松は、すぐに居間に呼んだ。

「わざわざ江戸から来なすった客人を待たせてすまねえ」

左半身が不自由そうだが、口調はしっかりしていた。

「とんでもございません、親分さん。こちらはお約束もなしの飛びこみにございます。親分さんの留守にお身内の方に親切にしていただき、恐縮いたしております」

「用件というのを聞こうかい」

「今から六、七年も前の話でございます……」

おきぬは稲勢の前で担ぎ商いの得三を見かけた親分がなぜ興味を持たれたか、知りたいと木更津までやってきた理由を説明した。

「おっ、あの晩はだいぶ酒が入っていたが、覚えているぜ。いやさ、江戸の担ぎ商いと聞いてな、人違いだと気を鎮《しず》めてみた。が、どこか胸につっかえてよ、何年か前に銚子屋の死んだ兄いに、得三って男のことを問いあわせたこともある。が、本職のおれたちが調べるんじゃねえ、分からねえという返答だ。おれが江戸に乗り出すかどうかというときに中気を患《わずら》ってこのざまだ。そのままになっちまってな……」

そう説明した竹松はおきぬに、

「富沢町の大黒屋さんと言えば古着の元締め、堅気の旦那がなんで女《すけ》こましの菊三郎《きくさぶろう》なんぞに、いや担ぎ商いの男に関心を持たれるんです」

と当然の疑問を尋ねた。

「私どもが得三と知っていた男は今では富沢町の名主であり、江川屋彦左衛門と名を変えております……」

おきぬは得三の出世物語を述べ、

「……江川屋が浅草の香具師《やし》などと組んで大黒屋の株までさらおうと算段しているようす。そこで主《あるじ》の総兵衛が彦左衛門の過去に興味を持ちまして調べようとしたのでございます。そんなおり、親分さんを乗せた船頭があの夜のことを思い出したので……」

とおきぬは当たり障《さわ》りのない事情を告げた。

「聞けば聞くほど、竹松の一生の不覚かもしれねえ。あの男が女こましの菊三郎かどうか、江川屋の旦那の顔をとっくり拝んだうえで返答してえんだが」

「親分さんが江戸に来ていただけるのでございますか」

「得三が江川屋の後家をたらしこんだ手口は女こましなら簡単なことだ。江川屋が菊三郎なら、なんとしてもおれの手でお縄にする。おきぬさん、明日の船まで待ってくれめえか」

おきぬは房州屋竹松の前に平伏していた。

四

翌朝の船で江戸湾を渡った竹松、下っ引きの千代吉《ちよきち》、おきぬの三人は、夕刻前に日本橋木更津河岸《がし》に到着した。するとそこに大黒屋の手代稲平が幾とせの老船頭勝五郎とともに待ち受けていた。

「稲平さん、だれか、お迎えですか」

「大番頭さんの申しつけでおきぬさんの帰りを待っておりました」

稲平は竹松親分に挨拶《あいさつ》すると、

「お客人、さぞお疲れでございましょう。まずは大黒屋にてお休みを」

「疲れもなにも御用旅だ。手代さん、まずは名主さんの顔が拝みてえ」

「そんなこともあろうかと大番頭さんが古着屋仲間に手をまわしましてな。江川屋彦左衛門に相談ごとがあると持ちかけて川遊びに連れだしております。この時分には中洲《なかす》あたりの岸辺に船をもやわせて騒いでいなさる時分……」

「……なんとも恐れいったお手配で」

勝五郎の漕《こ》ぐ舟に木更津からの三名と稲平が乗りこみ、釣り舟を装《よそお》って河岸を離れた。

大川の中洲まではものの四半刻《しはんとき》（三十分）もあれば到着する。

目印の船宿の提灯《ちょうちん》を点《とも》した屋根船はすぐにも見つかった。芸妓《げいぎ》をまじえての酒盛りの最中である。川風で酔いを醒《さ》ます算段か、障子は開け放たれている。

勝五郎の釣り舟に乗った四人は釣糸を垂れながら、屋根船に接近した。

竹松は海釣りが道楽というだけあって、堂に入った釣り人ぶりだ。それでもちらちらと屋根船の彦左衛門に視線を注いだ。

「船頭さん、もう少し近づけてはくれまいか」

勝五郎が釣り場を変えるふぜいで屋根船のかたわらを通過させた。

脂《あぶら》ぎった彦左衛門の顔が行灯の明かりに光ってみえる。

釣り舟はふたたび屋根船から遠のいた。

「親分、女こましの菊三郎に間違いはございませんぜ」

下っ引きの千代吉の声が興奮して竹松に言った。

「太ってはいるがまず野郎とみてよかろう」

その声を聞くと勝五郎は中洲を離れて、舟を入堀の大黒屋へと向けたのだ。

大黒屋総兵衛と房州屋の竹松は大黒屋の奥座敷で対面し、その場には、おきぬと笠蔵も同席した。

木更津から同行してきた千代吉は、手代稲平とともに柳橋の舟着場に張りこんでいる。

「房州屋の竹松親分さん、遠路はるばるご足労でしたな」

総兵衛が竹松に頭を下げる。

竹松は大黒屋の主に会った瞬間、噂《うわさ》に聞くただの遊び人とは違う人だと直感した。体も大きければ心も広い。それはおきぬや店の者の挙動を見てすぐに判断がついた。伊達《だて》に口入れ稼業と十手《じって》持ちを兼業してきたわけではない。

「おきぬさんは、福の神だ。長年、追ってきた後家殺しの菊三郎を御用にできるんだ」

竹松が恐縮した。

「菊三郎というのが名主の彦左衛門の本名でございますか」

「木更津湊からちょいと北によった袖《そで》ヶ浦《うら》の漁師の三男でしてね、小さいころから手癖が悪くてね。大きくなった野郎の得意は、のっぺりした面《つら》をたねに年増《とし ま》を騙《だま》して小遣い銭を稼ぐ、そいつが芸でしてね。十五、六の時には木更津あたりで名を売った女こまし……騙された女も数しれねえですがね、どういうわけか女からの訴えがねえ。こいつはいくら十手持ちのわしらでも手がだせねえ。ところが今から十一年前の冬、木更津の旅籠《はたご》の後家の富《とみ》を誑《たら》しこんで乳繰りあっていたはいいが、娘のさよにまで手をだした。そんなこんなで母娘の醜い大《おお》喧嘩《げんか》がしばしば木更津で見られましたよ……」

そこまで一気に喋《しゃべ》った竹松は興奮を抑えるように茶を飲んだ。

「すいませんね、年寄ると口が乾く」

竹松は、ふたたび話しだした。

「娘に引導を渡さないのなら、貸した三十三両を即刻返せ、代官所に訴えると富に迫られた菊三郎の奴《やつ》、富を締め殺して旅籠の金をかっさらい、娘の手を取って木更津を逐電《ちくでん》したんで……」

「…………」

「その娘も銚子の女郎屋に叩《たた》き売られておりやした。わっしらがさよを見つけたときには、頭をおかしくしていましてね、菊三郎がどこに行ったかも分からねえ始末。以来、野郎の消息はぷっつりと消えた……」

総兵衛が納得したようにうなずいた。

「旦那様、念には念をと思いまして、親分さんの身内の千代吉さんに柳橋の舟着場に江川屋さんの一行が帰るのを待ってもらっております」

おきぬが総兵衛に告げた。

「おきぬさん、千代吉は遠目の千代吉と申しましてね、海で鍛えて遠目が利《き》く。もはや念を押す必要もござんせんよ。富沢町で名主におさまり返っている男は、十一年前、女を殺し、八十両をかっさらったうえ、その娘をよその土地の女郎屋に叩き売った悪党、なんで七年前、お縄にしておかなかったか……」

竹松の悔いはどうしてもそこにいく。

「大黒屋の旦那」

竹松親分が言葉を改めた。

「もし千代吉が野郎の面体を改め、袖ヶ浦生まれの菊三郎と分かったとき、この手でお縄にしてようござんすか」

総兵衛は迷った。

笠蔵もおきぬも答えられない。

竹松は総兵衛を正視した。

「大黒屋さん、おめえさん方には事情がありそうだ、腹を割ってくれねえか」

さすがに十手持ちの親分、おきぬの話をすべて信じていたわけではなかった。

「わっしはこの先も長くはねえ。あの世まで持っていかなきゃあならねえ話なら、この竹松、野郎をこの手で引っ括《くく》ることを諦《あきら》めよう」

総兵衛がうなずいたとき、手代の稲平が廊下の外から声をかけた。

障子が開けられた。そこには稲平ひとりが座っていた。

「千代吉さんが彦左衛門を間近でたしかめられ、菊三郎に間違いないと明言されてございます」

「分かった。ご苦労であったな」

稲平が去り、総兵衛は竹松を振り返った。

「親分さんに改めて相談したき儀がございます」

笠蔵とおきぬがびっくりして総兵衛の顔を見た。

「房州屋竹松さんの人柄をみこんでのお願いじゃ。私らも裸になろう」

「旦那様、それは……」

「われらの秘密がもし竹松親分の口から世間に広まるなら、総兵衛の眼力、錆《さび》ついておるわ。われらの命運もこれまでじゃ」

そう言い切った総兵衛は笠蔵とおきぬに席を外せと言い、さらに命じた。

「この場にだれも近づけるでない」

二人の者が総兵衛の部屋から消えた。

「大黒屋さんはお武家様で……」

うなずいた総兵衛は、

「富沢町のいわれから説明を申しあげよう……」

総兵衛は町の由縁から説き起こし、鳶沢一族に課せられた影の任務を、さらにはこのたび振りかかってきた危難を告げた。

「……なんと」

絶句する竹松に、

「親分さん、この一連の事件には御城のお方《かた》がかかわっておる気配もある。江川屋彦左衛門など端役《はやく》じゃ。だが、ここで彦左衛門、いや、菊三郎をお縄にすれば、事件の真相が途中で闇《やみ》に葬《ほうむ》られるかもしれぬ。あるいは菊三郎を捕縛した竹松親分に奴らの手が伸び、菊三郎が江戸に取り戻されぬともかぎらん。敵方はそのくらいの力は持っておる……」

「鳶沢総兵衛様、よう木更津の田舎じじいに事を分けてお話しくださいました。年寄りの命など惜しくはねえが、そんな悪さの火種を江戸に残しちゃあなるめえ。あの世に行って家康様に仕置を受けることになる」

と笑った竹松は、

「わっしらは明日の船で木更津に戻りましょうかえ」

総兵衛は竹松に深々と頭を下げた。

「お武家様がそのようなことをなさってはいけませんな」

「以後、大黒屋の主と房州屋の親分の間柄で付き合ってもらえますな」

「ええ、それが気楽でようございます」

二人は心から笑いあった。

総兵衛は今一度、武家言葉に変えた。

「房州屋どの、われら鳶沢一族が江川屋彦左衛門を始末いたすとき、そこもとだけには知らせる。これが鳶沢総兵衛勝頼の約定でござる」

「へえ、それほどまでに、この竹松を。となりゃあ、なにがなんでもその日まで生きていたいもので」

「そう遠い日のことではない」

総兵衛と竹松は、互いの顔を見あって頷《うなず》きあった。

竹松と千代吉はその夜、江戸の料理を楽しみ、離れに泊まった。翌日、おきぬに伴われた二人は初代市川団十郎と九蔵親子の共演を中村座で見物して、この夜は横山町の親類、銚子屋に移った。

房州屋竹松と千代吉が、

「冥土《めいど》の土産になりました」

と木更津河岸から出立した日、笠蔵が総兵衛に報告した。

「旦那《だんな》様、猿《ましら》の音七が野嵐《のあらし》龍五郎ら二人の弟分を連れて、賭場《とば》の借金の取り立てに武蔵府中の渡世人藤屋《ふじや》万吉《まんきち》のところにいくそうでございます」

「府中宿となると日帰りではないな」

内藤新宿からでも七里（約二八キロ）余りある。まずは府中宿か石原宿に一泊泊まりだろう。

「藤屋万吉と閻魔《えんま》の伴太夫の仲は決してよいとはいえないようで、閻魔は野嵐に腕ずくでも取り立ててこいと命じたようでございます」

「いつ出立する」

「明朝にも浅草を立つ気配。閻魔一家には駒吉をつけてございますが、供はだれにいたします」

「駒吉ひとりで十分……」

総兵衛は煙管《きせる》に刻み煙草《たばこ》を詰めはじめた。

武蔵府中宿は江戸日本橋から八里（約三二キロ）、東に布田五宿、西は多摩川を渡って日野宿に接している。宿場は江戸と甲府の間では八王子宿に続いて大きく、人の出入りも盛んだ。府中宿の中心はなんといっても大国魂《おおくにたま》神社である。五月のくらやみ祭りは近郷近在から見物人が押しかけ、各地の親分衆も集まって、賭場が盛大に開かれる。

神社は蝦夷《えぞ》への防備を固める意味で、北面に向かって表参道が開かれ、国分寺街道へ沿っては欅《けやき》並木が植えられた馬場が東西に二筋延びていた。この当時の府中では府中の駿馬《しゅんめ》を商う馬市が立ち、江戸からも大名、旗本の家臣が競って買いにきたという。

馬場は並木の左右に二つ。

東の馬場は、長さ二百八十間（約五〇〇メートル）、幅六間（約一一メートル）。西の馬場は長さ二百六十八間（約四八〇メートル）、幅四間（約七メートル）もあった。

この宿で馬宿を生業《なりわい》にしている藤屋万吉一家は、西の馬場外れに看板を上げていた。

宵闇に馬の匂《にお》いが流れている。

大黒屋の小僧駒吉は、長さ二間（約三・六メートル）の竹竿《たけざお》を手に欅の根元に座りこんでいた。竹竿の先端には丸い輪になった綱がついていて、駒吉の手には綱の一方の端が握られている。

浅草の閻魔一家の身内、猿の音七と相撲上がりの野嵐の龍五郎、蝮《まむし》の三蔵が藤屋一家の玄関先に立ったのは、この日の夕暮れ前だ。

賭場の借金を江戸からわざわざ取り立てにきた閻魔の三人と藤屋一家の間に険悪な空気が漂い、怒鳴りあいの声が飛び交った。

猿の音七は土間先で野嵐を一暴れさせ、藤屋一家の若い衆を叩きつけた。江戸相撲上がりの野嵐の大力を見せつけられた万吉が慌《あわ》てて三人に詫《わ》びを入れ、三十両の借金を払うと仲直りの酒宴が始まった。

それがもう一刻《とき》半（三時間）も続いている。

五つ（夜八時頃）の鐘が鳴った。

すると玄関先に野嵐の大きな姿がまず立った。

「なんですねえ。猿の兄い、うちで泊まっていってもらいてえな」

声に続いて猿の音七が敏捷《びんしょう》そうな姿を見せた。

「すっかりご馳《ち》走になったな。親分から夜道を駆けても戻ってこいとのお指図だ。悪いが今晩は、このまま帰《けえ》らしてもらうぜ」

道中合羽《がっぱ》に長脇差《ながどす》を腰にぶちこんだ三人が西の馬場に出てきた。もはやあたりは真っ暗闇だ。東の馬場には常夜灯が点《つ》いている。三人は蛾《が》が明かりに吸い寄せられるように参道を横切り、東の馬場へと移った。

駒吉は竹竿を握ると、東の馬場へ先回りした。

「兄い、酒も肴《さかな》もたっぷり残ってんだ。藤屋に泊まってもいいじゃねえか」

飲みたりないのか、蝮の三蔵が音七と野嵐の後ろから口を尖《とが》らす。

「蝮、寝首をかかれてえか。おれっちが寝込んだところで一家総がかりの滅多斬《ぎ》りよ。それで明日には多摩川に死体《してえ》が三つ浮かぶ寸法だ」

音七がちらりと後ろを振り返り、にたりと笑った。

「ど田舎のやくざは考えることが汚ねえぜ」

「布田宿まで戻って旅籠に泊まるんだ。そこなら酔いつぶれてもかまわねえ」

「やっぱり兄いだぜ」

常夜灯と常夜灯の間の暗がりに差しかかった蝮の三蔵の首筋に丸い輪がかかって、一気に締め上げた。同時に欅の枝に登っていた駒吉が綱の端を両手で摑《つか》んで、地上へ飛び下りる。

竹竿が闇夜のかなたに跳ね飛び、綱が枝を支点にするすると滑って張った。

道中合羽をひらひらさせた蝮の体が地上に浮かび、綱が伸びきった。

一瞬、綱の両端に蝮と駒吉がぶら下がり、振り子のように揺れた。

駒吉のほうが目方が軽い。だが、飛び下りる力が加わって補った。

両手から綱を放すと駒吉は音もなく馬場に飛び下りた。

何が起こったか分からないまま、意識を失った蝮はどさりと馬場に落下した。

「なんだい！」

猿の音七と野嵐龍五郎が振り向いた。

馬場に倒れこんだ蝮の首に巻かれた綱がかすかに見えた。

「藤屋、汚ねえぜ」

道中合羽を脱ぎ捨てて、あたりを見まわした。

野嵐も合羽をふり払い、長脇差の柄《つか》に手をかけた。

「あいにくだな、藤屋の身内ではないわ」

欅の背後から声がして鳶沢総兵衛が顔を出した。

濃紫《こむらさき》の小袖《こそで》に同色の羽織、背には双鳶《ふたつとび》の紋。その腰に筑後《ちくご》の刀鍛冶《かじ》三池典太光世が鍛えた二尺三寸四分の葵《あおい》典太と相州鍛冶広光《ひろみつ》の脇差《わきざし》が手挟《たばさ》まれていた。

「だれでえ、手前《てめえ》は」

野嵐が自分の背と同じ背丈の総兵衛を見据えて問う。

「おまえらが大黒屋総兵衛として知る男じゃ」

「なにっ！　古着問屋の総兵衛か」

猿の音七が油断なく身構えた。

「音七、そめと朝吉を殺し、手に紅椿《べにつばき》を持たせたは何の意味じゃ」

「ほう、調べ上げたか」

音七の声には驚きがあった。

「紅椿ね。ありゃ、親分のお指図だ」

「閻魔の考えとも思えぬな」

「大黒屋、敵《かたき》を討とうってのか」

「兄貴、おもしろいことになったぜ」

野嵐がうれしそうに長脇差を抜き放った。血を見るのが好きで好きでたまらないという面《つら》だ。

「大黒屋、なぶり殺してくれるわ」

野嵐が長脇差を力任せに総兵衛の眉間《みけん》に叩《たた》きつけてきた。

総兵衛は葵典太を抜きあわせる暇もない。反射的に背を丸めて刃の下に飛びこむと肩口で野嵐の胸をついた。鋼鉄のように固い体だ。

二人は擦れ違った。

「手応《てごた》えがありそうじゃぞ、兄い！」

野嵐が怒声を放って長脇差を構えなおす。

猿の音七はいまだに長脇差に手もかけてない。修羅場をくぐった数では野嵐よりも多いと見た。その間に野嵐が総兵衛の脇へとじりじりまわりこむ。

「大黒屋、お前《めえ》はいってえ何者だ」

「猿、知りたいか」

野嵐が動いた。が、それは総兵衛の注意を逸《そ》らすためだった。

総兵衛に襲いかかったのは正面の猿の音七だ。長脇差の抜き打ちは、喧嘩《けんか》殺法の凄《すご》みを秘めていた。

野嵐の挙動、猿の抜き撃ちを見極めた総兵衛は、典太を鞘走《さやばし》らせ、正面に踏みこんだ。

総兵衛の胴を狙《ねら》った長脇差を典太が迎えうった。

刃と刃が絡《から》んで火花が散った。

三池典太光世と長脇差では鍛造《きたえ》と焼きが違った。

葵典太が長脇差の刃を両断すると太刀風を増して、猿の首筋を跳ね斬った。

「朝吉の敵じゃ！」

血しぶきが常夜灯に黒く光って散る。

「くそっ……」

猿の音七は罵《のの》しりを残すと馬場に倒れこんだ。

野嵐の長脇差が総兵衛の肩口に斬りこまれた。

そのとき、弧を描いた竹竿がしなってきて、野嵐の顔をぴしゃりと叩いた。

「うっ！」

目が眩《くら》んだ野嵐の長脇差が乱れた。

総兵衛は前方に走り抜けると反転した。

野嵐も駒吉の竹竿の奇襲から立ちなおっていた。巨漢には似合わない敏捷な動きで、総兵衛に向かって突っこんできた。

総兵衛も舞うように野嵐の攻撃を迎え、振り下ろされる長脇差を握る二の腕を地面から擦り上げていた。

げえっ！

野嵐龍五郎が両断された片腕を抱えて絶叫した。

野嵐が痛みに泣いた。

「痛てえよ……」

「そめの敵じゃ。地獄へ行け」

葵典太が総兵衛の頭上で反転し、野嵐の首筋を深々と刎《は》ね斬った。

朽木が倒れるように転がった巨漢のかたわらに駒吉が飛び下りてきた。

総兵衛が三池典太光世に血ぶりをくれた。

「駒吉、戻ろうか」

府中の東馬場から二人の姿は、闇に溶けこむように消えた。

第三章 奪還

一

総兵衛と駒吉が日本橋富沢町に戻りついたのは夜明け前のことだ。

牛込御門まで徒歩《かち》で戻った二人は、神田川が御堀と合流する船河原橋際《ぎわ》にもやっておいた猪牙舟《ちょき》に乗り、駒吉の櫓《ろ》で神田川を下った。柳原土手を見ながら柳橋の先から大川に出た二人のようすは、大店《おおだな》の主《あるじ》が小僧を連れて夜釣りに行ったふぜいに変わっている。

栄橋下の引込み水路から鳶沢《とびさわ》一族の地下の舟着場へと到着した。

総兵衛はそのまま大広間に入ると朝稽古《げいこ》を始めた。一刻《とき》（二時間）も続いた撃ちこみが終わり、朝湯に入った頃合に笠蔵が主人の前に姿を見せた。

「そめと朝吉の仇《あだ》を討たれたそうで祝着《しゅうちゃく》至極にございます」

「うーむ」

とだけ答える総兵衛の小袖《こそで》には家紋の双鳶《ふたつとび》が大胆に染めだされていた。

大広間に近づく者を知らせる鈴の音が響いて、板戸の向こうにおきぬが総兵衛の朝めしの盆を運んできた。

麦めしにとろろ、梅ぼしが三粒、総兵衛のいつもの朝めしだ。

「旦那《だんな》様、首尾よく仇を討たれましたそうな」

おきぬも祝いの言葉を口にし、言い添えた。

「これでそめどんの霊も浮かばれます」

「大番頭さん、そめ殺しの調べはどうなっておる」

「遠野の旦那も、この数日はさっぱり顔を見せられませんな」

笠蔵がとぼけた顔に戻って答える。

「うやむやのうちにことをおさめる気であろうな」

「猿《ましら》や野嵐《のあらし》が死んだことが御府内に伝わった後、どんな反応を見せますか。楽しみではあります」

「大番頭さん、閻魔《えんま》には見張りをつけてありますな」

「閻魔にも江川屋にもぴったりと」

「蝮《まむし》の三蔵が浅草に戻ったあとの動きを見落とすのではありませんぞ」

おきぬがお櫃《ひつ》から麦めしをよそいながら、

「番頭さんたちはどうなさっておられるか」

と信之助らのことを気にした。

「箱根の山を越えた時分かな」

とろろをかけためし椀《わん》を手にした総兵衛は旅路の手下たちのことを思った。

大黒屋一番番頭の信之助は、手代の磯松と銀三、荷運び頭作次郎と亀八の二組に分かち、江川屋番頭儀平らの一行を前後にはさんで、東海道を上っていった。儀平と顔見知りの信之助だけは一文字笠《がさ》を目深《まぶか》に被《かぶ》って、作次郎らから一町（約一一〇メートル）後方を進んだ。

一日目は戸塚宿に泊まり、二日目はのんびりとした足取りで箱根まで延ばす。

ところが湯本宿に到着しても旅籠《はたご》を求めようとはせずにさらに須雲《すくも》川沿いに石畳を進んだ。

寛永十二年（一六三五）六月に武家諸法度《しょはっと》に定められた参勤交代が制度化されたのを機に、石畳は整備された。道幅二間（約三・六メートル）の中央に一間ほど石が敷き詰められている。

夕暮れから夜に落ちた。箱根八里（約三二キロ）の難所中の難所を夜に越えようというのか。往還をとおる旅人も絶え、狐狸《こり》妖怪《ようかい》の世界へと変わる。

先行する磯松らは儀平らに気取《けど》られないように苦労しているはずだが、いっさい気配を見せなかった。信之助は作次郎らと合流した。

「番頭さん、やつらは夜旅で三島まで走ろうというのですかね」

作次郎がひそみ声で聞いた。

戸塚の旅籠では遅くまで酒を飲んで騒いでいた一行だ。急ぎ旅の気配はなかった。芦《あし》ノ湖《こ》には箱根の関所がある。それを避けて深夜、裏街道を進もうというのか。

「どうもいま一つ分からないねえ」

夜道の七曲がりを初花寺、畑宿、見晴茶屋、甘酒茶屋と進んだ一行は、昼間ならお玉ヶ池を見下ろすことのできる坂道に差しかかった。頂上はもうすぐだ。坂道を下ると芦ノ湖の湖岸に、そして関所に達する。

ふいに一行が石畳から外れた。お玉ヶ池の方角へと山道を下っていく。

信之助らは間合いを十分に開けた後、尾行を再開した。

険しい山道をお玉ヶ池まで下りた。水面を吹きわたる冷たい風が信之助らの顔をなぶったとき、池の対岸の林のなかに小さな明かりがちらちら見えた。突然、犬が鳴きだし、明かりの漏れる家から人が出てきたようすだ。

「はてこのあたりに旅籠などないはずだがな」

呟《つぶや》く信之助のもとに先行していた磯松と銀三が姿を見せた。

「番頭さん、どうやらあの明かりが儀平らの今晩の宿にございますな」

四つ（夜の十時頃）はとっくにすぎている。

「手前と銀三がようすを見てきます」

磯松はそう言い残すと、銀三を連れて闇《やみ》にふたたび姿を没した。

信之助ら三人はお玉ヶ池のかたわらに建つ小さなお堂の階段に座りこんで待

った。

陰暦三月も終わり、晩春とはいえ箱根山中である。道中でかいた汗が冷えこんできた。寒さに体が震えはじめた頃合、銀三が戻ってきた。

「番頭さん、炭焼きの老夫婦が住まいする小屋でございますよ。犬のせいで話が聞けるほどには近づけません」

「磯松に合流しようぞ」

磯松は小屋と炭焼き竈《がま》を見わたせる林のなかに身をしずめていた。

小屋は二子山の斜面にあって裏側には谷川が流れているのか、水音も聞こえる。

「一行を待ちうけていたのは江川屋にかかわりのある者のように思えます」

「箱根などで会ういわれがあろうか」

「二本差しを同行してきたのも腑《ふ》に落ちませんな」

信之助らの疑問であった。

ときがゆるやかにすぎていく。

信之助らはひたすら待った。

うっすらとした朝の光が差しこみ、朝靄《あさもや》がお玉ヶ池から流れてきて、小屋を視界から隠した。

小屋の藁《わらぶ》葺き屋根からも煙が漏れてきた。囲炉裏《いろり》の煙か、炊煙であろう。裏手には馬もつながれているようすでいななく声が響いてくる。さらに一刻（二時間）がすぎ、五つ半（朝九時頃）の頃合になった。

儀平らが起きた気配があった。

炭焼きの老人がまず馬二頭を引き出してきた。

旅支度の儀平ら一行が姿を見せた。江戸からの五人に道中差しを差したお店《たな》もののような格好の二人が加わり、一行は七名と増えていた。馬の背に振り分けてこも包みの小さな荷が積まれた。

「奉公人のなりはしているがやくざ者だね」

「閻魔の手下ですかな」

「なんともね」

信之助と磯松が囁《ささや》きあった。

見送りに出た炭焼きの老夫婦が儀平と何事か話していたが、急に荒げた言葉を吐いた。

「番頭さん、そいつは約束が違うぜ。炭焼きふぜいと思ってなめちゃいけねえ。これでも若いころは、箱根八里をとおる旅人相手に山刀の一つも振りまわしたお兄いさんだ。おれたちはおめえらのやったことを黙って胸にしまっておく。その代わり切餅《きりもち》（二十五両）って約束だ。そいつをこんな端金《はしたがね》でごまかそうなんて許せねえ」

「じいさん、三途《さんず》の川の渡し賃にしちゃ十分だよ」

商人とも思えない陰悪な形相に一変した儀平が顎《あご》を振った。すると炭焼き夫婦の背後にまわっていた浪人二人が刀を抜くといきなり斬《き》りつけた。

「あっ！　なにをしやがる」

首筋を叩《たた》き斬られた老婆《ろうば》は体を捩《よ》じり曲げて倒れた。

「やりやがったな」

主の危難にあか犬が吠《ほ》えながら、老婆を斬りつけた浪人の足に飛びかかった。浪人の注意が逸《そ》れた。

老人はやにわに儀平を突き飛ばすと、小屋の裏に逃げだした。

それを犬と浪人が追う。

「なにをなさるんです」

儀平に従ってきた手代の清吉《せいきち》が刀を振りかざす浪人の前に立ち塞《ふさ》がった。

「清吉、邪魔をするでない」

「番頭さん、なぜこのような……」

「旦那様のお言いつけです。商いにはときに荒事を振るうこともあります」

「なんてことを」

清吉は肩に振り分けた荷を抜き身の浪人に投げつけると、よろめき逃げる老人と犬を追った。

「長谷屋《はせや》の旦那、しかたありません。清吉も一緒に始末してくださいな」

儀平が薄情な命を用心棒頭の長谷屋権九郎《ごんくろう》に発した。

作次郎と銀三が木の陰に隠れながら、ようすを見に走る。

炭焼きの老人と清吉は、小屋の裏まで逃げのびていた。が、深い峡谷が二人の行く手を阻《はば》んでいる。浪人の一人が刀をかざして犬を追い立て、長谷屋が清吉と老人に追いすがった。

「手間をかけるな」

二人の逃亡者に長谷屋の非情な剣が振り下ろされた。

「わあっ！」

清吉の肩口から血しぶきが飛び、老人と絡《から》みあうようにして谷川へと転落していった。

あか犬だけが狂ったように走りまわっている。殺戮《さつりく》者たちはしばらく谷底を覗《のぞ》きこんでいたがその場を離れた。

「始末されたか」

儀平が戻ってきた浪人二人に訊《き》いた。

「二人とも今ごろはあの世に向かう道中だぜ」

血ぶりをくれた刀を鞘《さや》に納めた長谷屋が答えた。

儀平は奉公人姿の二人に老婆の死体を谷川に落として始末するように命じると、清吉の振り分け荷を馬の背に載せた。

「清吉はもう少しど根性のある手代かと思うたに見損なったわ」

独り言をつぶやいた儀平は、五人の同行者が揃《そろ》ったのをたしかめて、

「京までの旅、これ以上のごたごたはなしですよ」

と貫禄《かんろく》を見せて睨《にら》んだ。

馬を引いた一行が石畳の街道へと登っていった。

信之助らは小屋の裏に走った。そこでは作次郎と銀三が谷底に下りようと炭焼き小屋から縄を持ちだしていた。

そのとき、谷底で犬の鳴き声がした。どうやら谷へ道がつうじているようだ。

「道がありましたぞ」

銀三が炭焼き竈の後ろから谷に下りる細い崖道《がけみち》を見つけた。

手代の清吉は炭焼きの老人の体に覆《おお》いかぶさるように倒れこんでいた。崖を落ちる途中に木や蔦《つた》にからんだのか、顔にも手にも無数の擦り傷があった。

二人の周りをあか犬が吠えながら走りまわっていた。

「炭焼きは死んでますぜ」

しゃがみこんで二人の呼吸をたしかめていた作次郎が顔を上げた。

「清吉は脈がたしかだ。肩口の傷も命にかかわるってほどじゃない」

崖を見上げた作次郎は、

「蔦に絡みながら落ちたんで、さほどの衝撃は受けなかったんですな」

「ばあさんは駄目だ」

老婆をたしかめにいった銀三が信之助に首を振った。運よくも命をつないでいるのは江川屋の手代の清吉だけであった。

信之助らは清吉と二つの亡骸《なきがら》を苦労して谷底から運び上げた。

囲炉裏端に寝かされた清吉の斬り傷を作次郎が調べると、

「銀三、焼酎《しょうちゅう》があったら探してこい」

と命じた。

信之助は、囲炉裏のある板の間と破れ畳を敷いた座敷を見まわした。

古びた葛籠《つづら》と破れ布団《ぶとん》が座敷の隅に積んであった。葛籠の蓋《ふた》を開けてみたが、夫婦の衣類や錆《さ》びた山刀などが入っているだけである。残るは屋根裏部屋だ。

信之助は手燭《てしょく》を手に煙にいぶされて色の変わった竹ばしごをかけて屋根裏に上がった。板を敷いただけの部屋にがらくたが雑然と置かれていた。

信之助の持つ手燭の明かりが床の一角を照らし、思わぬものをそこに見つけた。

大黒屋と書かれた木綿の刺子袋《さしこ》だ。何重にも布を重ねて縫い上げた刺子袋は大黒屋が大金を運ぶときに使われ、腹に巻くようにも工夫されていた。その刺子袋が四枚あった。

京の丹波屋に届ける二千両は四つの刺子袋に五百両ずつ分けて入れられていた。

結論はただ一つ、藤助一行は江川屋の罠《わな》に落ちて、金を奪われたということだ。

「番頭さん」

作次郎の声がした。

竹ばしごを下りると清吉が意識を取り戻していた。

「どなたかは存じませぬが、お助けいただきありがとうございます」

痛みをこらえて清吉が朦朧《もうろう》とした顔を信之助に向けて礼を述べた。

「ほんとに運がいい人ですぜ。肩の傷は出血さえ止まれば、たいしたことはねえ。谷底に落ちたときも、じいさんの体が下にあって、骨折もせずにすんだ」

作次郎が言う。

「清吉さん、命に別条なくてなにより」

清吉がびっくりした視線を信之助に向け、

「大黒屋の信之助さん、どうしてここへ」

と呆然《ぼうぜん》とした顔つきをした。

「おまえさんらを品川から尾《つ》けてきたのです」

「なぜそのようなことを」

「おたがい腹を割って話す必要がありそうだ。清吉さん、聞いてくれますか」

清吉がうなずいた。

信之助は屋根裏で見つけたばかりの刺子袋を出してみせた。

清吉は怪訝《けげん》な顔をしたが磯松が、

「番頭さん！」

と悲鳴を上げた。

「これは大黒屋が金の運送に使う刺子袋です。十数日前、藤助を頭にした一行が五百両ずつ小分けにした二千両を京の丹波屋へ運んでいった。それがこの家の屋根裏で見つかった。清吉さん、おまえさんにこの謎《なぞ》が解けますか」

清吉は衝撃を受けたように目を丸くして顔を激しく横に振った。

「藤助一行からの連絡がないのでね、私らが東海道を上ることになった。江川屋の儀平さんとおまえさん方も、浅草の閻魔《えんま》一家の用心棒を連れて京に上っていった。その旅の道中に立ち寄った箱根の山中の炭焼き小屋の屋根裏に刺子袋だけが残されていた……」

黙したまま作次郎が銀三と亀八を連れ、外に出ていった。

「清吉さん、京上りの用件はなんだね」

「…………」

「商いのことを口にするのは彦左衛門に背くことと思うかもしれない。おまえさんはだれの命で殺されそうになった、命を助けたのはだれじゃ」

「手前は新しい取引先へ仕入れの前渡金を運んでいく旅と……」

「……聞かされていなさっただけか。では、馬を引いた二人はだれですね」

「閻魔一家の身内の蛙《かわず》の伸吉《しんきち》と南天の昇太《しょうた》と申す人で……」

やはり二千両の番をしていたのは閻魔一家の身内か。

「おまえさんが京上りに選ばれた理由はなんですね」

「江川屋で京、大坂にくわしいのは手前だけでございます」

「商いの旅に閻魔の身内を五名も同行するのはどういうことですかな」

「大金を運んでまいりますので用心のためにと」

「清吉さんも昨日今日の商人ではありますまい。富沢町からだれが金を運んできたのですかな。おまえさんか、儀平さんか」

信之助が息をつがず訊き、清吉は息を飲んだ。

「おまえさんらには路銀の他には大金などなかった。じゃがここからは馬二頭に積みこむほどの荷ができた……」

「………」

「清吉さん、おまえさんは先代の彦左衛門さんのときから江川屋さんに奉公をしておられますな。先代は商いに渡世人や用心棒を使ったりすることはなかった。まっとうな商いをなされて、人柄は富沢町のだれにも慕われておられた」

清吉が恥ずかしそうに顔を伏せた。

血相を変えた銀三が小屋に入ってきた。

「藤助さんらは皆殺しに遭いなすった。死体が五つ、炭焼き竈《がま》に転がされております」

清吉が悲鳴を上げた。

信之助が立ち上がると清吉を睨みすえた。

「あんたにもしっかりと見てもらいますよ」

手拭《てぬぐ》いで鼻を覆った作次郎と亀八が竈から出てきた。

「だれもが喉首《のどくび》を刎《は》ね斬られた一撃で絶命させられたものと思えます。そら恐ろしいまでの遣い手ですぜ、番頭さん」

「殺し手は一人というのか」

「斬り口から察してまず同じ人物……」

信之助も竈に入り、斬り口を調べた。藤助、高吉《こうきち》、浅太郎《あさたろう》、次平《じへい》、信五郎《しんごろう》ら五名の腐乱死体は、竈のなかにならべられて横たわっていた。亡骸のうえになんの意味か紅椿《べにつばき》が一枝置いてある。

藤助らは鳶沢村で武芸の修行をつんだ者、その者たちを瞬時に斬り殺したのは閻魔の身内などではない。残酷非情な武芸の達人……そめと朝吉、駿府屋繁三郎の殺しを命じた者の意思で五名の命も絶たれた。

信之助は藤助の恨みに染まった紅椿を手にすると竈の外に出て、空気を吸った。

清吉は放心の体《てい》で座りこんでいる。

「番頭さん、藤助さんらの亡骸をどうしたもので……」

作次郎が聞いてきた。

「炭焼き夫婦の死体と一緒に竈に入れてな、入り口をしっかりと蓋しておきましょうか。今は回向《えこう》をしている暇はない」

作次郎らが作業にかかった。

信之助はふと炭焼き小屋のかたわらに花をつける紅椿の老樹を見た。藤助らの哀《かな》しみを宿したように老樹の枝には花が咲き、地面には首から落ちた散椿《ちりつばき》が広がっていた。信之助はその花のなかに乾いた血啖《けったん》が混じっているのに気づいた。だれが吐いたものか。そのことを脳裏にきざんだ信之助は、清吉と磯松を伴い、小屋に戻った。

「手前はどうすればよいのでございますか」

清吉が信之助にすがるような視線を向けた。

「それはおまえさんが決めること……」

信之助にもやらねばならないことがあった。まず腰から道中用の矢立てを取り出し、鳶沢村の長、父親の次郎兵衛に手紙を書いた。

「磯松、おまえは手紙を持って走れ。親父《おやじ》どのに事情を話せば、工夫をしてくれよう」

「承知しました」

磯松が二十里(約八〇キロ)ほど先の鳶沢村に向かって姿を消した。さらに大黒屋総兵衛に宛《あ》てた手紙を書き終えたとき、作次郎と銀三と亀八が汗みどろの顔を見せた。

「狼《おおかみ》などが食い散らさぬようにしっかりと蓋をしておきました」

「ご苦労……」

信之助は儀平ら一行に思いやり、

「あやつらの泊まりは富士川あたりか」

と呟《つぶや》くと、

「いえ、吉原宿にございます」

と清吉がきっぱりと答えた。そのまなざしはしっかりした光を放っていた。藤助らの亡骸を自分の目でたしかめ、なにが起こっているのか納得したのであろう。

「つぎの宿はどこかな」

「駿府府中……」

「清吉さん、旅ができるか」

「京にでございますか」

「いや、江戸に戻るのです」

「江川屋に戻れと」

「もはやおまえさんがおられる場所ではあるまい。富沢町惣代《そうだい》の大黒屋総兵衛様にこれまでのことを包み隠さず申し上げるのです。さすればおまえさんの行く道はおのずと知れよう」

信之助はそう言うと清吉の顔を正視した。

清吉は両眼を閉ざしたのちに大きく見開き、言った。

「這《は》ってでも戻ります」

「銀三、亀八、清吉さんを湯本まで伴い、駕籠《かご》に乗せなされ。亀八は清吉さんに従い、傷具合を見ながら江戸に戻る。銀三、おまえはこれを持ってな、急ぎ富沢町に走るのです」

手紙に刺子袋を三つと紅椿を添えて、銀三に渡した。もう一つの刺子袋は自分の懐《ふところ》にしまった。

「かしこまりました」

「では番頭さん、江戸にて」

「よいな、清吉さん。富沢町の惣代は大黒屋総兵衛様、おまえさんにとっても親同様のお人ですよ」

清吉を介添えした銀三と亀八が小屋から消えた。

「作次郎、私どもは鳶沢村まで儀平らの一行を尾行していくことになります」

二人はふたたび竈の前に立った。

瞑目《めいもく》した信之助と作次郎は藤助ら七名の墳墓と化した炭焼き竈の前に頭を垂れて、非業《ひごう》の死を遂げた仲間と炭焼き夫婦の霊に祈った。

「参るぞ、作次郎」

「今度はわれらが反撃する番にございますな」

二人は頷《うなず》きあうと儀平らの一行を追った。

二

浅草の閻魔の伴太夫一家に一騒ぎが持ち上がっていた。

府中宿の番屋に留めおかれた蝮《まむし》の三蔵が放免になり、一家に戻ってきたのだ。

親分の前に小さくなった三蔵はつっかえもっかえ、あの夜、起こったことを話した。

「なにっ！ てめえは猿《ましら》と野嵐《のあらし》が斬《き》られたのを気絶していて知らねえってのか」

代貸の弥三《やぞう》にどやされ、怒鳴られても府中宿の番屋で役人に話したことを繰り返すしかない。

「兄貴、見てくんな。おれだって首を締めあげられてこのありさまだぜ」

蝮は必死で駒吉に締められた縄の跡を見せて、抗弁した。

「親分、藤屋の野郎に殴りこみをかけませんと示しがつきませんぜ」

いきり立つ子分たちをなだめた伴太夫が、

「蝮、藤屋から受け取った三十両は猿の懐に収まっていたんだな」

とたしかめた。

「へえ、そっくり。金は府中の番屋が預かっておりやして、親分がじきじきに受け取りにこいって言いやがるんで」

「代貸、こいつは藤屋の仕業じゃねえ。蝮の話じゃ、猿も野嵐もすっぱりと斬られたそうじゃねえか。腕の立つ者がこの閻魔を遺恨に思って殺《や》ったのよ」

「だれですね」

伴太夫は答えず、

「上野池之端の露草亭《つゆくさてい》でな、暮れ六つ半（午後七時頃）に会いてえと江川屋の旦那《だんな》に伝えろ」

と代貸に命じた。

この日の昼下がり、大黒屋総兵衛は南町奉行松前伊豆守《いずのかみ》嘉広《よしひろ》に呼びだされた。

数寄屋橋《すきやばし》の役宅の門をくぐると内与力が松前の居宅に案内していった。

「ひさしぶりじゃのう、大黒屋」

「お奉行様にはご機嫌うるわしく拝察いたしまする」

総兵衛は双鳶《ふたつとび》の黒紋服姿である。

「朔日《ついたち》から月番になる、よろしゅうな」

「恐縮に存じます」

北と南の両奉行所の調べは月番制をとり、一月ごとに月番、非番が交替する。

「富沢町で殺しがあったそうじゃな」

「手前どもの担《かつ》ぎ商いの女が殺されて、古着市で発見されました」

そめの殺しは北町奉行所が月番の間に起こった事件だ。非番となっても北町が継続審議する。

「城中で大目付本庄伊豆守《いずのかみ》どのにお会いした。本庄どのとは京都町奉行を相勤めた仲、そなたの話になってな……」

松前は用件に入った。

「もはやそなたは江川屋の一件を存じておるやに聞いた」

「古着屋惣代を申しつけられることにございますな」

松前がうなずいた。

「どなたから出た話にございますか」

総兵衛はとぼけて聞いてみた。

「南北奉行所は同格、月番非番を交替して役目にあたる。じゃが幕府始まって以来、両奉行所にかかわる大事はまず先任奉行に話があるのが習わし……」

松前は元禄《げんろく》十年（一六九七）四月に南の奉行を拝命し、保田は翌年の十二月に北町奉行職に就任している。一年八カ月だが、松前が保田に先任している。

「当然、そなたら古着商いの『八品商売人』の慣習を変える以上、わしに相談があるべきこと。が、耳うちされたは大目付の本庄どのからじゃ」

松前は静かな口調で話し続けた。が、その腹のうちは想像できた。

「なぜ北町の保田様は、先任の松前様をないがしろになされて、江川屋さんに古着屋惣代を命じられるのでございましょうか」

松前はしばらく沈黙した後、口を開いた。

「これまで富沢町は大黒屋の差配のもと、何の問題もなく発展してまいった。

御家人《ごけにん》や庶民にとって、そなたらの商いはなくてはならぬものだ。そのせいでそなたらが扱う古着の取扱い高は実に莫大《ばくだい》なものになった……」

富沢町は京、大坂から下りものの古着を仕入れ、東北、北陸に販路を広げて、売り上げを拡大していた。

総兵衛は静かにうなずく。

「この莫大な金の流れに関心をもたれた方があっても不思議ではない」

松前は遠まわしに総兵衛の問いに答えようとしていた。

「それと古着商いをつうじてもたらされる噂《うわさ》、風聞の類《たぐ》いを一手に保田どのはどなたかの命で、おのがもとに集めようと画策されておるようすじゃ」

古着の商いには盗品も多く混じる。それらにかかわる人間たちがもたらす風聞は、犯罪捜査にとって重要かつ信憑性《しんぴょうせい》の高い情報であった。それを保田奉行の背後に控える方は、一手に握ろうというのか。

「大黒屋、『八品商売人』のもたらす情報は貴重じゃ。だからこそ、奉行所がそなたらを取り締まり、監督してきた。それを江川屋彦左衛門を傀儡《かいらい》の惣代に仕立て、保田どのをつうじてどなた様かが一手に握られるとどうなる。恐怖政治がこの江戸で展開されることになるではないか」

「いったいどなた様が大黒屋をないがしろにされるのでございますか」

「わしの口からは申せん」

と松前は苦渋を顔に掃いて言った。

「江川屋彦左衛門どのが惣代を命じられ、鑑札制が布告されるのはいつの時期と考えればよいのでございましょうか」

総兵衛は問いを変えた。

「早くて五月の北町の月番のときか、翌々月の七月……」

早いとなれば一月の余裕しかない。

「そなたはまた三年前の勅額火事が本所相生町の材木問屋甲州屋作左衛門の捕縛とかかわりがあるかないか、関心を持っておるようじゃがこれもな、興味を抱くのはよしておけ」

「理由をお聞きしてよろしゅうございますか」

「勅額火事の火付けの下手人が甲州屋ではないかとの情報をわしが城中で受けたのは、そのお方がもはやその職にあらざるからであった……」

三年前に大老にあって元禄十四年のこの時期にその職にないのは、近江《おうみ》彦根藩の井伊《いい》掃部頭直該《かもんのかみなおもり》である。総兵衛が影と見ていた人物だ。その影に甲州屋の火付けを報告したのは他ならぬ総兵衛本人だ。

「火付けは、火事になれば己の商いが潤《うるお》うという甲州屋の主《あるじ》の思い違いが主たる動機であった……」

総兵衛の調べでも同じ答えであった。

「じゃがな、甲州屋は、紀伊国屋文左衛門ら一部の材木問屋が用材を独占することに腹を据えかね、抗議の火付けをしたとも、吟味与力に吐いている。もちろん紀伊国屋らが用材を一手に押さえるには城中のどなたかの助勢がなくてはならぬ。甲州屋の火付けの動機は上様の暗殺にあらずと確信したとき、調べのいっさいを評定所で申しあげた。甲州屋が牢死《ろうし》したのは、数日後のことじゃ」

評定所は幕府の最高裁判機構である。寺社、勘定、町奉行の三奉行が出席して裁かれた。

綱吉暗殺の噂が飛んだ勅額火事の吟味は、当然竜の口の伝奏《てんそう》屋敷に老中、若年寄全員が立ち会って、評定が行なわれていた。

「死因はなんでございました」

「首吊《つ》りじゃ、牢には首をくる綱などなかったのにな。どなたかが甲州屋の抗議の火付けに腹を立てられたようじゃとしかわしの口からは申せん」

町奉行が恐れるほどの人物か。

総兵衛は平伏して、松前に感謝した。


大黒屋の小僧の駒吉は上野池之端の露草亭の離れの床下に忍びこんでいた。

閻魔《えんま》の使いが江川屋に向かったと見張りの担ぎ商いから報告を受けた笠蔵は、駒吉を仕事から外して閻魔の伴太夫が外出するときはどこまでも尾行していけと命じた。

笠蔵の読みはあたって、その夕暮れ、浅草から上野に向かい、池之端の料亭露草亭の門内に消えたのだ。

「閻魔の親分さん、離れに席を用意してございますよ」

「しばらく客と話がある。酒はその後にしてくれ」

出迎えた女将《おかみ》との会話を耳にした駒吉は露草亭の裏口から敷地に入りこみ、庭伝いに離れの床下に忍びこんだ。

閻魔の伴太夫が離れに入って、時をおかず江川屋彦左衛門の横柄《おうへい》な声が聞こえてきた。

「親分、なにか出来《しゅったい》しましたか。江川屋はこれでも忙しい身でね」

「分かってますって。だがね、おれもおめえさんも少々大黒屋の力を見くびったかもしれないぜ。担ぎ商いの女の死骸《しげえ》を富沢町まで苦労して運んで捨てたはいいが、どうも反撃を食らったようだ」

「反撃？　うまくいったじゃないか」

「それがどうもな……」

「親分、おまえさんの話はどうもまどろっこしいよ」

「武蔵府中宿へ賭場《とば》の貸し金の催促にわっしの手下を行かせたのさ。相手は馬方上がりの渡世人の藤屋万吉だ。最初は四の五の言い訳をしたようだが、受け取りに行った野嵐が一暴れすると、三十両そっくり払ってくれた。その帰り道に手下たちが襲われたんだ……」

「やくざは金に汚いもんですよ。取り戻そうと藤屋の連中が襲ったに決まってます」

「野嵐と猿は田舎やくざにおくれをとるような連中じゃあねえ」

「…………」

「それによ、三十両はそっくり殺された猿の音七の懐に残っていた」

「それはおかしい」

「だから、おかしいと言っているんで。それに江川屋さん、三人の手下が襲われ、殺されたのは、野嵐の龍五郎と猿の音七の二人だけだ。もう一人の蝮の三蔵は、気絶させられて、命は助かっている。野嵐と猿の二人は、幸手宿《さって》で大黒屋の担ぎ商いを殺るように命じた連中ですぜ。ちとおかしかありませんかえ」

江川屋彦左衛門の返答はしばらくなかった。口を開いたとき、語調がゆったりしたものに変わっていた。

「親分、後始末はうまくつけたろうね」

「うーむ」

閻魔の返事も遅れた。

「いやさ、猿と野嵐は幸手宿で馬を都合するのに馬方夫婦を引き入れたらしい。もちろん仕事を手伝わせたわけじゃない。もし不都合があったとしたら、ここいらあたりだが……」

「……なんてことを」

会話が途切れ、重い沈黙が続いた。

「江川屋さん、儀平さん一行は大丈夫だろうね」

「野嵐と猿の二人が大黒屋の手に殺されたとなると、箱根のほうも安穏《あんのん》とはしておれませんな」

「だいたいね、江川屋の旦那が担ぎ商いの女を富沢町まで運んできて、大黒屋の裏手に放りだそうなんて言いだすもんだから、厄介なことになる」

「あれは殿中《でんちゅう》からのお指図……」

「わっしはね、一度、大黒屋に苦い目に遭わされているからね」

閻魔がいまいましげにつぶやき、

「大黒屋が侍上がりというのはほんとなのかえ」

「親分、そりゃ、先祖の話ですよ」

「ともかくなにか手をうたなければ……先生はどうしていなさる」

「それが箱根から戻ってみえない。屋敷に戻ったってことはないと思うけどね。まあ、死人みてえな咳《せき》をしてさ、うす気味悪いからばあさんなんぞはせいせいしているがね」

「百両は懐《ふところ》に入ったからな、小田原あたりの飯盛女郎の部屋に居続けかね。安女郎が好みというんだから変わり者だ」

「当人が肺病持ちだからね。同病相哀れむような女が安心するのだろうよ」

「あとは柳原土手の先生が頼みか」

「親分、それとさ、手下《てか》を駆りだして労咳《ろうがい》病みの浪人さんのもぐりこんでいそうな岡場所を探させてくれないか」

「箱根からこっちとなると大事《おおごと》だぜ」

「江戸にはかならず戻ってこられる。品川あたりに網を張るこった」

閻魔が承知し、言いだした。

「猿と野嵐の一件じゃ、この腹が煮えくり返るほどなんで。ちょいとした仕掛けを今晩にも大黒屋に仕掛けているんで。まあ、見てなって」

「足をすくわれないようにね。私は駒込《こまごめ》のお歌《うた》の方様に連絡をして、ご相談申しあげよう」

「それがいい」

「親分、遠野鉄五郎の尻《しり》を叩《たた》いてね、大黒屋の弱みを見つけてくださいな。二段構え三段構えの手を考えておかないとね、大黒屋相手じゃ、安心できないよ」

駒吉の報告を受けた総兵衛と笠蔵は、

「藤助らは労咳病みの剣客一人に襲われたようすじゃな」

「藤助は鳶沢一族の者です。そうやすやすとは……」

総兵衛も笠蔵もそう思いたかった。が、状況は藤助の悲劇を指していた。

「柳原土手の先生というのはどなたのことでございましょうな」

「閻魔一家に手を貸すとなるとこやつも浪人か」

お歌の方とは何者か。謎《なぞ》ばかりだ。

「ともあれ、今晩は寝ずの晩をしなければなりますまいて」

総兵衛と笠蔵の不安はその夜のうちにあたった。

「銀三さんが戻って参られました」

総兵衛がおきぬから知らされたのは丑《うし》の刻（午前二時頃）前のことだ。

総兵衛の居間に全身に疲労をみせた銀三が連れてこられ、へたりこむように座った。

「箱根から戻ったか」

銀三はどうして総兵衛が知っていたのか、不審に思いながらもうなずいた。

「なにがあったのだ」

総兵衛に問われた銀三は懐から刺子《さしこ》袋三枚、しおれた紅椿《べにつばき》一枝、手紙を出して主らの前に置いた。

「それはうちの金袋……」

笠蔵がうなった。おきぬも思わず合掌した。

総兵衛らは藤助一行の運命を今こそはっきりと悟らされた。そして幸手宿外れのそめと朝吉殺し、源森川の岸辺の駿府屋《すんぷや》繁三郎の斬殺《ざんさつ》、箱根山中の藤助らの危難が明白な意図のもとに企てられた一連の計画と判明した。それは大黒屋の裏の貌《かお》を知っているぞとばかりに残された紅椿が教えていた。

（江川屋、閻魔の伴太夫、そなたらの気ままにはさせん）

信之助の手紙の封を切った。


富沢町の大黒屋の店の前に頬被《ほおかむ》りをした三人の人影が立ったのは七つ（朝四時頃）過ぎ、入堀から筵《むしろ》に包んだものを運び上げてきた。

まだ江戸は夜明け前の闇《やみ》が包んでいた。

無言のまま、筵を剝《は》ぐとまだ血の臭《にお》いのする三頭の犬の死骸《しがい》を店の前に放りだした。

筵を丸めて船に戻ろうとする三人に大黒屋の屋根から黒い影が次々に飛びかかった。男たちは無言のうちに三人の首を締めあげると、堀に止められてあった舟に気絶させた三人と三頭の犬の死骸を運びこみ、何処《いずこ》ともなく漕《こ》ぎだした。

明六つ（朝六時頃）、浅草三間町に香具師《やし》の看板を上げる閻魔の伴太夫の表をとおりかかった大工の二人連れが奇声を発して、肩に担《かつ》いでいた道具箱をその場にぶちまけると、腰を抜かした。

二階の軒から犬の死骸をおぶった三人の男たちが丸裸で吊り下げられていた。

三人は夜明けの寒さに意識を取り戻していたが、口には褌《ふんどし》で猿ぐつわがしてあって、助けを呼ぼうにも叫ぶことができない。

寒さのせいか、生類憐《あわ》れみの令の恐怖におののいたか、ぶるぶると震えているのが大工たちにも分かった。

「て、大変《てえへん》だ！」

大工の悲鳴に浅草三間町は大騒ぎの幕が切って落とされた。

閻魔の伴太夫は子分の知らせに慌《あわ》てて寝床から飛びだしてきた。

天和《てんな》二年（一六八二）、綱吉の側室お伝の方が生んだ男子が夭逝《ようせい》した。

綱吉の母、桂昌院（家光の側室お玉）は護持院の僧侶《そうりょ》隆光の進言で、

「上様は生き物を、とくに犬をお憐れみなさいますよう」

と忠告した。それが歴史に残る悪法『生類憐れみの令』のつくられた経緯であった。

旗本永井主殿は出仕の途中、数匹の野犬に吠《ほ》えかかられた。手で追ったが逃

げるどころか危害を加える気配に一、二匹に傷を負わせて追い払った。このことを聞いた綱吉は激怒して永井に死罪を命じた。しかし綱吉身近に仕えていた故《ゆえ》をもって罪一等を減じられ、八丈島に流罪《るざい》になった。さらには蚊をうち殺した小姓伊東基久は流罪になり、それを見ていた同僚の井上某は閉門になった。家の前に犬の死骸が放置されていた者に家財没収の命が下された……この類《たぐ》いの話は枚挙にいとまがない。

元禄《げんろく》八年（一六九五）には中野の十六万坪の土地に二十五坪の犬小屋を二百九十棟、七坪半の日除《ひよ》け小屋がやはり二百九十五棟、子犬の養育場は四百五十九箇所、保護される犬たちにかかる年間の費用が九万八千両と異常きまわる悪法が施行されていた時代である。

「野郎ども、下ろせ、早く下ろすんだよ！」

閻魔の伴太夫は見物の人を怒鳴りつけて追い払おうとした。しかしこの光景を三間町じゅうの住人が見ており、隠しとおすことはできなかった。

吊り下げられた三人と犬の死骸が下ろされた。

伴太夫はがたがた震える三人に、

「いいか、どんなことがあっても知らねえ人間に襲われて、こんな目にあわされたと言い張るんだぞ」

と耳元に吹きこんだ。

その視線に巻羽織の同心と目明かしが駆けてくるのが映った。遠野鉄五郎ではない。が、北町の同心だ。これなら与力の犬沼勘解由《かげゆ》に手をまわせばなんとかなる。

（大黒屋総兵衛め、どうしてくれよう）

歯ぎしりしながら、なんとしてもこの場を言い逃れなければと、閻魔の伴太夫は目まぐるしく頭を回転させていた。

三

江川屋の番頭儀平を頭とした一行、閻魔の伴太夫の用心棒長谷屋権九郎ら三名の浪人者と江川屋の奉公人に化けた蛙《かわず》の伸吉と南天の昇太ら六名は、一休みした興津《おきつ》宿を出て一里三町（約四・三キロ）先の江尻《えじり》の宿に差しかかった。

まだ日も高い。

儀平と用心棒頭の長谷屋が肩を並べ、仲吉の馬のそばに板井唯次《いたいただつぐ》、昇太のかたわらには大野田一岳《おおのだいちがく》という順番で進む。

「府中宿（駿府）まで三里足らず、日のあるうちに着きましょう」

「番頭さん、駿府は徳川様のお膝元《ひざもと》、飯盛も飛びっきりのがいような」

「長谷屋の旦那、万事、この儀平の胸のうちにありますって」

「頼んだぜ、昨晩のような年増《としま》はこりごりじゃ」

儀平は馬を引く仲吉と昇太を振り返って、言葉をかけた。

「二人もな、今晩を楽しみにしていなせえ」

「女もいいが、馬臭くていけねえや。馬子を雇ってはくれめえか」

「馬の背になにが積んであるか、考えてもみなせえ。そいつが万両の利を生むんだ。ただの荷ならおめえさん方を京まで連れてはいかないよ」

「ちぇっ、牛馬の面倒を見たくなくてよ、やくざ渡世に入ったらこのざまだ」

「泣き言はなしだよ」

一行は宿で休むことなく通過した。

街道上には行き交う旅の人や馬子たちがいた。子供たちも遊んでいた。

儀平らの前を進むのは老人の先達《せんだつ》に率いられた女連れのお伊勢参り五人組だ。腰に柄杓《ひしゃく》を差しているので伊勢参りと分かる。

江尻宿を三町進んだあたりで、三叉路《さんさろ》に差しかかった。

真《ま》っ直《す》ぐ進めば東海道で府中宿に向かう。

左に折れれば三保の松原の名所から家康の墓所の久能山のある海沿いの道を辿《たど》ることになる。

先行する伊勢参りの連中に役人が海の道を行くように命じていた。

「お役人、なにかありましたかな」

儀平が宿場役人に聞いた。

「先日来の長雨による土砂崩れで道が埋まってしもうた。府中にいく者は海沿いを通ってまいられえ」

「それは遠まわり、あちらから来る者がおるようじゃが」

長谷屋が府中から江尻に向かってくる男女の旅人を見た。

「あれは土地の者じゃ」

伊勢参りの先達も、

「土砂崩れではしかたありますまい。海を見ていくのもまた一興……」

と左の往還を進み始めた。

儀平もその言葉につられたようについていった。

東海道から外れたせいで街道は一段とのんびりした風景に変わった。

半刻《はんとき》（一時間）ほど進むと山道へと差しかかった。

さすがに高かった日も山の端《は》にかかって暗くなりかけた。

「道はこれでよいのか」

長谷屋が儀平に問う。

姉さんこの月ア大か小か
わしゃしらぬ
お伊勢の暦に書いてある

女がのんびりと伊勢参りの歌などを歌っている。

「ほれ、伊勢参りの連中も進んでおりますでなあ」

答える儀平の声も不安がにじんでいる。

山道はさらに険しさを増し、うねうねと細くなっていった。

「どうやら道を間違えましたかな」

「あやつらに従ったが間違いじゃ」

「どこぞに百姓家でも見つけて宿にしようか」

儀平と長谷屋権九郎が言いあいながらも進むと、いつの間にか先行する伊勢参りの一行の姿が消えていた。そして行く手には切り立った山が黒々と道を塞《ふさ》いで聳《そび》え立っていた。

「行き止まりですか」

「えらいことになったな」

「それにしても伊勢参りの連中は、どこに消えたのでございましょうな」

遠くにぽつんと明かりが見えた。

「どうやら野宿は免れましたぞ」

儀平に喜色が戻った。

谷の斜面に人家が点在しているのが暮れなずむ光にたしかめられた。

里の中心と思える広場で行き止まりになった。背後の山が墓石のように聳えてみえた。

「おお、あそこに伊勢参りの先達がおる」

長谷屋が広場に一人立つ老人の姿を認め、儀平は老人をなじった。

「そなたのおかげで道に迷うたわ」

「迷うたのではない。誘いこんだまでよ」

伊勢参りの先達の言葉は、武士のものに変わっていた。

「なんと申した」

長谷屋権九郎が配下の板井と大野田に警戒を呼びかけた。

「街道の胡麻《ごま》の蠅《はえ》なら狙《ねら》う相手を間違えたぞ。この旦那は、鹿島《かしま》古流の達人、
他の二人も修羅場をくぐったことが四度五度ではきかぬ腕自慢じゃ」

「江川屋の番頭儀平、われらは胡麻の蠅にあらず」

「なんと私の名を……」

「知っておる」

「おまえはだれじゃ」

長谷屋が刀の柄《つか》に手をおいて老人に訊《き》いた。

「駿府鳶沢村の長《おさ》、鳶沢次郎兵衛……」

「鳶沢……」

儀平がさすがに訝《いぶか》しげに呟《つぶや》く。

「日本橋富沢町の旧名は鳶沢町……」

「……おお、そうであったな」

「富沢町の惣代《そうだい》大黒屋総兵衛の一族が棲《す》む隠れ里に儀平、そなたらは誘いこまれたのよ」

「なぜそのような場所に……」

儀平が怯《おび》えた声をふり絞る。

「そなたらが馬の背に積んだ二千両はもともと大黒屋が京の丹波屋に送る金……」

「違う違う。これは江川屋が京に運ぶ金じゃ」

儀平が悲鳴を上げて、後退《あとずさ》りした。

「儀平」

背後から声がかかった。

「箱根山中お玉ヶ池にて大黒屋の藤助一行を待ち受けて殺害し、二千両を強奪した一件は、すでに露見しておる」

儀平が振り向くと、顔見知りの大黒屋の一番番頭が手に刺子の金袋を握って立っていた。

「信之助……」

「われらは、無念の死を遂げた藤助ら五名の鳶沢一族の者と炭焼き夫婦の亡骸《なきがら》を竈《かま》を墓代わりに埋葬してきたばかり……」

「なんのことやら、さっぱり分からぬ」

「とぼけても無駄じゃ。そなたらが江戸を発《た》つとき、二千両の金など持参してなかったは、手代の清吉がすでに証言いたしておること」

「なにっ！　清吉が生きておるのか」

儀平がかたわらの長谷屋を睨《にら》んだ。

「語るに落ちるとはそのことよ。清吉と炭焼き夫婦の亡骸を谷底から救いあげ、運びあげたもわれら……」

「……なんと清吉が」

儀平の声はおろおろと動揺した。

「番頭さん、ここはなんとしても斬《き》りぬけるぞ」

長谷屋が儀平を鼓舞した。

「儀平とやら、そなたはあの黒々と切り立った山に、どなたが祀《まつ》られておられるか存じおるか」

次郎兵衛が言い、儀平が思わず正面の山を見上げた。

頂の真下に一つ明かりが点《とも》った。さらにその下にもう一つの明かりが……明かりは里に向かって次々に数をまし、七つに増えた。

「元和二年（一六一六）四月十七日、巳《み》の刻（午前十時頃）、神あがりされた征《せい》夷《い》大将軍太政《だじょう》大臣従《じゅ》一位徳川家康様の御霊《みたま》が最初に埋葬された久能山じゃ。海に向かって十七曲がり千百五十九段の石段を護衛するは、与力二名、同心八名の徳川譜代の臣。彼らは西の敵を睨み、御霊をお守りする役目。われら鳶沢一族は東の江戸の危難を守って、久能山裏側を護衛してきた神廟衛士《しんびょうえじ》にして隠れ旗本じゃ」

「まさか頭領は……」

「大黒屋総兵衛が鳶沢一族の頭領」

「なんと」

「儀平、気づくのが遅すぎたな」

信之助が父に代わって言った。

「われら鳶沢一族が家康様の神あがり以来、蝮《まむし》や狐狸《こり》の棲みかの谷間《たにあい》を耕し、飢えの時には落ち穂を拾い、渇きの年には泥水を啜《すす》りながら厳しい修行に明け暮れたは、江川屋や閻魔《えんま》一家などに惣代の地位を明けわたすためにあらず、ましてそなたらの背後にひそむお方に富沢町の利と情報を流すために生きてきたわけでもなし。ひとえに家康様との約定を守り、江戸の安寧を護持するためじゃ。そなたらは鳶沢一族のそめ、朝吉、藤助、高吉、浅太郎、次平、信五郎ら七名の一族の者を殺し屋どもに頼んで殺害した。さらにはそめの亡骸を富沢町まで運び、大黒屋の裏手に放置し、藤助ら五名を炭焼き竈に投げこんだ無情、許しがたし……」

「能書きは聞き飽きた!」

儀平が居直ったか、叫んだ。

「長谷屋の旦那、なにがなんでもこやつらを叩《たた》き斬って街道に戻りますぞ」

長谷屋らが刀を閃《ひらめ》かせ、馬を引く伸吉と昇太が馬首をめぐらすと、道中差しを抜きつれた。

「儀平、鳶沢一族のいわれを言い聞かせたはそなたらの死出の旅路の餞別《せんべつ》代わり、隠れ里にはそめの家族も藤助らの親類縁者も棲んでおる。久能山の隠れ石段を降りてくる明かりを見よ。そなたらが殺したそめら七名の縁者が捧《ささ》げ持つ黄泉《よみ》への導き火よ」

「ふえっ!」

明かりはゆっくりと石段を下り、里の広場へと入ってきた。

すると広場のあちこちから新たな明かりが生まれて加わった。

「そめの敵《かたき》……」

「朝吉の無念……」

「藤助の恨み……」

袖《そで》と背に双鳶《ふたつとび》の紋を染め抜いた海老茶の戦装束《いくさ》の老若男女の群れが地から闇《やみ》から生まれでたように浮かび上がって広場を囲み、石段を下りてきた明かりも加わって儀平らの周りをゆっくりとまわり始めた。

片方の手に松明《たいまつ》が、もう一方の手には鎌《かま》、小太刀、鍬《くわ》、薙刀《なぎなた》の刃がきらきらときらめいているのが儀平らの目にも見えた。

「長谷屋の旦那《だんな》、なんとかしてくだせえ」

「儀平、こやつら、人ではないようじゃ」

長谷屋の声も慄《ふる》えていた。

「助けてくれえ、おれたちはなにもしてねえ。金の番をしていただけだ」

閻魔一家の蛙《かわず》の仲吉が叫んだ。

「藤助らを斬り殺したのはなに奴《やっ》じゃ」

「いうう、いうからよ、助けてくれえ」

南天の昇太も泣き声を上げた。

「江川屋が連れてきた添田《そえだ》刃九郎《じんくろう》とかいう労咳《ろうがい》病みの剣客だ」

「うす気味の悪い野郎ってことしかおれたちは知らねえよ、ほんとだったらよ」

伸吉も昇太も必死で顔を横に振る。

さらに光の輪が小さくなった。

「浅太郎やい、成仏《じょうぶつ》してくれや。そなたらを殺したこの者たちは、おばばの手の鎌でそっ首を叩き斬ってやるでな」

題目を唱えるように呟く輪がだんだんと閉じられていき、

「私はだれも殺してなどない！」

と叫ぶ儀平の悲鳴が縮まった輪のなかで消えた。


その刻限、風神の又三郎と綾縄《あやなわ》小僧の駒吉は駒込村の尼寺西進院の門前の暗がりにいた。江川屋彦左衛門が駕籠《かご》で出かけるのを尾行すると、江戸外れの尼寺まで連れてこられたのだ。

駒吉は又三郎に命じられて尼寺のことを聞き込みにまわった。

江川屋が到着して半刻後、乗物が到着して、紫の衣を身につけた庵主《あんじゅ》が出迎えた。乗物のかたわらを警護するのは大名家の藩士と思える壮年の武士だ。どうやら乗物の主が江川屋を待ちうけていた人物らしい。

「番頭さん」

そこへ駒吉が戻ってきた。

「なにか分かったか」

「近くの百姓の女房に一朱つかませますと喋《しゃべ》ってくれました。三年前にこの寺の庵主様になられた佳紹尼《かしょうに》様はまだ三十三、四の方にございます。今訪ねてこられた方が椿香亭《ちんこうてい》なる離れの庵主様の妹らしゅうございますが、近くのお屋敷に住んでおられるという以外、分かりません」

「駒吉、池之端の露草亭の聞き込みといい、中途半端《はんぱ》だぞ。まだまだ半人前じゃな、この場に待っておれ」

「番頭さん、しっかり働きまする、連れてってくださいな」

又三郎は駒吉の頼みをどうにか聞き入れた。

二人は手早く縦縞《たてじま》の袷《あわせ》を尻《しり》ばしょりにした。下には黒い股引《ももひき》を穿《は》いていた。顔は黒手拭《てぬぐ》いで頬被《ほおかむ》りをし、草履を帯の間にはさむとまず風神が塀の庇《ひさし》に飛びつき、身軽に越えた。駒吉もそれに続く。

西進院は牡丹《ぼたん》の花の香りに包まれていた。白牡丹、黒牡丹、紫雲殿《しうんでん》と多彩な牡丹が植えられて咲き誇っているのが夜目にも分かった。

奥へ進むとようすが変わった。牡丹の馥郁《ふくいく》とした香りが消え、椿《つばき》の老樹が城壁のように取りかこむ椿香亭が現われた。離れ家の周りの庭には散椿が赤い血にでも染められたようにびっしりと広がっていた。明かりの入った障子を閉め切った座敷には三つの影が映じているばかりで話し声までは聞けない。そのうえ警護の武士が廊下に控えて、他人が近づかないように見張っていた。

「どうしたものか」

風神もさすがに思案がない。

「番頭さん、ちょいと待ってくださいな」

風神に調べが甘いとなじられた駒吉は意地になっていた。

「待て」

と又三郎が制止したときには駒吉はその場から消えていた。

庫裏《くり》では尼たちが忙《せわ》しげに料理と酒の支度をしていた。

駒吉は尼たちの隙《すき》を見て、庫裏の奥に入りこんだ。廊下に面して部屋がならんでいた。躊躇《ちゅうちょ》する間もなく、するりと部屋に入りこんだ。押し入れの襖《ふすま》をいくつか開けると目当てのものが見つかった。濃茶の尼僧の装束を駒吉は手早く身につけた。白い頭巾《ずきん》までかぶると顔の一部が晒《さら》されるだけだ。なんとか顔を伏せていれば、見つかるまいと綾縄小僧は大胆にも考えた。庫裏に戻ると老尼が、

「ささ、遅滞なきように料理とお酒をな、お運びするのです」

と三の膳《ぜん》まである膳部を点検していた。尼たちがそれぞれに膳を両手に捧げ持つ。そのなかに駒吉もするりと入りこんで二の膳を両手で抱えた。

「さあ、行きまするぞ」

老尼を先頭に六名の尼が続いた。駒吉も顔を伏せて列のなかほどに着いた。庫裏から回廊を通って離れへの渡り廊下に向かう。

風神の又三郎はそのようすを緑の葉が重なる椿の老樹の下から眺めていた。駒吉は警護の侍が座すかたわらを通過するとき、緊張に身を固くした。が、注意は庭に向けられていた。老尼が、

「佳紹尼様」

と控えの間から料理の到着を告げた。

「おお、酒《ささ》がきましたか」

襖が開けられ、古株の老尼が三の膳を揃《そろ》えて、客と庵主の前に運びこむ。その他の尼たちはその間、控えの間に待機していた。

駒吉は、膳を老尼に渡すと後ろに下がりながら、護衛の侍が控える廊下とは反対の廊下に身を移した。突き当たりは厠《かわや》のようだ。厠には香の匂《にお》いが焚《た》きこめられてなんとも香《かんば》しい。尼装束を脱ぎ捨て、厠に落としいれた。天井板を手でついて外す、なんなく天井裏に這《は》いあがった。丁寧に天井板をはめなおすと、明かりがこぼれる方角に横柱を伝って移動していった。

「江川屋、いつも気のきいた手土産、御前もお喜びであろう」

「富沢町の惣代になったあかつきはこんなものではありませぬ。御前様によろしゅうお願いしてくだされ、お歌の方様……」

江川屋彦左衛門が猫なで声を上げた。

「ところでそなたに貸し与えた刃九郎はどうしておるな」

「それでございます。箱根で仕事をし遂げられたあと、百両を懐《ふところ》にぷっつり姿を消されましてな。お屋敷に戻ってはおられませぬかとお尋ねに参ったしだい」

「病が出たのじゃな。金があるうちは屋敷にもそなたのところにも戻るまい」

お歌の方のもとには江戸の商人たちがいろいろな願いごとを持ってやってくる。そんな嘆願者の一人が連れていたのが添田刃九郎だ。お歌の方は一目で労咳病みの剣客の虚無と尋常ならぬ腕を見抜き、その主《あるじ》の願いを聞きとどける代償にもらいうけたものだ。

添田刃九郎の先祖は西国の出、当人は深川の貧乏長屋で飢えのなかに生まれ育ち、幼き頃より生きる術《すべ》として人を殺《あや》める術を身につけ、独創殺伐の剣技を磨いてきた。死と隣りあわせに生きる刃九郎の望みは、女のかたわらに身を横たえることと、己よりも強い剣者に出会うことだった。

「困りましたな」

「江川屋、そなたには閻魔がついておるではないか」

「それがつい先日、閻魔の子分どもが大黒屋に犬の死骸《しがい》を抱かされて、一家の軒に吊《つ》りさげられてございます。親分はそっちの始末に大わらわ……」

江川屋が自分に都合のよいような話をお歌の方に申しあげる。

「なんと上様のお触れに抗《さか》らって生き物の死骸をな。大黒屋とはそれほどまでに非道な人間か」

「その男が富沢町を百年にわたって仕切ってきたのでございます。御前様が気になさるのはもっともな話にございます」

「今晩にもな、そなたの話、御前に申しあげよう」

「よろしくお願い申し上げます」

江川屋がそう言ったとき、

「佳紹尼様！」

老尼の慌《あわ》てた声がして、

「これ、慌ただしい」

「何者かが忍びこんだようすにございます」

離れ座敷が騒然となった。

「柳田、曲者《くせもの》じゃ」

お歌の方と呼ばれた女性が叫んだ。

廊下の障子が開けられる音がして、

「いかがなされた」

と尋ねたのは警護の武士の柳田だ。

「尼たちの部屋に入りこみ、尼の衣装を盗んでいったものがございます。先ほど、膳部を運んできた者のなかにその者が紛れていたとも考えられまする」

「となれば今もこの離れのどこぞにひそんでおろう。床下か、天井裏……」

駒吉は背筋が凍りついた。

進退極まった。柳田の視線が駒吉の忍ぶ天井裏に這いまわっているのをひしひしと感じた。

（どうしたものか……）

ただ息をひそめているしかない。

目に見えない殺気が駒吉の周りに満ちた。いきなり槍《やり》の穂先が駒吉のひそむかたわらに突きだされた。二撃目はさらに近づいた。

そのとき、叫び声が上がった。

「男が庫裏におりまする！」

柳田が離れから駆けだすのが分かった。

風神の又三郎が作ってくれた隙をついて、駒吉は退却を始めた。

四

五つ（夜八時頃）過ぎ、思案橋の船宿幾とせに目つきの鋭い町人と頭巾をかぶったままの武家の二人が訪れ、しばらく部屋を借りたいと、日本橋川を見下ろす二階の座敷に上った。酒と肴《さかな》を運ばせた二人は、障子を閉め切った。

「女将《おかみ》さん」

女中頭のさよが、

「店終《じま》いの刻限はすぎておりますが」

と二階を見やるふうに天井を見上げた。

「そうだね、そろそろ舟を用意しましょうかと声をかけてみようか」

うめは二階に上っていった。

千鶴は、昨日も総兵衛様はお見えにならなかった、今夜もだめであろうか、と切なく庭越しに夜の川面《かわも》を眺めた。このところ大黒屋は面倒に見舞われているらしい。それならそれで少しでも話してくれればよいのにと恨めしく思った。

そのとき、庭の石灯籠《いしどうろう》の陰でなにかが動いたような気がした。

ときに総兵衛は庭から姿を見せることもある。

「総兵衛様……」

千鶴の声に姿を見せたのは頭巾をかぶった武士だ。

「お武家様、ここは私邸にございます。宿はあちら……」

「分かっておる」

危険を感じた千鶴は奥の間に逃げた。


二階の座敷に上ったうめは、客の姿がないことに驚いた。無銭飲食の客とも思えない。ふと開け放たれた障子から庭を見た。離れの庭に人影が立っている。

それがなんと客の武家ではないか。

(なにをする気か)

うめは胸騒ぎがした。

「平次《へいじ》、新松《しんまつ》！　来ておくれ」

うめは住み込みの船頭たちに大声を上げた。

「離れのようすがおかしいよ！」

千鶴は奥の間に逃げこんで第二の影を見た。

壮年の町人がにたりと笑うと千鶴にすべり寄り、立ちすくんだ千鶴の鳩尾《みぞおち》に拳《こぶし》を叩《たた》きこんだ。手慣れた男の一撃に千鶴はくたっと倒れこんだ。

閻魔《えんま》の伴太夫は千鶴をかるがると担《かつ》ぐと庭へと飛びおりた。

武士が油断なく従った。

二人が日本橋川の河岸《かし》に着けた屋根船に千鶴を運びこもうとしたとき、うめの叫びを聞いた船頭たちが舟着場に飛びだしてきた。

「待ちやがれ！」

新松が竿《さお》を手に狼藉《ろうぜき》を働いて逃げようとする客に迫った。

「先生、頼みましたぞ」

「引いておれ」

先生と呼ばれた武士は閻魔の伴太夫を制すると、足場を固めた。

幾とせの船頭のなかでも一番若い新松が手慣れた竿を武士の胸に突きだした。

武士は、体を沈めると腰の剣を抜き放って竿を払い切り、すすっと間合いを詰めると短くなった竿を手元に引こうとした新松の胴を深々とないだ。

新松が悲鳴を残して日本橋川に落ちていった。

「やりやがったな！」

平次と駆けつけた昇二《しょうじ》が竿と棒切れを手に手に襲いかかった。

武士は竿を払い、棒を避けると、二人の船頭に素早い反撃を加えてその場に倒した。

争いの間に千鶴が屋根船に担ぎこまれていた。

「千鶴！」

うめの悲鳴が川面に響く。

抜き身を下げた武士は屋根船に飛び乗り、舟は闇《やみ》に紛れるように漕《こ》ぎだされていった。

猪牙《ちょき》舟に吹き寄せる風で清吉は意識を取り戻した。肩口から腕と包帯でぐるぐる巻きにされていた。どうやら猪牙は大川を下っているらしい。

清吉は亀八に伴われて江戸府内に入った。

「清吉さん、もう少しの辛抱だ」

箱根から駕籠《かご》を乗り継いできたせいで、ふたたび清吉の傷は出血し始めていた。そのうえ高熱のせいで意識が朦朧《もうろう》としていた。富沢町に辿《たど》り着き、大黒屋の店先に駕籠ごと入れられた。飛びだしてきた奉公人の一人に亀八が医者を頼んだのをうろ覚えに記憶していた。医者の手で化膿《かのう》の兆候を見せ始めた刀傷の手術がおこなわれた。なんとか意識を持ち堪《こた》えていたのは、刃物をあてられた直後までだ。

いつの間にか大黒屋から舟に移されたらしい。

舟の中央に長煙管《ながぎせる》を銜《くわ》え、どっしりとした影があった。

火皿が赤く燃え、かすかな明かりが大胆にも火炎模様を染め抜いた白小袖《こそで》を浮かびあがらせた。

「具合はどうじゃ」

影が訊《き》いた。渋みと深みが声に滲《にじ》んでいた。

「だいぶよいように思えます」

熱っぽい。そのうえ喉《のど》が渇いて自分の声のようではない。

「彦左衛門の店にそなたのように肝のすわった手代がいたとはな。よう箱根から生きて戻ったな」

影が褒め、清吉はその人物に気づいた。

「大黒屋総兵衛様……」

遊び人と評判の大黒屋総兵衛が同船していた。

「箱根でのこと、信之助の手紙と銀三の報告で知った」

「藤助さんらのこと、なんと申しあげてよいか」

「清吉、京行きは商いの旅と聞かされていたか」

「もちろんでございます。まさか閻魔親分の身内の方々が同行するなど、店を出立するまで存じませんでした。手前が旅に加えられた理由は、先代の彦左衛門様の供で京、大坂に随行したゆえにございます。そのおりの知り合いもございますし、地理もいくぶん覚えておりまする。そんなわけで番頭の儀平さんに名指しされたのでございます」

息をついた清吉は箱根で信之助に答えたと同じ言葉を繰り返した。

「総兵衛様、藤助さんらの殺しを命じなされたのはうちの旦那《だんな》様でございましようか」

「それはなんともいえぬ。じゃが、藤助一行が京へ運ぶ二千両をだれが強奪したかは、そなたが見てのとおりじゃ。そして、そなた自身が番頭儀平の命で殺されかけ、藤助らの死体が炭焼き竈《がま》にあったこともな」

総兵衛は清吉にそめの死体投げ捨てに始まる一連の事件を簡単に話してきかせた。

「清吉、富沢町で取引される金と情報をな、その手に独り占めにしようと考えた人物が仕掛けた戦《いくさ》じゃ。われらも降りかかる火の粉は払わねばならぬ」

「主の江川屋彦左衛門が富沢町の新しい惣代《そうだい》になるというのもその一環でございますか」

総兵衛が頷《うなず》いた。

「主の背後に控えておられる方はどなたにございますか」

「それがはっきりせぬわ」

総兵衛の胸のうちに茫漠《ぼうばく》とその人の姿があった。が、つながりがはっきりしない以上、口にはできない存在であった。

「清吉、藤助らは武術のたしなみもある者どもじゃ。そんな五名を斬《き》り捨てた刃九郎とか申す殺人鬼を知らぬか」

刃九郎の名を聞きこんできたのは駒吉の手柄だ。お歌の方の住まいする屋敷とかかわりを持ち、大黒屋との戦いに江川屋に貸し出された剣客と推測された。

清吉は首を横に振り、

「総兵衛様、闇魔の親分のところにも浪人の方々がおられます」

「闇魔一家の食客ではない」

総兵衛が問いを変えた。

「清吉、そなたの在所を彦左衛門も知っていような」

「はい」

清吉が生きていると知ったら彦左衛門はすぐにも手の者を在所の常陸《ひたち》磯浜に差し向ける、そのことは箱根からの道中考えてきたことだ。

「清吉、そなたが頼るところがあるか」

故郷を出て以来、日本橋の富沢町で働いてきたのだ。そのような知り合いはどこにもなかった。

「ございません」

「何年、江川屋に奉公してきた」

「先代以来、十五年になりまする」

先代の彦左衛門は人柄の温かい主《あるじ》であったと清吉は懐《なつ》かしく追憶した。

「そう、先代は出来たお人であったな」

総兵衛が清吉の心のうちを見透かしたように言う。それにしても古着問屋の言葉遣いではない。どういうことなのか。

「行く当てがないか、どうするな」

「どうすると言われましても……」

十五年も汗水垂らして働いてきたあげく、さして理由もなく始末されようとした身だ。

「そなたができることは古着の商い……」

猪牙は大川の河口を抜けると江戸湾に入っていた。

「まず傷の手当てじゃ。海は空気がうまい」

と総兵衛が唐突に言い、

「船に乗らんか」

と言葉を継いだ。

「船、でございますか」

「彦左衛門はそなたが生きていると知ったら、刺客を送って殺そうとするは必定じゃ。こたびの事件の背景を知った人物じゃからな。となれば陸《おか》の上にそなたが生きる場はないわ」

総兵衛は長煙管のがん首を船端で叩いて、灰を落とした。

「清吉、あれを見よ」

煙管で差された方角に目をやると明かりを点《とも》した弁才《べざい》船の姿が見えた。

「大黒屋の持ち船の明神丸じゃ。普段は京、大坂と江戸を往復して古着を運んでくる船じゃ」

猪牙が船に近づくと船上に人影が動いて出迎えるようすだ。

「夏の間は仙台に近い塩竈、気仙沼《けせんぬま》、宮古、久慈《くじ》、八戸《はちのへ》の港々に立ち寄っては古着の商いをなす。さらには大間崎を越えて陸奥《むつ》の青森港に入り、津軽にまわって七里長浜、能代《のしろ》、男鹿《おが》、秋田、酒田、越後新潟、加賀に達する。ときには越後上布《じょうふ》を仕入れ、加賀では友禅を購《あがな》うこともある……」

清吉はあまりにも規模の大きな商いに改めて大黒屋の力を知らされて、言葉もない。

「加賀から敦賀《つるが》、山陰とまわり、長州の関門の瀬戸から瀬戸内の海に入って、摂津に向かう。国次、どれほどの航海じゃ」

総兵衛が黙々と櫓《ろ》を漕ぐ番頭の一人、国次に声をかけた。

「摂津まで四カ月から五カ月ほどの旅にございます。さらに京の品を仕入れて江戸に戻ってくるのは秋口になりましょう」

「清吉、そのころにはそなたの傷も癒《い》えていよう、戦の目鼻もついているかもしれん。そなたの十五年を明神丸で生かさぬか」

清吉は思いがけない申し出に圧倒されていた。

「江川屋でそなたが貯《た》めた給金は二十六両ほどか」

びっくりして総兵衛を見た。なんと大黒屋の主は、よその店の奉公人の預け金の額まで二分と違《たが》わずに言い当てた。

「そなたが明神丸で奉公するというのなら十五年の給金、この総兵衛が肩代わりして預かりおく。そなたにはなんの科《とが》もないのだからな。また他国に行きたいというのであればここにその金がある。猪牙をどこぞに着けるまでじゃ」

総兵衛が懐《ふところ》から切餅《きりもち》（二十五両）を出した。

清吉は舟底に頭をすりつけていた。

「総兵衛様、わが身、お預け申します」

「よう言うた。この大黒屋総兵衛、そなたの身、悪いようにはせん」

そう言ったとき、国次の漕ぐ猪牙舟は、明神丸の船腹に横付けされていた。

「出船は明後日じゃ。清吉、商いとはどんなものか、よく見てこい」

総兵衛の声が海に響いた。

総兵衛が猪牙舟で幾とせの舟着場についたのは、騒ぎの四半刻《しはんとき》（三十分）後のことだ。船宿には緊迫が漂っていた。

「なにかあったか」

事件を知らされて長屋から駆けつけた勝五郎が、

「旦那、千鶴お嬢様がさらわれなすった」

「なんと」

総兵衛がひらりと舟着場に飛び移った。

幾とせに走りこむと座敷で船頭たちの怪我《けが》の治療が行なわれていた。

医師は総兵衛の顔見知りの、岩代町の東胤《とういん》老先生だ。

平次は太股《ふともも》を、昇二は脇腹《わきばら》を斬られて、東胤と弟子たちによって必死の縫合手術が行なわれていた。

「旦那様、新松はあれに」

勝五郎が涙声で船頭たちの控えの間に安置された新松の遺骸《いがい》を指した。そこでは安針《あんじん》町の玉七《たましち》親分と子分たちが仲間の船頭たちや女たちに聞き込みをしていた。

「うめはどうしておる」

「女将《おかみ》さんは帳場にへたりこんでおられます」

総兵衛は帳場に通った。

「うめ、なにがあった」

「大黒屋の旦那……」

放心の体《てい》のうめの目に涙が浮かんだ。

「泣いておるときではない。なにが起こったか話してくれ」

「は、はいっ」

うめは途切れ途切れに起こったことを喋《しゃべ》った。

いつの間にか二人のかたわらにひっそりと国次が控えていてその話を聞いている。

「うめ、これはわたしに向けられた刃《やいば》のようじゃ。千鶴を始め、新松たちに迷惑をかけたな。すまん」

客たちの風体を聞いた総兵衛は謝ると、

「あとは任せよ。千鶴はなんとしても無事に連れ戻す。よいな、うめ」

とうめに言い聞かせ、このことは安針町の親分にも話すでないと釘《くぎ》を刺した。

「国次、富沢町に戻る」

決然とした表情の総兵衛が立ちあがった。

大黒屋の地下大広間から舟で、徒歩で探索の者たちが深夜の江戸の町に走りでた。

残ったのは総兵衛と大番頭の笠蔵だけだ。

「うっかりしておりました。千鶴様の身辺に気を配るべきでございましたな」

「笠蔵、あとの祭りよ」

「閻魔《えんま》がなり振りかまわずに仕掛けてくるとは……」

「閻魔も犬の死骸の一件が堪《こた》えたとみえる」

「千鶴様がどこに担《かつ》ぎこまれたか、調べがつくとようございますがな」

「やつも正体をさらして千鶴をかどわかしたのじゃ。浅草三間町に運びこんだとも思えん。やつの妾《めかけ》の家か、手下の長屋、そのあたりではあるまいか。ともあれ、やつらからこの総兵衛に挨拶《あいさつ》があろうよ」

総兵衛のかたわらから笠蔵が去った。

一人になった総兵衛はご先祖様の座像と向きあった。

（そめ、朝吉、藤助、高吉、浅太郎、次平、信五郎と七名の一族の命が絶たれ、さらには駿府屋が殺され、千鶴が誘拐されてございます。なぜにございますか）

（鳶沢一族が負った宿命によってよ）

（われらは徳川一門のために生きて参りました。それが徳川家側近から死の刃を向けられております）

（家康様は死して神にあがりなされたわ。そのお側《そば》に仕えるわれらを嫉妬《しっと》する者が仕掛けた戦じゃ）

（成元様、鳶沢一族は鳶沢のために生きてはなりませぬか）

（家康様との御起請《ごきしょう》を違《たが》えるというか）

（徳川幕府が開府されておよそ百年、人より犬畜生を大事にする政事《まつりごと》に堕《お》ち、賄賂《わいろ》と貢《みつ》ぎ物によって幕政は成り立っております）

（勝頼、それでも御約定は生きておる。御起請を守り続けることが鳶沢一族が生きのびられる途《みち》じゃ。それを忘れるでない）

胸の声が厳然と命じた。

第四章　誘　拐

一

ひとつ脱ひで後《うしろ》におひぬ衣がへ

松尾芭蕉《ばしょう》も詠《よ》んだ陰暦四月朔日《ついたち》は、綿入れから袷《あわせ》になる更衣《ころもがえ》、武家も町民もいっせいに冬から夏へと軽やかに衣服を替える日である。

時節は新緑、女も男も華やかに装《よそお》いたいのは人情であろう。

古着屋が軒を並べる富沢町では数日前からいつにも増して女たちの溜《た》め息《いき》や

ら嬌声《きょうせい》が交錯していた。

四月一日と「後の更衣」といわれる十月一日の前後は富沢町の書き入れ時、女たちは他人《ひと》には負けじと京からの下りもの古着を仕立てなおして季節の到来を楽しむ。

この日、富沢町の惣代《そうだい》大黒屋総兵衛は双鳶《ふたつとび》の五つ紋の紋服に身を包んで大番頭の笠蔵、小僧の駒吉を供に浅草元鳥越の菩提寺《ぼだいじ》寿松院に参った。先祖の墓前とそめら七名の霊に香華《こうげ》を手向け、千鶴の無事を祈った総兵衛は、寺近くの堀に止めた猪牙舟《ちょき》に乗り、駒吉の櫓《ろ》で富沢町に引き返す。

千鶴がかどわかされて、三日が経《た》っていた。

浅草の香具師《やし》、閻魔《えんま》の伴太夫は千鶴の行方につながるような動きは見せなかった。閻魔一家も多忙を極めていた。子分三人が犬の死骸《しがい》を背負わされて吊《つ》り下げられるという事件のために奉行所に呼びだされて、釈明に追われていた。

伴太夫はあちこちに金を使い、北町の筆頭与力《よりき》犬沼勘解由《かげゆ》の尽力もあって、閻魔は被害者という許しをようようにして得たところだ。

総兵衛の心を明るくしたのは作次郎が駿府鳶沢村から戻ってきて、その首尾を報告したことだ。

京の丹波屋へ送金する二千両を奪還したうえに、儀平ら六名の命を絶ったという知らせは、総兵衛を始め、大黒屋の奉公人らをほっとさせもし、胸のつかえも下ろさせた。そして藤助ら五名を斬殺《ざんさつ》した男は、添田刃九郎なる労咳《ろうがい》病みの剣客ということも判明した。

駒吉が西進院の天井裏で耳にした刃九郎と同一人物であることはほぼ間違いあるまい。殺し屋の剣客はお歌の方《かた》から江川屋に貸し出されたのだ。

「儀平らも鳶沢村に誘いこまれては運のつきじゃな」

「次郎兵衛様や村の衆の怒りが目に見えまする」

手紙には信之助と磯松の二人は二千両とともに京に向かうとあった。作次郎を江戸に戻したのは、江戸での戦力を少しでも殺《そ》ぎたくないという信之助の気配りであった。

「なんとか丹波屋さんとの契約が更新されるとよいのじゃが」

「信之助と磯松にもう一働きしてもらわねばなりませんな」

総兵衛は千鶴が誘拐されて以来とみに寡黙《かもく》になり、じっと考えこむ日々が続いていたのだ。

駒吉の漕《こ》ぐ舟は入堀に入り、富沢町栄橋際《ぎわ》の舟着場に戻りついた。

更衣の日、大黒屋総兵衛は、古着町の店々を挨拶《あいさつ》してまわるという仕来たりを持っていた。笠蔵を供に総兵衛は、

「どうですな、今年の更衣は」

「品物に不都合ございませんか」

と腰を低くして一軒一軒に顔出しすると、

「これは総兵衛様、おかげさまで飛ぶような売れ行きで」

とか、

「地味な縞《しま》模様が今ひとつでございます」

とか小売り商人たちから言葉が返ってくる。

それに総兵衛と笠蔵が熱心に耳を傾け、

「不都合があればいつでもな、大黒屋に顔を出してくだされ」

と挨拶を返す。

昼をすぎてもなお総兵衛の店回りは続き、暮れ六つ（午後六時頃）近くにな

ってどうやら目処《めど》が立った。

総兵衛が足を止めた視線の先に江川屋の店があった。

当代の彦左衛門になって大黒屋とは取引がない。富沢町以外の古着問屋から仕入れをしているようである。

総兵衛は江川屋の店先に入っていった。店は混雑の盛りはすぎて、弛緩《しかん》した空気が漂っている。

「大黒屋総兵衛にございます。お店先を通りかかりましたので、更衣の挨拶に寄らせてもらいました」

腰を屈《かが》めて頭を下げた富沢町惣代の訪問に番頭や手代らが仰天した。

「おっ、これは総兵衛様に笠蔵さん、お久しぶりでございました」

「佐蔵《すけぞう》さんも元気なようす、なによりです」

隠居したはずの老番頭の佐蔵が帳場に座っていた。

「手代さん、大黒屋さんがご挨拶に見えたとな、奥へ伝えておくれ」

佐蔵が手代に声をかけて、総兵衛に向きなおる。

「儀平どんが京に仕入れの旅に出かけられましてな、隠居の私が引っ張りだされたようなわけにございます」

「商売繁盛《はんじょう》、なによりです」

転がり出るように江川屋の妻女のつたが店に顔をだした。

「これは大黒屋の総兵衛様」

若作りに装ったつたはぺこぺこと頭を下げた。

「おお、おつたさん、お元気か」

「あいにくとうちの者が他出をしておりますゆえ、私がご挨拶に」

「名主様はご多忙の身じゃ、よいよい。ときにはお目にかかりたいものじゃとお伝えしてくだされ」

総兵衛は笑顔で言うと、笠蔵に持たせていた風呂敷《ふろしき》包みをつたに差しだした。

「これはほんの更衣のお祝い……」

あっけにとられるつたに渡すとさっさと表へと出ていった。

奥座敷に戻ったつたを主の彦左衛門、北町奉行所定廻《じょうまわり》同心遠野鉄五郎、岡っ引きの半鐘下の鶴吉が迎えた。三人の前には膳《ぜん》が出て、昼酒を飲んでいた。

「おつた、追い返したか」

彦左衛門が苦い顔で聞いた。

「すぐに帰りなすったよ」

「大黒屋のようすはどうであった」

遠野が問うた。

「どうって、しごくにこやかで、いつもの総兵衛でしたよ」

「こっちのようすを窺《うかが》いにきやがったか」

「遠野の旦那《だんな》のお知恵がまんまとあたりましたからね。大黒屋も女を押さえられて手立てがないとみえる」

言いあう彦左衛門と遠野鉄五郎につたが、

「これを更衣の祝いにとおいていかれました」

彦左衛門がつたの差しだした風呂敷包みを見た。

「おまえさん、更衣の祝いなんて習わしがありましたかね」

「おつた、旦那方と御用の話がある、座を外せ」

彦左衛門が風呂敷包みを引ったくると命じた。

つたが座敷から消えた。

「野郎、なにをたくらんでやがる」

彦左衛門が遠野と半鐘下を見ながら風呂敷をほどいた。

煙草《たばこ》入れと矢立てと紙包みが出てきた。

「古びた煙草入れなんぞを置いていきやがったか」

半鐘下の鶴吉がつぶやき、手にとって眺めていた彦左衛門が悲鳴を上げた。

「こりゃ、京に行った儀平の持ち物……」

「なんですって」

「どういうことだ」

鶴吉と遠野が同時に叫ぶ。

「おい、江川屋。添田って殺し屋は大黒屋一行を襲って、首尾よく二千両は奪いとったんだったな」

「閻魔の手下二人に見張りさせておいた金を儀平たちが京に運ぶ頃合じゃが……」

「江川屋、奪い返されたかもしれねえぜ」

「そんな馬鹿《ばか》な」

「包みを開けねえ」

遠野に促されて彦左衛門が包みを開けた。道中手形と白髪混じりの髷《まげ》が転がりでた。包紙の裏に、

〈儀平の手形と髷返却致し候《そうろう》。清吉の身柄を確保せし事、並びに添田刃九郎の命、当座の間、預けおく段、併せ通告致し候〉

とあった。

「旦那、親分、二千両が奪われた……」

江川屋彦左衛門が自分の二千両を奪いとられたかのように腰を抜かした。

「大黒屋め」

と呻《うめ》いた遠野が、

「江川屋、二千両どころの話じゃねえぞ。儀平らは殺されて、清吉が大黒屋の手に落ちたんだ。添田の名も割れた。犬沼様やお奉行に知られたらやばいぜ」

「旦那、なにか二千両と清吉を奪い返す手を考えておくんなさいな」

「江川屋、端《はな》っからなかったと思え」

「それじゃすまされないんだよ、旦那。あの金がなければ京からの仕入れがで

きない。この私が大黒屋総兵衛に代わって惣代になったところで、荷がなければどうしようもない」

「落ち着け、大黒屋に奪い返されたのはこの江戸じゃねえ。箱根から先のことだ。なんとも手出しのしようがねえじゃないか」

「なんてことだ……」

彦左衛門が歯ぎしりした。

半鐘下が口を開いた。

「江川屋の旦那、二千両の一件は後まわしだ。うちの旦那の言うとおり、内情を知った手代の清吉が大黒屋の手に落ちたのは、厄介《やっけえ》だ。大黒屋、女と清吉の身を交換する気じゃありませんかね」

遠野はすぐに答えなかった。

「……いや、大黒屋のことだ。自分の女のために清吉を犠牲にするとも思えねえ。そうならそうで手紙に書いてくるはずだぜ」

「そうですね。ともかく清吉を始末しなきゃ、こっちの身が危ねえ」

「半鐘下、こちらの手が伸びるような場所に清吉を隠しはしめえ。どこか思いつかねえか」

半鐘下は沈黙して考えていたが、

「旦那、一つありますぜ。船かもしれねえ」

と言いだした。

「大黒屋の明神丸がつい二日前に佃島沖から船出している。総兵衛は清吉をそれに乗りこませて江戸を離れさせた。だからよ、手紙で知らせてきたんだ」

「半鐘下、あたりだな。大黒屋の船は東北、北陸と商いをしてまわるというじゃないか。戻ってくるのはいつだ」

「旦那、秋口ですぜ」

「となると打つ手はないな」

「清吉も江戸を離れているんだ。少しは時間も稼げますな」

「旦那、親分、そんな悠長なことじゃ困ります。こんなときのためにお二人にはたっぷりと賄賂《まいない》を渡してございます。なにか手はないのですかえ」

苛立《いらだ》った彦左衛門が二人の仲間を見た。

「こっちの手札は総兵衛の女だけだ。犬沼様もこの一件は気にしていなさる。

半鐘下、閻魔に会ってよ、尻《しり》を叩《たた》いてこい」

「遠野の旦那、私らは一蓮托生《いちれんたくしょう》だよ。分かってるね」

半鐘下がうなずく前に彦左衛門が割りこんだ。


六つ半（夕刻七時頃）過ぎ、江川屋の裏の木戸口が開いて、遠野鉄五郎と半鐘下の鶴吉が姿を見せた。遠野は徒歩で八丁堀に戻った。

半鐘下は、江川屋が高砂橋際に用意した猪牙舟で浅草に向かった。それを河《か》岸《し》伝いに追っていく影があった。大黒屋の小僧駒吉だ。駒吉は猪牙に先行して、吉原の旧地の高砂町、難波町と走り、小さな堀留にかかる入江橋を渡って屋敷町に入った。

大川からの風を顔に感じた駒吉は、入堀が大川と合流する際《きわ》にかかる川口橋下にもやってあった荷舟に飛びこむ。

「番頭さん、半鐘下の親分が江川屋の用意した猪牙で参ります」

頬被《ほおかむ》りした船頭姿の風神の又三郎がうなずいて命じた。

「駒吉、おまえは舟底に寝っ転がってろ」

駒吉は筵《むしろ》の下に機敏にもぐりこんだ。

間もなく船宿の明かりをぶら下げた猪牙が風神の乗る荷舟のかたわらを通過して、大川に出ると上流へ漕ぎあがっていった。風神は、距離をおいて追跡を始めた。

上野《こうずけ》館林《たてばやし》藩の上屋敷と中洲《なかす》の間を上った二隻《せき》の舟は、大川の本流に出ると屋敷町沿いに大川端を進んで新大橋と両国橋をくぐり、御米蔵をさらに漕ぎあがって駒形堂《こまがたどう》下の河岸に猪牙をつないだ。

「待ってろ」

と船頭に命じる半鐘下の声が川面《かわも》を流れてきた。

又三郎も半町ばかり下流の岸に荷舟を寄せた。

「番頭さん、閻魔《えんま》のところですね」

筵の下から駒吉が顔を覗《のぞ》かせて訊《き》いた。駒形堂から浅草三間町はすぐそこだ。

「まず間違いあるまい。閻魔一家には、秀三らが張っておる。つなぎをつけてくれ」

風神の声を聞いたときには駒吉は岸に飛びあがっていた。

半鐘下は三間町の閻魔一家の表戸を叩くとなかに姿を消した。

その後を追ってきた駒吉は人通りのなくなったのを見計らい、口笛を短く三度吹いた。担《かつ》ぎ商いの秀三と連絡をとるためである。だが、駒吉の視界には仲間の姿は映らなかった。

「小僧さん、遊んでくれないかい」

声をかけられた駒吉が振り向くと、菰《こも》を抱えた夜鷹《よたか》が笠《かさ》を目深《まぶか》にかぶり、白首を向けた。

「銭なんぞ一文ももっちゃいないよ」

浅草裏あたりから流れてきたらしい夜鷹に言った。

「お足があったら遊ぶ気かい」

夜鷹の声が変わった。

「おきぬさん……」

まさかおきぬまで浅草に駆りだされているとは知らなかった。

「今、半鐘下の親分が……」

「……見ましたよ。秀三さんが閻魔の床下にもぐりこんでおられるゆえ、なにか聞きこんでこられましょう」

おきぬは落ち着いた声で言った。

床下の秀三はもう三日間も続けて閻魔の床下に張りついていた。夜間には仲間の者が替わってくれた。その間に近くの見張り宿でめしを食べ、仮眠した。が、今晩は交替が来る前に半鐘下の親分の声が真上の座敷から聞こえてきた。

「閻魔、大黒屋の女をどう使う気かい。うちの旦那がな、手がいりゃ助《すけ》るぜと言ってなさるんだ」

「親分、なんで犬の死骸《しがい》の一件のとき、助けてはくれなかったんで」

閻魔が泣き言を言う。

「馬鹿野郎！　ああ、おおっぴらになった一件に表立って口がはさめるかえ。だがな、閻魔、うちの旦那を始め、犬沼様、お奉行の保田様も必死でもみ消しに走りまわられて、ようやくおめえに縄がかからなかったんだ。そいつをよ、ちったあ、考えたか。北町が当番月じゃなけりゃあ、おめえは遠島間違いなしよ」

「大黒屋に持ちこんだはずがあのざまだ」

「女はどうしたかな」

「おれも預けっ放しで気にはなっていたんだ。親分、案内するぜ、女をどう利用したものか相談だ」

秀三は床下から物音を立てることなく気配を消した。


一刻《とき》(二時間)後、おきぬ、秀三、駒吉を乗せた又三郎の荷舟は、八丁堀のかたわら、真福寺橋をくぐった七観音下に横付けされていた。

閻魔の伴太夫と半鐘下の鶴吉を乗せた猪牙舟《ちょき》は、浅草から大川を下って八丁堀に入り、白魚橋下にもやわれたところだ。

「閻魔の知り合いがこんなところにいたとはな」

風神の又三郎がささやく。

秀三と駒吉が七観音の岸に這《は》いあがり、闇《やみ》に没した。

閻魔の親分と半鐘下の鶴吉が入りこんだのは白魚屋敷だ。

江戸の白魚とりは家康が特権を与えた佃島の漁師が有名だ。が、なにも白魚とりは佃島漁師の独占というわけではない。

白魚の季節、将軍家の食膳《しょくぜん》に差しだす白魚役がいた。十二名の献上の網役は、千住あたりから芝浦を漁場にしていた。この時期、漁場は御留川となり、十二名の他には佃島の漁師も手が出せなかったという。

白魚役は白魚ばかりか、江戸湾で捕れる他の魚も献上する役目を負い、真福寺橋の西際に東白魚屋敷、紺屋橋の北詰に西白魚屋敷を拝領していた。

「厄介なところに入りやがったな」

秀三が幕府拝領の東白魚屋敷を見て、つぶやいた。

「どうします、秀三さん」

「もぐりこむさ。駒吉、おまえは外に残ってろ」

「そんな、一緒に連れていってくださいな」

「綾縄《あやなわ》、下の毛は生え揃《そろ》ったか」

「もうとっくに」

秀三は白魚屋敷の板塀の外を歩きまわって、柳の古木に目をつけた。するすると音もなく柳を這いあがると板塀を越えた。駒吉も続く。二人が下りた場所は、網小屋のようで魚の匂《にお》いが漂ってきた。

秀三が手の合図で別れて進むことを命じた。

駒吉は網小屋の北側の闇を伝っていく。

閻魔と半鐘下がくぐった表門を抜けると、前方に明かりが走った。

だれか庭に下りてきたようすだ。

「閻魔の、昔のよしみで蔵は使わせましたがな。わしら献上漁師を厄介に巻きこんでくださるな」

網役か、老いた声が聞こえる。

「白魚の頭、親分もおっしゃってられるようにお上の御用だ。あと一日二日のことだ、辛抱してくれまいか」

閻魔の伴太夫の声が応じた。

鍵《かぎ》でも開ける物音が響いた。蔵の戸を開けて、閻魔たちはなかに入ったようすだ。

駒吉は秀三の姿を探したがどこにいるのか、分からない。内に入った者たちの声は、聞きとることはできなかった。

駒吉は迷った。

そのとき、陽に焼けた顔の漁師の老人が外に出てきた。白魚の頭と呼ばれた人物だろう。老人は戸を閉めることなく、屋敷に去っていく。

駒吉は開けられた戸の間からするりと蔵に入りこんだ。西進院での探りの失敗を風神の又三郎から叱《しか》られた。なんとしても手柄を立てたい一念が大胆な行動に駆り立てた。

秀三は駒吉のはやる行動に危惧《きぐ》の念を抱いた。が、同時になにかを探りだしてきてくれるのではと期待もした。なんとか蔵のなかにいる駒吉と連絡の方法はないものか。蔵の周りをまわった。表戸の他に裏側の高い場所に鼠穴《ねずみあな》ほどの風抜きが切りこんであるばかりで、なす術《すべ》はない。

どうしたものかと秀三は考えこんだ。

二

綾縄小僧の駒吉は、蔵の奥が二階になっているのに気づいた。

閻魔の伴太夫と半鐘下の鶴吉の声は一階の奥から聞こえてくる。

「明石《あかし》先生、酒ばかり食らっていちゃ、まさかのときに役に立ちませんぜ」

「小煩《こうるさ》い梅之介《うめのすけ》をつけおって」

明石が皮肉を言ったが、閻魔は一顧だにしない。

「船宿の娘はどうしてる」

「観念したか、じっとしてまさあ」

千鶴は一階の奥に幽閉されているようすだ。

閻魔たちがひそみ声になった。

腰を屈《かが》めた駒吉はあたりを見まわした。

蔵の右手は白魚屋敷で使う皿、鉢、茶碗《ちゃわん》、どんぶり、漆塗りの器などが木箱に入れられて、棚に置かれていた。駒吉のひそむ壁際には、古びた船簞笥《ふなだんす》が四竿《さお》ほど並び、その上には櫓《ろ》や船行灯《ふなあんどん》や太さの異なる麻縄が輪になってかかっていた。

駒吉は懐《ふところ》の小刀を出すと、麻の細引きと太綱の輪を下ろして、それぞれ三間（約五・四メートル）ほどの長さに切り取った。細引きは懐に太綱は手にして船簞笥の上に這いあがる。さらに二階の床を支える梁《はり》と床板にわずかな隙間があるのを目にした駒吉はその間に太縄を投げ通し、体重をかけて試した後、するするとよじ登った。梁にまたがった駒吉は壁際へと移動し、はしごでも下ろす穴か、そこから二階へと辿《たど》りついた。

二階は葛籠《つづら》がたくさん積み重ねられていた。そのかたわらには御菜白魚献上の札がある。葛籠は献上の白魚を入れて城中に運ぶ道具のようだ。

駒吉の耳に閻魔の声がふたたび聞こえてきた。

「親分、大黒屋をどこに呼びだしますかえ」

「そうよな、あやつを一人だけ誘いだしてえ」

「となると見とおしのいい場所だ」

半鐘下がしばらく沈黙した後、

「閻魔、佃島の漁師町の裏手に一本松の生えた明地《あきち》がある。そこなら見渡しが利《き》く。白魚屋敷からなら堀と大川伝いに行けるぜ」

「大黒屋に猪牙《こ》を漕がせて来させるか」

「ああ、水の上なら助っ人を連れてきてもすぐに分かる」

「よかろう、いつにするね。白魚の頭が苛立ってなさるんだ。ここも長くはおけねえよ」

「明晩、丑《うし》の刻（午前二時頃）はどうだ。手配りはできよう」

「なんとしても大黒屋を仕留める。諸葉《もろは》道場のところの浪人者の手を借りてよ、一気に押し包んで始末する」

「何人いるね」

「うちの手下が二十人、柳原土手が十人ってとこかな」

「一人を殺《や》るには大勢すぎる」

「いや、これでも安心できねえ。遠野の旦那《だんな》に言ってよ、鉄砲を都合してくれねえか」

「ご府内で鉄砲をぶっ放そうというのかい。そいつはちょっと安穏《あんのん》じゃねえ」

「身晒《さら》して喧嘩《けんか》しているんだ、のんきなこと言ってる場合か。おめえさん方だって足下に火がついているんだぜ」

「佃島で鉄砲ね、旦那には話しておくぜ」

「話だけじゃだめだ、借りだしてくんな。その代わりよ、たしかに大黒屋は闇魔が始末すると請けあうぜ」

「分かった。佃島には島の人間以外渡らせないように手配りしようか」

「明晩、大黒屋との決着をつけんことには、先に進まねえ」

駒吉は床板の間の隙間《すきま》を見つけて目をつけた。

閻魔の後頭部と半鐘下の横顔が見える。

「閻魔、女も佃島に連れていくのだな」

「あやつの弱みよ。大黒屋を殺った後、女も始末すればよかろう」

「これだけの玉だ。もったいねえなあ」

閻魔の頭が動いた。すると乱れた髪を二筋三筋、青い顔に張りつかせた千鶴が見えた。

口には手拭《てぬぐ》いがかまされ、胸前を縛られて、古びた船箪笥の引き手に縛られている。

両眼を閉ざした千鶴の頭から花簪《はなかんざし》が抜けかかっているのを駒吉は目に止めた。

「梅」

閻魔の声が手下の名を呼んだ。

「拝領屋敷に大黒屋が目をつけるとも思えねえが、明晩までなんとしてもここで頑張りねえ」

「へえっ」

閻魔が用心棒の明石を睨《にら》んで、

「諸葉先生もあなたのことは心配していなさる。しっかり頼みましたぜ」

と出ていくようすだ。

梅之介ら子分たちが見送りに出た。

その場に残ったのは明石と呼ばれた浪人者だけだ。

駒吉は明石の姿が見えるように場所を変えた。

古びた羊羹《ようかん》色の袷《あわせ》の襟をだらしなく開けて、自堕落に座りこんだ無精髭《ぶしょうひげ》の浪人が大徳利に手を伸ばし、舌うちした。酒が入ってないらしい。

「畜生！」

徳利の首を摑《つか》んでよろよろと立ち上がった明石は、千鶴にちらりと濁った視線を送った。が、蔵の入口を見やり、駒吉の視界から姿を消した。

新たな酒をどこかに調達に行ったのか。

駒吉は懐の麻縄を出すと素早く先端を小さな輪にした。次いで小刀の切っ先を床板の隙間に差しこむと古釘《くぎ》がぐらついていたとみえ、簡単に外れた。

綾縄小僧は千鶴の頭の上に輪をゆっくり垂らしていく。

麻縄の先端の輪が抜けかけた花簪のかたわらに届いた。

駒吉は手にした麻縄を静かにゆらすと花簪にちょいとかけた。

綾縄小僧には簡単な技だ。

驚いた千鶴が目を開けた。あたりに怯《おび》えた視線をさまよわせて、頭上の気配に気づいた。大黒屋の駒吉が笑っている。

千鶴の顔に喜色が走った。

駒吉は人差指を口に当て、静かにするように伝えた。うなずいた千鶴がもとの表情に戻した。駒吉は麻縄をゆっくりと引っ張りあげる。

そこに梅たちが戻ってきた。

「しかたねえな、明石の先生はまた酒の注ぎ足しか」

花簪は宙に止まったままだ。

動くに動かせない。

千鶴が船簞笥の前にどたりと音を立てて転がった。

梅たちの視線がそちらに行った。

その瞬間、駒吉は花簪を手繰《たぐ》り寄せ、床板をもとに戻した。

「兄貴、同じ格好で座ってやがるからくたびれやがったんだぜ」

「引きずり起こせ」

「いい女だね」

「馬鹿野郎《ばかやろう》、親分の言いつけを忘れるんじゃねえ」

そこへ明石が戻ってきた。

「ちぇっ！　菰樽《こもだる》なんぞ持ちこむんじゃなかったな。先生よ、ちったあ、正気を残しておいてくださいよ」

駒吉は二階の風抜きのそばに移動した。腕をまくると小刀で切り傷をつけた。流れる血を小刀の切っ先につけて花簪の花びらに文字を綴《つづ》る。長いことかかって短い文字が完成した。結びなおした花簪を風抜きから蔵の外に垂らしていく。三間ほど垂らしたところで左右に揺らす。そんな動作を根気よく繰り返す。

麻縄の動きが止まり、二度三度下に引っ張られた。そして急に軽くなった。

麻縄を引くともはや輪の先には花簪はなかった。

四半刻《しはんとき》（三十分）後、秀三は大黒屋の地下の大広間で総兵衛に花簪を差しだしていた。かたわらには大番頭の笠蔵がいて、黙って主人の顔を凝視している。

総兵衛が駒吉の血で書かれた文字を見た。

ちづる様　ぶじ　やなぎはら土手もろは先生

「大番頭さん、これをみよ」

総兵衛はほっと安堵《あんど》した顔で血文字の花簪を見せた。

「千鶴はどこに囚《とら》われておる」

秀三は順を追って白魚屋敷に辿《たど》りついたことを話し、

「……蔵に駒吉が忍んで四半刻後、簪が風抜きから吊《つ》りだされてきたのでございます」

「千鶴がその白魚屋敷の蔵に幽閉されていることは間違いあるまい。花簪を駒吉が吊り落としたは、駒吉が千鶴と接触したあかしよ。それにしても駒吉め、大胆なことをしてのけたな」

「風神に探りが甘いと叱られたようで、駒吉のやつ、手柄を立てて見返したいとでも考えたのでございましょう」

「そういうときが得てして危ない。気をつけんとな」

「このこと幾とせの女将《おかみ》に知らせますか」

「いや、しばらく辛抱してもらおう。知らせては、幾とせのようすが変わる。相手に悟られとうない」

うなずいた笠蔵が、

「しかし閻魔《えんま》も白魚屋敷とはえらいところに目をつけましたな」

「拝領屋敷で騒ぎをおこすのは遠慮せずばなるまい」

「どうなさいますな」

「白魚屋敷の見張りを増やせ。が、手出しはならん。それと柳原土手のもろは先生じゃが、不逞《ふてい》の浪人者が出入りするような道場を探してみよ」

「承知いたしました」

「秀三、駒吉はまだ若い。つい分を越えて働いてしまう、気をつけて見張ってくれ」

「迂闊《うかつ》にも忘れておりましたわ」

総兵衛の注意に秀三が答え、笠蔵とともに総兵衛の前から姿を消した。

笠蔵は、白魚屋敷を見張る風神の又三郎らのもとに秀三の他、新たに四名の手の者を送りこみ、屋敷内外の動きを見とおせる場に見張り所を設けるように命じた。それらの者たちが荷舟や猪牙舟《ちょき》に乗って入堀の闇《やみ》に紛れていった。


翌朝、大黒屋に北町奉行保田越前守宗易《やすだえちぜんのかみむねやす》の使いがやってきて、総兵衛は急ぎ呉服橋まで呼びだされた。

紋服に改まった総兵衛が北町奉行所の門をくぐったのが、指定の五つ半（午前九時頃）、二刻（四時間）近くも与力《よりき》、同心らが執務する用部屋を見わたせる控え部屋で待たされた。

九つ（正午頃）の時鐘が鳴ると、奉行所の用部屋には食事の匂《にお》いが漂ってきた。

奉行所に勤める与力、同心は、いくつも特権を持っていた。昼と夕食の二回、奉行所では与力、同心のために食事を出す習慣もその一つであった。

総兵衛の前で役人たちが鰆《さわら》の味噌《みそ》焼き、白髭《しらひげ》大根の膾《なます》、竹の子などの煮物、といった昼飯を食べ始めた。

ようやく総兵衛に面会の許しが出た。

保田の前に出ると、保田の前にも膳《ぜん》があった。

「大黒屋、久しぶりじゃな」

「お奉行様にはご機嫌うるわしゅう存じます」

平伏する総兵衛に保田は、

「非番になっても多用でな、食しながら話す」

町奉行所は、南と北が月ごとに交替で江戸の治安に当たる。非番月の奉行所は、新たな事件、訴えを受け付けないだけで、継続中の事件の調べを審議する。

「斟酌《しんしゃく》はご無用に願います」

「そうか」

保田は箸《はし》を膳に伸ばすと、

「近ごろ、富沢町が騒がしいと聞く。そなたの雇人の女が殺され、市の日に投げ捨てられておったそうな。総兵衛、いかがしたことじゃ」

「お奉行様の心を煩《わずら》わし、恐縮千万にございます。会津に旅商いに出たものが富沢町で死骸《しがい》になって発見される、まったくもって不可解な出来事でございます。調べはお奉行ご差配の同心遠野鉄五郎様の手でおこなわれておりますれば、早晩に目処《めど》がつくものと吉報を心待ちにしておりまする」

「大黒屋、調べはそう簡単にはいかんわ。そのことについてな、同心の遠野からも苦情が来ておる。大黒屋、そなたの店ではその女の調べに協力する姿勢がいっこうに見えんというではないか。女が殺されたについては、情交関係か、朋友《ほうゆう》との諍《いさか》いと遠野は見ておるようじゃ。このようなことが繰り返されるとなると、総兵衛、そなたの束ねとしての力量が問われることになる。言わずもがなじゃが、古着商いは町奉行管轄《かんかつ》じゃ。そなたの惣代《そうだい》の身分もいつまでも安閑としてはおれんぞ」

「はっ」

総兵衛は平伏した。

「非番であっても大黒屋のそめ殺しの審議は北町の担当じゃ、そのことを忘れるな」

保田は北町に調べの権限があることを改めて申しわたした。

「お奉行様、巷《ちまた》では奉行所が富沢町の惣代をこの大黒屋から召しあげて、どなたかに譲りわたして、古着商いを鑑札制に改革なさるとか噂《うわさ》が流れておりますが、ほんとうのことでございますか」

「噂はときに正鵠《せいこく》を射ていることもある。そなたの後継と目される人物になにかあらば、大黒屋、そなたの身が怪しまれよう」

保田はさらに命じた。

「これ以上の騒ぎはおこすでないぞ、きっと申しつける」

同心の遠野鉄五郎が閻魔の伴太夫に知恵を貸しての千鶴誘拐である。与力の犬沼勘解由をつうじて保田奉行も千鶴が閻魔の手にあることを知っているはずだ。それを承知で江川屋には手をだすなと釘を刺してきた。

大黒屋に戻った総兵衛のもとにさっそく笠蔵がやってきた。

「保田め、いよいよ本性をむきだしにしおったわ」

大番頭に保田の話を伝えた。

「南の松前様の月番のうちになんとか手をうちませんことにはな」

と笠蔵が憂《うれ》い、

「まずは眼前のことを解決していこうか。先方からなにか言ってはこぬか」

「旦那《だんな》様、参りましたぞ」

笠蔵がいつの間にか店先に置かれていたという総兵衛あての手紙を差しだした。

封を切ると、伝言があった。

〈本夜丑《うし》の刻(午前二時頃)、佃島漁師町外れの明地《あきち》一本松に総兵衛一人《いちにん》にて参るべし〉

総兵衛は手紙を笠蔵に渡した。即座に読み下した笠蔵が、ありがたやと叫んだ。

「佃島は作次郎の弟、種五郎《たねごろう》が住んでおりまする」

種五郎も鳶沢一族の者だ。明神丸の船頭をしていたが仲介する者があって佃島の漁師の娘と結婚した。先代の総兵衛は、

「種五郎、そなたはもはや一族の者ではない。これから忠義を尽くすは舅《しゅうと》どの

や嫁女どのじゃ。そのことを忘れるでない」

と送りだしていた。種五郎は婿《むこ》に入った家を継ぎ、白魚などを捕る漁師を稼《か》業《ぎょう》にしていた。

「おお、そうであったな。じゃが、奴《やつ》らはすでに手配りを始めていよう。怪しまれずに佃島に渡る方法があるか」

「作次郎を呼びまするか。手紙が参りましたので、風神もおきぬも白魚屋敷の見張りから外して呼び返してございます」

「笠蔵、今度ばかりは閻魔は千鶴の身を餌《えさ》におれの暗殺に全力を上げてこよう」

と呟《つぶや》く総兵衛の前に又三郎、おきぬ、作次郎の三名が呼ばれた。

笠蔵は又三郎らに呼出し状の内容を告げ知らせ、意見を聞いた。

「白魚屋敷では手がだせませぬな」

「あとあとの始末も佃島のほうがやりやすうございます」

おきぬと又三郎も総兵衛らと同じ意見である。

「作次郎、佃島はもはや見張られていよう。閻魔一家や半鐘下に嗅《か》ぎつけられることなく、一族の者を島にもぐりこませる手立てがあるか、どうじゃ」

総兵衛が訊《き》く。

「この時期、白魚漁は終わり、夏魚のいさきの夜漁に出ます。種五郎の漁場はなんとか見当つけられますゆえ、日が落ちて種五郎の舟を探し出し、島に渡るのはいかがでございましょうな」

「作次郎、佃島潜入はそなたに任せる」

「相手は何人と考えればよろしゅうございますか」

作次郎が尋ねた。

「閻魔一家の勢力を考えれば、まずは二十名。それに閻魔らが助勢を求めた柳原土手のもろはの手の者が加わる。こちらが動かせるは十五、六人が限度」

鳶沢村から助勢を得ていない。江戸で動かせる一族は限られている。ともあれ閻魔も鳶沢一族も総力戦になる。

「又三郎、おきぬ、そなたらの役目は、駒吉を助けて千鶴の身の安全を計ることじゃ」

「かしこまりました」

又三郎らがそれぞれ興奮を顔に掃いて、総兵衛と笠蔵の前を下がった。

白魚屋敷の蔵の二階にひそんだ駒吉は、梅之介たちが握りめしを頬張るのを腹の虫を押さえて、我慢していた。

千鶴も水をわずかに口にするだけで頑張っていた。

行動を起こされるまで三刻（六時間）はありそうだ。

（千鶴様を助けだす方法はないものか）

駒吉は考えあぐねていた。

千鶴には駒吉が近くにひそんでいるというだけで心強かった。

（なんとしても頑張りぬいて、総兵衛様と再会をはたす……）

そのことだけを考えて、耐えていた。

白魚屋敷の周りの運河には、小舟が季節の野菜や花を積んで客待ちをしていた。いつも葛西《かさい》村から売りにくる舟だが、この日は売り子の女が違っていた。

小舟にはおきぬがそれらしい風体で乗りこんでいた。また堀を挟んで白魚屋敷の対岸の炭町のけんどん屋の信濃屋《しなのや》の二階には、風神の又三郎らがいつでも出動できる態勢で待機している。

けんどん屋とは、蕎麦《そば》などを一杯ずつ盛りきりにして売った店である。寛文四年（一六六四）に吉原にけんどん蕎麦を売る店ができて以来、急速に江戸じゅうに広まったものだ。

信濃屋の主人は富沢町で担《かつ》ぎ売りから始めて、間口二間半ながら暖簾《のれん》を掲げるまでになった苦労人だ。又三郎とも担ぎ売りの頃から知り合いの仲である。理由も聞かずに二階を貸してくれた。

総兵衛はその昼下がり、ひたすら馬上刀を使った撃ちこみを一心不乱に繰り返して、時をすごしていた。

「旦那様」

笠蔵が遠慮がちに声をかけた。

「なにか、動きか」

「柳原土手のもろは先生が分かりましてございます。豊島町にて六年ほど前から小野派一刀流の看板を上げる道場の主は、諸葉《もろは》一伝斎《いちでんさい》と申して上総《かずさ》の出にございますそうな」

剣客として諸葉一伝斎の名を総兵衛は聞いたことがなかった。

「諸葉道場ではごろつき浪人の類《たぐ》いを十数人ほど飼っておるそうにございます」

「居候《いそうろう》浪人を十数名も抱えるとは金には不自由しておらんと見える」

「伴太夫の口利《くちき》きで江川屋など阿漕な商人の用心棒などをして身過ぎ世過ぎとしております る。そのほかに閻魔一家の血なまぐさい裏の仕事を命じられておるようすにございますな」

「閻魔の手下の二十余名に諸葉道場の餓狼《がろう》どもが加わって三十余名、一人に二人の戦いか」

「旦那様の猪牙《ちょき》の舟底を二重にして二人ほどもぐりこませるように仕掛けをしました。だれぞを忍ばせまするか」

「つまらん細工をして相手に警戒させては千鶴の身が危うくなる。猪牙はおれ一人が漕《こ》いでいく」

と総兵衛が言明した。

三

名月やここ住吉のつくだ嶋《じま》

榎本其角《えのもときかく》にこう詠《よ》まれた佃島は、海と月見の名所として知られていた。

大川河口をふさぐように江戸湾に立地した島は、家康が摂津佃村から漁夫を迎えて、慶長十八年（一六一三）に干潟《ひがた》百間（約一八〇メートル）四方を与えたのが始まりとされる。後に白魚漁の特権を与えて、漁獲物を献上させてきた。

島の守り神は、佃村から勧請《かんじょう》した住吉明神社で島の東北にある。狭い海峡をはさんで東側に一本松の聳《そび》える明地があった。

夕暮れ前、閻魔《えんま》の伴太夫は子分二人を従えて、船松町の渡し場に立った。ここらは材木問屋や薪炭《しんたん》問屋の多い一帯で、江戸湾の潮風に吹かれて材木が立ち並んでいた。

渡し場で警戒する半鐘下の鶴吉が閻魔に目顔で異常のないことを知らせた。そして下っ引きが抱えていた布包みを閻魔の手下に渡した。

「ありがてえ、親分」

「犬沼様が鉄砲鍛冶《かじ》に修理に出すという名目で持ちだされてきた二挺《ちょう》だ。奉行所の鉄砲は三葉葵《あおい》の紋入りってのを忘れるんじゃねえぜ。ほれ、玉薬箱に胴乱も揃《そろ》えてあらあ」

「御府内で鉄砲をぶっ放そうって話だ。事がすみゃあ、傷ひとつなく返すって」

遠野から預かった荷を渡した半鐘下の鶴吉が、

「閻魔、大黒屋の野郎どもなんぞ、一人として渡すこっちゃねえぜ。後顧の憂いなくよ、総兵衛と女を殺《や》りな」

「もはや袋の鼠《ねずみ》よ」

「かたがついたら、遠野の旦那と佃島に押しわたる。後始末はつけてやる」

閻魔がうなずき、渡し舟に乗った。

この日、最後の渡しには島の女が二人ばかり乗っているだけで男はいない。

「終《しま》い舟が出ますぞえ！」

船頭の声で竿《さお》が入り、櫓《ろ》に代えられた。

大川の河口とあって夕暮れの陽光を浴びた二百石船や屋根船が行き来していた。遠く江戸湾の奥には千石船が停泊して、その姿を夕闇《ゆうやみ》に没しさせようとしていた。

渡し舟は石垣を築いたところに杭《くい》を打ち並べた河岸《かし》に到着した。

「親分」

代貸の弥三が閻魔を迎えに出ていた。

「手配りはしたか」

「へえっ」

と腰を屈《かが》めた弥三が小声で、

「柳原土手の道場からも諸葉先生がじきじきに九名を率いて駆けつけてきやした。もはや野郎の命はないも同然……」

「その油断がならねえ。総兵衛を甘く見るんじゃねえぞ」

「へえ、分かっておりやす」

「女はどうした」

「夜闇《やあん》に紛れて真福寺橋に船が着くよう手配りしてございやす」

「今度ばかりはしくじりはならねえ」

弥三が伴太夫を島の端にある一本松の明地へと案内していき、渡し場には竹《たけ》槍《やり》を手に長脇差《ながどす》をぶちこんだ閻魔の手下たちが五名ほど残った。

楓《かえで》川と八丁堀が交差するところに架かる真福寺橋際《ぎわ》の闇が深みを増して、運河上には花や野菜売りの小舟の姿はなく、その代わりに釣舟や猪牙舟が場所を変えてもやわれていた。

けんどん蕎麦屋の信濃屋の二階にひそんでいた又三郎らも、すでに猪牙の船頭に身をやつして待機していた。

五つ半（午後九時頃）過ぎ、千鶴を運ぶために佃島から屋根船が白魚屋敷の河岸に着いた。

さっそく三人の閻魔の子分たちが白魚屋敷に入りこんだ。

見張りをする又三郎たちに緊張が走る。

「駒吉の合図を見逃さぬようにしましょうぞ、おきぬさん」

同船するおきぬに又三郎が声をかける。

佃島の漁師種五郎らの舟が三隻《せき》、いつもの予定よりも早くに佃島の浜に戻ってきた。

「どうしたんだい」

と問う島の女に種五郎が、

「どうもこうもねえ、流木に網が破られてよ、漁どころじゃねえ。今夜は早仕舞だ」

と漁の道具を片付け始めた。少し離れた場所からそのようすを見にきていた閻魔の子分たちは、興味をなくしたようにその場から去っていった。

「兄《あに》さん、今じゃ」

種五郎の声に三隻の漁師舟の網の下に隠れひそんでいた鳶沢一族の者たちが背に半弓を背負って舟を下りると、閻魔の見張りの背後へとひそんでいった。

白魚屋敷の蔵の二階では、駒吉が葛籠《つづら》の背後に身をしずめた。

梅之介らが二階へ上ってきたのだ。

「南町が月番になったのは厄介《やっけえ》だ。八丁堀を通っていかねばならんからな」

「だからよ、白魚献上の葛籠によ、女を詰めて献上札を掲げていくんだよ。そうすりゃ木っ端《こっぱ》役人は声もかけられめえ」

梅之介と迎えの手下が言いあった。

「白魚の季節は終わっているぜ」

「なあにかまうもんか。それより女の体が入るかえ」

「おお、これを見ねえ」

梅之介が一番大きな葛籠を手にした。もう一人の男が献上の札を担いで、一階へと下りていった。

駒吉は、どうしたものかと迷っていた。

花簪《はなかんざし》が消えた以上、秀三を通して総兵衛へ意思が伝わったとみていい。それがなんの仕掛けもないところをみると、幕府から与えられた拝領屋敷に遠慮して手出しをしないと考えられた。となれば千鶴の側《そば》にへばりついているのが駒吉の使命だ。

「女を担ぎこめ」

「ほれ、足を曲げるんだ」

「縛ってるからよ、体がうまく曲がらねえんだ」

二階では千鶴を葛籠のなかに押しこめようと閻魔の子分たちが悪戦苦闘しているようすだ。

「詰めたらよ、葛籠に紐《ひも》をかけるんだ」

道中の用心か、縄まで葛籠にかけられた。

「野郎！　酒ばかり酔いくらいやがって、肝心なときに寝てやがる」

「明石の旦那《だんな》、仕事だ。起きねえ！」

子分の一人が酔いつぶれて寝入っていた明石の腰を蹴《け》り上げた。

「うおっ！」

怒号を響かせ、明石が立ちあがった。

「武士に向かって足蹴にいたすとは勘弁ならぬ」

「勘弁もなにもあるけえ。おめえは働きもしないで酔いつぶれているだけじゃねえか。足蹴にされてもしかたあるめえ」

「なにおっ！」

「さんぴん、頭にきて大刀《だんびら》を抜きやがったぜ！」

「しかたねえ、まずこいつを片付けろ！」

明石を閻魔の子分たちが五人がかりで取り囲み、長脇差やら木刀やらを振りまわして立ちまわりを始めた。

酔ったとはいえ、明石は剣術の心得のある浪人だ。そう簡単に叩《たた》き伏せることはできない。

「野郎の足をかっぱらえ！」

「畜生、腕を斬《き》りやがった」

争いは蔵の奥から表戸のほうに移っていった。

駒吉は即座に腹を決めた。棟木《むなぎ》に麻縄をかけてするすると葛籠の側に下りていった。

「よおし、仕留めたぞ！」

ようやく明石は、梅之介ら五人がかりに倒されて気を失った。

「こやつをふん縛って、蔵の隅に転がしておけ。佃島の一件が終わったら、親分のお指図を仰ぐんだ」

梅之介の声に騒ぎは終息した。

四半刻《しはんとき》（三十分）後、白魚屋敷からなぜか緩んでいた縄を閉めなおした葛籠が担ぎだされて、屋根船に乗せられた。

櫓が水を捉《とら》えて、八丁堀へと下っていく。

「おきぬさん、駒吉からの合図がございません。どうしたもので」

「又三郎さん、私が白魚屋敷にもぐりこみます」

「頼みましたぞ」

白魚河岸に猪牙一隻が残された。

又三郎らはおきぬ一人を真福寺橋に残すと、屋根船を追跡した。

八丁堀を下った屋根船は、中ノ橋、稲荷《いなり》橋をくぐって越前堀と合流し、さらに一丁ばかり下って大川に出た。日中なら正面に石川島の芦原《あしはら》が見えるはずだが、闇に沈んで黒々としていた。

屋根船は鉄砲洲《てっぽうず》の灯を右手に見て、江戸湾に向かう。すると石川島の陰に佃島の明かりが見えてきた。船は石川島と佃島の間の狭隘《きょうあい》に入っていく。

その明かりを目当てに又三郎らの乗る二隻の釣舟が半丁ばかり後を追跡していった。


大黒屋総兵衛は、背に藤の花を散らした小袖《こそで》の帯に銀の長煙管《ぎせる》と煙草《たばこ》入れを差しこんだ着流しで猪牙の櫓を握った。

入堀をゆったりと下ると大川に出た。


おきぬは、白魚屋敷の蔵の錠前を簪の先で外して引戸を開けた。すると、くぐもった呻《うめ》き声が聞こえた。

駒吉が捕まったかとおきぬは、

「駒吉、どこにいるの」

と声を出してみた。闇を透かすと高手小手に縛り上げられ、酒の匂《にお》いをぷんぷん漂わした浪人者の姿が浮かんだ。

「駒吉」

奥のほうで物音がした。

総兵衛が佃島の住吉明神裏の明地に猪牙をもやったとき、月明かりが着流しの姿を映しだした。岸に飛んだ総兵衛は明地の一本松に向かって無防備に歩いていった。

諸葉道場の食客のなかで鉄砲の心得のある二名が総兵衛の動きを見わたせる木陰から狙《ねら》いをつけていた。銃口が総兵衛のゆっくりとした歩みにあわせて移動する。

二人の注意はあまりにも総兵衛に向けられすぎていた。背後に忍んできた鳶沢一族の作次郎と銀三の行動にはまったく気づかないまま、首に縄をかけられ一気に締め落とされた。

「これで飛び道具はこっちのものだ」

作次郎らが奪った鉄砲と玉薬箱と三葉葵の紋入りの胴乱は、手代の稲平らに渡された。

「舟着場の見張り七人とこやつらを入れて九名が戦いの場から消えた。相手の残りは二十名そこそこじゃ」

作次郎がつぶやくと新たな敵を求めて闇に姿を消した。

駿府鳶沢村では暗黒のなかで武闘訓練を受ける。おぼろげな視界を補うのは風の流れや変化だ。闇を読み切って行動ができるようになってようやく一人前、江戸にある一族の者たちは戦う術を身につけていた。

作次郎ら十二名は半弓を手に背後からそれぞれ自分の敵を捕捉《ほそく》して、襲撃の間合いに入っていた。鳥兜《とりかぶと》の根から抽出した猛毒を矢先に塗った矢を半弓につがえた。作次郎の口から梟《ふくろう》の鳴き声が漏れた。弓弦《ゆづる》の音が響くと首筋に毒矢を突き立てられた閻魔《えんま》一家と諸葉道場の剣客たち十二名が一瞬のうちに悶絶《もんぜつ》死して戦列から消えた。

笠蔵が大黒屋の薬草園で育てた鳥兜、また烏頭《うず》、附子《ぶし》とも呼ばれる猛毒はすさまじい威力を発揮した。

総兵衛の行く手に松明《たいまつ》が点《とも》され、一本松が浮かびあがった。

松の下には縄で縦横に縛られた葛籠が置かれ、諸葉道場の剣客二人が左右から槍の穂先を葛籠に押しつけていた。

かたわらには閻魔の伴太夫と角頭巾《ずきん》、小野派一刀流の道場主諸葉一伝斎と思える武士が立っていた。

「ようきたな、大黒屋総兵衛」

閻魔の伴太夫が声を張り上げ、総兵衛が刀一本腰に差していないことをたしかめた。

「閻魔、女に手を出すとは仁侠道《にんきょうどう》も落ちたものよのう」

「総兵衛、いってえ、お前《めえ》は何者だ」

大黒屋の六代目と知られた男の口から笑いが漏れた。

「武蔵府中で猿《ましら》の音七と野嵐《のあらし》の龍五郎を殺し、おれの家の軒先に犬の死骸《しげえ》を背負わせた子分を吊《つ》り下げる。そんな荒技が一介《いっけえ》の商人《あきんど》にできるもんじゃねえ」

「語るに落ちるとはおまえのことじゃな」

「しゃらくせえ」

「五年前にそなたのところを訪ねて、富沢町には手を出すでないと忠告したことを忘れたか、愚か者が」

「あんときの閻魔と閻魔が違うぜ。おれにゃあ、諸葉一伝斎先生をはじめ、後ろ盾がついていなさるんだ」

馬鹿《ばか》め、と総兵衛が吐きだし、

「千鶴は白魚献上の葛籠に入れられて運ばれてきたとみえる」

と語を継ぐとゆっくりと歩み寄る。

「動くんじゃねえ。おめえの女を串刺《くしざ》しにするぜ」

総兵衛は足を止めた。

葛籠との距離はまだ六、七間（約一一～一三メートル）もあった。

「総兵衛、おめえは何用あって、お上に盾つくんでえ」

「ご先祖様からの商いを守りたいだけよ」

閻魔が手を上げた。だが、隠れひそむ手下たちは一人として姿を見せなかった。

「野郎ども、どうしやがった！」

閻魔の伴太夫が怒鳴った。

「鉄砲、鉄砲方！」

閻魔の形相が変わった。

「総兵衛、どんな手妻を使いやがった」

総兵衛が一歩踏みだした。

「女を突き殺してもいいのか、総兵衛！」

浪人者たちが槍の穂先を引いて葛籠を突き刺す構えを示した。

その瞬間、二発の銃声が重なるように響いた。

「おおっ、やりやがったな！」

閻魔の顔に喜色が走った。が、倒れたのは槍を持った剣客二人だ。

「諸葉先生！」

閻魔が叫びざまに長脇差《ながどす》を抜くと葛籠に走り寄り、突き刺そうとした。

その途端、葛籠の縄と蓋《ふた》が弾《はじ》け飛んで、麻縄が一本松の枝に向かって投げ上げられた。そして綾縄《あやなわ》小僧がするすると縄を駆け登っていった。

「駒吉、ようやった」

それを見た総兵衛は一瞬にして事態を飲みこんだ。

駒吉は白魚屋敷の騒ぎに紛れて、葛籠の縄を緩めると千鶴を救いだし、蔵の隅に連れていくと自らは葛籠のなかに隠れひそんだのだ。

「畜生！」

閻魔の伴太夫は振りかざした長脇差を総兵衛に向けなおすと、

「おれが叩き斬ってやる！」

と突進してきた。得物を持たない総兵衛を甘くみていた。

腰から長煙管を抜いた総兵衛は自ら閻魔の懐《ふところ》うちに踏みこみ、長脇差を払った。

「そなたが生きていては世の中が迷惑、地獄に行け！」

そう叫んだ総兵衛の手の煙管が閻魔の額に叩きつけられた。

祖伝夢想流の遣い手、鳶沢総兵衛勝頼の一撃だ。

閻魔の伴太夫はなぜ策が破れたか、理由《わけ》のわからぬままに昇天した。

総兵衛は角頭巾の武士に視線を向けた。

「そなたが諸葉一伝斎か」

「大黒屋総兵衛、そなたの腕前、過日の夜、親仁橋で見せてもろうた」

と言った一伝斎が角頭巾を脱いだ。

えらの張った顔に太い眉毛《まゆげ》、ぎょろりと丸い両眼が濁って総兵衛を見た。

「血が染《し》みついた顔をしておるな」

「大黒屋、そなたが何者か、おれには興味がない。過日、手下が苦もなく四人も斬り倒され、今また連れの者たちがそなたらの手に落ちたようす。師がのんびり手をこまねいているわけにもいくまい。そなたの命、もらい受ける」

一伝斎は刀を抜いて正眼につけた。

「思案橋の船宿を襲い、船頭を殺《あや》めたのは一伝斎、そなたか」

総兵衛は銀煙管を構えなおしながら訊《き》いた。

「大黒屋、金蔓《かねづる》をおまえは殺したんだぜ」

「それだけの腕があれば伴太夫ふぜいの手先に使われることもあるまいに」

「道場稼業《かぎょう》では銭にならぬわ」

「参る！」

疾風のような太刀が総兵衛を襲った。

総兵衛は横に飛んで身を躱《かわ》した。

一伝斎はそれを読んでいたように間合いを詰めてきた。

太刀が横になぎ払われた。

総兵衛は飛びさがりざまに銀煙管を一伝斎の顔面に投げた。一瞬、攻撃が中断された。対決する一伝斎とは違った人の気配に向かって総兵衛は走った。

闇《やみ》から生じたように風神の又三郎が姿を見せ、三池典太光世《みいけでんたみつよ》を差しだしていた。

「間におうたか」

典太を受け取った総兵衛が一伝斎に向きなおった。

風神はいつの間にか闇に姿を没していた。

改めて総兵衛と諸葉一伝斎が間合いをとった。

二人の頭上の松の枝から綾縄の駒吉が息をひそめて戦いを眺めていた。

総兵衛は二尺三寸四分の典太光世を上段につけた。その構えはゆったりして広大だ。

「祖伝夢想流、参る」

「聞いたこともない流儀じゃな」

つぶやいた一伝斎は履いていた草履を後ろに蹴《け》り飛ばして裸足《はだし》になった。

ふうっ。

一つ、一伝斎は息を吐いた。

その直後、疾風果敢の攻撃が総兵衛を見舞った。

小手に来ると見せて面に振りおろされ、胴、眉間《みけん》、肩口、首筋と間断ない連続した技が繰りだされて、止《とど》まるところを知らなかった。

総兵衛は怒濤《どとう》の攻撃を舞でも舞うように払い、受け流し、避けた。

焦《じ》れた一伝斎は自ら飛びさがって間合いを取りなおした。

ふたたび正眼に構えがとられた。

両眼がらんらんと光り、目尻《めじり》がぴくぴくと痙攣《けいれん》するのが総兵衛に観察された。

総兵衛は相正眼に典太をとった。

一伝斎は気配もなく動いた。

正眼の剣先をいったん沈め、手首を返して跳ね上げた。

総兵衛は大きく踏みこみざまに一伝斎の首筋を電撃のように襲った。

刎《は》ねあがった切っ先が総兵衛の顎《あご》を割らんとした寸前、葵典太が一伝斎の頸《けい》動脈《どうみゃく》を両断して、血しぶきを振り散らした。

一伝斎はそれでも宙に流れた剣を返して、総兵衛のほうを向いた。

「おそろしや祖伝夢想流……」

諸葉一伝斎は二、三歩よろめき歩くと前のめりに倒れこんでいった。

佃島明地に重い静寂が漂った。

四

松の枝から駒吉が麻縄を伝って下りてきたとき、総兵衛は香具師《やし》に武士の心魂を売った諸葉一伝斎を冷たく見ていた。

三池典太光世を鞘《さや》に納めた総兵衛の周りに夜の闇から生まれいづるように風神の又三郎ら鳶沢一族の者たちが集まって、片膝《かたひざ》をついた。千鶴救出を告げようと佃島に駆けつけたおきぬもいる。

「ご苦労であった」

一族の働きを労《ねぎら》った鳶沢一族の頭領は、

「駒吉、千鶴とすり替わった芸当、見事じゃ」

と褒めた。

「先方がかってにいざこざを始めまして、千鶴様と替わる機会を与えてくれたのでございます」

旦那《だんな》様、おきぬが言い添えた。

「千鶴様はもはや幾とせに」

総兵衛がうなずいた。

「そろそろ町方が駆けつける刻限じゃ。引きあげようかい」

言葉が消えると鳶沢一族の姿も闇に没していた。

四《し》半刻《はんとき》（三十分）後、半鐘下の鶴吉に案内された遠野鉄五郎が佃島明地に到着した。すると一本松の下には諸葉一伝斎と閻魔の伴太夫、それに剣客らの四つの死体が転がり、明地のあちこちに首筋に矢を突き立てられて悶死した浪人者やら閻魔の手下たちが横たわっていた。

「なんてことだ……」

「だ、旦那」

さすがの遠野鉄五郎の背筋も凍りつき、半鐘下の鶴吉も絶句した。それほど非情な戦いの結末がそこにあった。

「半鐘下、早々に島を出るぜ。南町に見つかってはまずい」

「これだけの死骸《しげえ》、どうしますね」

半鐘下が男たちを見回した。

「奉行所の鉄砲だけを持ち帰る」

遠野らは逃げるように佃島から去った。

翌日、北町奉行保田越前守宗易は駒込村にある尼寺、西進院の椿香亭《ちんこうてい》を訪ねた。

「越前どの、火急の用向きでございまするか」

近くの別邸、駒込殿中から出向いてきたお歌の方は妖艶《ようえん》な顔を町奉行に向けた。

「閻魔の伴太夫、後見の諸葉一伝斎ら二十数名ことごとく大黒屋総兵衛と手の者に殺されましてございます」

「またしても」

保田は同心の遠野鉄五郎から報告を受けた佃島の事件を申しのべた。

「おのれ、憎っくき大黒屋」

とお歌の方が歯ぎしりした。

「それがしもあやつの腕前を見くびっており申した。お歌の方様よりこのことを御前にお伝えいただきたく参上したしだい」

保田は考えてきた仮説をお歌の方に問うてみた。

「大黒屋が徳川一門とかかわりを持つ男かどうか、お歌の方様はご存じでございますか」

お歌の方はしばらく考えたのち、御前から許しを得ていた話を始めた。

「越前どの、御前が大黒屋に興味をもたれたきっかけは、先年亡《な》くなられた御奥御祐筆《ごゆうひつ》組頭高野《たかの》誠硯《せいけん》どのがもらした秘事によってじゃ……」

四百俵高、御役料二百俵、四季施し代として二十四両二分が支給される御奥御祐筆は、営中の記録係、幕閣の文案、機密のことごとくを知悉《ちしつ》する役目を負っていた。

高野の娘が御前の世話で旗本二千二百石の日光奉行の佐々木文亨《ささきふみあき》の一子に嫁にいったこともあって、二人は格別に親しい間柄であった。

高野は御奥御祐筆組頭まで上りつめた人物だけあって口の堅さは折り紙つきが、晩年、酒が入ると自慢めいた懐古談をするようになっていた。

御前は高野の老人癖を見抜くとしばしば別邸に呼び、寵愛《ちょうあい》のお歌の方だけに酒席を共にさせた。

お歌の方は越後浪人下条親三郎《しもじょうしんざぶろう》の娘である。蔵前の札差十三屋が願い事の筋があって御前に嘆願したおりに差しだした女だ。

御前はお歌の美貌《びぼう》と才気に惚《ほ》れ、別邸の駒込の屋敷に住まいさせて可愛《かわい》がった。御前の上屋敷は道三河岸《どうさんがし》にあったが、

「道三殿中」

と呼ばれるほど、猟官運動のために大名、旗本方が門前に行列をとめた。これに対して、駒込の別邸は
「駒込殿中」

と称され、江戸の商人たちが次々に頼みごとに訪れた。この駒込殿中に嘆願にくる者をお歌の方が応対して一手に捌《さば》くまでに御前の信を得ていた。

この夜も御前とお歌の方が巧みに高野に昔話を仕向けた。これまでも高野の口から大名方の秘事や旗本衆の内緒を聞きだしてきた。御前は城中でちらりと当人に耳打ちなどして震えあがらせた。その結果、数日を経ずして屋敷には賄《まい》賂《ない》が届く仕組みだ。また政敵を追い落とす手段に高野からの情報を利用したことも二度や三度ではなかった。

高野がことを漏らしたのは亡くなる半年前である。老人の扱いに手慣れたお歌の方が笑みを浮かべて、言いだした。

「高野様の話はいつでもためになりまする。やはり先人の見聞は貴重にございますな、御前」

「それはもう高野どのの博識、城中で知らぬ者はなし」

「御前、お歌の方様、それがし数多《あまた》の秘事を知る立場にありましたがな、幕府の機密はお二人様とてもそうそう申しあげるわけには参りませぬ」

「そうでございましょうとも」

「じゃが歴代の将軍家の御口にも上らず、記録もなきことがございます。記録に残らぬ以上、機密とは言えず、いわば城奥の伝承ごと、真偽すら分かりかねまする」

「ほほう、これはまた奇妙な話よのう」

お歌の方がすかさず高野の杯に酒を満たした。

老中上座とその愛妾《あいしょう》じきじきのもてなしだ。高野とて機嫌の悪かろうはずもない。

「御前様、お歌の方様、なぜ日本橋富沢町に古着を商う商人どもが集いきたか。そのいわれをご存じか」

「なに、古着屋」

「古着にはお歌もとんと縁がありませぬ」

御前の関心は急に薄れた。お歌の方も京の下りものの友禅やら、加賀の特産の染め物の話なら耳を貸してもよいが、町民たちが縫いなおして着る古着のことなど興味が持てなかった。

「どうやらお二人には興が起きぬようす……」

高野はそう相手の胸のうちを見抜くと、

「じゃが一軒の古着問屋の商い高が年間一万両を超えて二万両に達すると知られたらどうですかな」

「なにっ、一軒の古着問屋が年間二万両もか」

お歌の方も目を丸くした。

「およそ古着屋は二千を数え、古着買いもおよそ同数……これらを六軒の問屋が押さえて、総商い高は十万両は超えるものと推測されまする」

四公六民の配分に照らせば、十万両はおよそ二十万から二十五万石の大名の収入に匹敵する。

「それが日本橋富沢町付近に集中しておるのか」

さようと答えた高野は喉《のど》を酒で湿らせた。

「およそ古着など御家人《ごけにん》、町民が節季節季に慌《あわ》ててかけこむ店かと考えておったがな」

「なかなかどうして……富沢町のなかでも扱い高、影響力抜群の問屋がございます。主《あるじ》は六代目総兵衛、この男が江戸の古着商いを牛耳《ぎゅうじ》っているといってもよい」

御前の目がぎらりと光った。

「御前様、古着商いは『八品商売人』と申して町奉行の支配下に『紛失物詮議《せんぎ》掛り』の組合を作って、統制がなされております。この組合の力をも超えて人望と影響力を持つのが富沢町惣代《そうだい》大黒屋総兵衛にございます」

「待ってくだされ」

とお歌の方が言いだした。

「この屋敷に何年も前から富沢町の商人が南蛮渡りの珍奇な品々を持って嘆願にかよって参ります。あまりの熱心さに一度目どおりをゆるして、その者の話を聞きましたところ、大黒屋総兵衛なる者が専横にも支配しておるとか申しておりましたが」

「その人物にございます、お歌の方様」

「その者が強い力を発揮するは、なぜじゃ」

権力者の御前が不快の表情をあからさまに見せた。

「そこでございます」

高野老人は御前を焦《じ》らすように杯を手にした。

「御老人」

御前の語調が強くなった。

「これはしたり、年寄りの話はまどろっこしいものでしてな」

高野は杯を膳《ぜん》に置いた。

「初代大黒屋の姓は鳶沢、富沢町の旧名は鳶沢町……初代総兵衛は、神君家康様とかかわりをもって、現在の富沢町に古着商いの権利を与えられた者のように思えます」

「商人が家康様とな……」

御前はしばし考えこんだ。

その間、高野は一人酒を嘗《な》めるように飲んでいたが、

「御前様、古着商いを町方が取り締まるは盗品などが多く紛れこむからにございます。つまりは影の世界の情報をも大黒屋総兵衛はにぎる立場。これがあるからこそ大黒屋の商いは盤石にてその力は大きいと申せましょう」

金と情報を独占する男が城中からわずか半里（約二キロ）にも満たない江戸

の一角にいたとは……。

「御老人、今宵《こよい》の話はことの他、おもしろい」

「ほんにほんに」

機嫌をなおした御前はお歌の方に高野の杯を満たすように目で合図した。

御前は、側近の者を呼ぶと古着商いの実態を探らせた。

手の者たちが集めてきた情報は、高野誠砚が話したことを裏付けたばかりか、江戸の町に流通する新品の反物、衣服の類《たぐ》いよりはるかに古着商いの扱い高のほうが巨額という事実だった。それに富沢町にもたらされ、町奉行所に届けられる情報はごく一部ということが推測された。それだけに老中支配下にある町奉行所にとっても大黒屋総兵衛は、不気味な存在である。

大黒屋総兵衛の力を身をもって知る事件が起こった。

元禄《げんろく》十一年（一六九八）九月に起こった勅額《ちょくがく》火事のおりのことだ。

この火事で江戸三百余町が焼失した。

火事は材木の高騰《こうとう》を生み、御前面識の紀伊国屋文左衛門を始め、材木問屋に巨額の儲《もう》けをもたらした。その何割かが御前の金蔵に運ばれた。

町方の報告の探索によれば、火事の騒ぎに乗じて綱吉暗殺の噂《うわさ》が流れているとか。いっせいに幕府支配下の目付、町方、忍びなど捜査機関が動いた。最初に真実を摑《つか》んできたのは、なんと大老井伊掃部頭《かもんのかみ》直該であった。それによれば火付けは紀伊国屋に上野寛永寺根本中堂の用材を独占された別の材木問屋甲州屋作左衛門の仕業という。

なぜ大老の井伊が他の探索機関を凌《しの》いで迅速に手柄を上げたか。御前は井伊がどうしてその事実を摑みえたか知りたいと思った。だが、相手は大老、そこで綱吉に願って井伊にご下問願った。すると井伊は、

「上様といえども捜査の筋を漏らしますと今後の探索に支障あり、お許しを……」

と言を左右にして答えなかった。このことが綱吉の不興を買い、元禄十三年(一七〇〇)には辞職に追いこまれることになる。

御前は就任したばかりの町奉行保田越前守宗易を屋敷に呼んで、将軍にさえ

口を開かなかった井伊の情報網を探らせた。

保田は筆頭与力犬沼勘解由に極秘の捜査を命じた。犬沼は長年培《つちか》った裏の人脈を総動員し、その一人の下っ引きが、

「大黒屋はなにかとうさん臭い」

という話を掘り出してきた。洩《も》らしたのは富沢町に客を持つ髪結だ。さらに探りを入れると、おぼろげながら井伊とつながる人物にして勅額火事の真相を洗い出したのは、大黒屋総兵衛ではないかという推理に到達した。さっそく御前に報告がなされた。

「越前、これはゆゆしきことじゃ」

と答えた御前は沈思したのち、

「江戸の治安保持のために古着商いの支配強化……」

を唆《そそのか》した。

「越前、奉行所の設けた『八品商売人』の組合の上に惣代がおるのはなんともおかしな話ではないか」

「前職の町奉行から申し送られることの一つでございまして、富沢町は大黒屋

の下に代々まとまってきたものにございます」

「越前、なんとしても町の商人たちの意味もなき習わしがお上の意向を越えてあるのは不都合じゃな」

御前に奉行職へと取り立ててもらった保田は、その恩人の胸のうちが奈辺にあるのか考えをめぐらした。

「御前、惣代の身分も町奉行支配下におくと言われまするか」

「鑑札制度を設けてな、新たな惣代を任命するとよい。となれば、富沢町にもたらされる犯罪などの情報も円滑にそなたらの下に集まろうが」

「おお、それは仰せのとおりにございまする」

保田は権力者の心中が富沢町に集まる金の吸い上げにあるのかと推測した。

「どこの世界にも敵対する勢力はいるものじゃ。大黒屋総兵衛なる者と悪《あ》しき仲の問屋なぞをな、差し当たって新たな惣代に立て、鑑札制度を管理させるのも一つの方法よな」

「よき御思案にございます」

「富沢町に近ごろめきめきと力をつけてきた江川屋彦左衛門なる商人がおると

いうではないか。これなど適任の一人であろうな」

御前はお歌の方のところに嘆願にくるという商人の名を上げた。

「江川屋にございますか。さっそくに調べさせましように」

「大黒屋の権威を失墜させるような出来事をな、仕組むのも一興。だれぞ、大黒屋を嫌う適任の者はおらぬかな。おお、これは越前の権限にまで嘴《くちばし》を差しはさんだかな」

「いえいえ、それがしはいまだ奉行職に不慣れ、気がつかぬことでございました。御前のお教えにこの越前、目からうろこが落ちるようにございまする」

保田越前守宗易は柳営でも比類なき権力を発揮する御前の狙《ねら》いが、富沢町に集まる金と情報二つの掌握にあると完全に理解した。

保田は富沢町の惣代を官許の惣代に改変する極秘の作業を犬沼勘解由に内々に命じた。

「江川屋彦左衛門が駒込殿中に嘆願を繰り返していたとは、なかなか抜け目のない者にございますな。たしかに大黒屋に替わる人材としてはうってつけ……

奉行所の盆暮れの付け届けもしっかりしたものでございまして、われら奉行所にも話がとおりやすくなりまする」

「うーむ」

「いま一つのお尋ねですが適任の者がおりまする。浅草三間町で香具師《やし》を束ねる閻魔《えんま》の伴太夫がその昔、富沢町に手を出して大黒屋にこっぴどい目に遭ったことがございます。閻魔が憎しみを抱いていることはたしか」

「香具師ふぜいで間にあうかな」

「柳原土手で道場をかまえる諸葉一伝斎なる剣客を金で操っておりますれば、なかなかどうして……」

保田はお歌の方をつうじて御前に連絡をとった。

駒込の別邸近くの西進院においてお歌の方、与力《よりき》の犬沼勘解由、閻魔の伴太夫、江川屋彦左衛門が集められ、初めての大黒屋潰《つぶ》しの企てが始まった。その会談の翌日、勅額火事の犯人の甲州屋作左衛門が牢中《ろうちゅう》にて首吊《つ》りをして死んだ。

これは御前一味の大黒屋への宣戦布告であった。だが、総兵衛はそのことを見落とした。

二年数カ月後の元禄十四年（一七〇一）春、幸手、源森川、箱根と次々に紅《べに》椿《つばき》の一枝を携えた刺客が送られ、大黒屋を混乱に陥れた。

それが今や反撃の憂《う》き目にあっていた。

「商人や香具師ふぜいに任せたのが失敗であったかもしれませぬな」

「お歌の方様、容易ならぬ事態にございます。御前にお力添えを願いとうございます」

北町奉行は愛妾《あいしょう》に御前じきじきの出馬を願った。

「越前どの、御前はそなたに命じた江川屋の身許《みもと》の調べに不備があると漏らされておられた。この際じゃ、そなたの配下の者を京に派遣してはどうじゃ」

「京にでございますか。それはまたいかなる理由で……」

お歌の方は町奉行の耳元に囁《ささや》いた。

「これはまた気がつかぬことで。さっそくにも……」

「ともあれ、われらの行動は準備が整うまで慎重にな。同心などは大黒屋の周りにうろつかせぬことですぞ」

お歌の方はずたずたに裂かれた網の目の綻《ほころ》びに反撃陣の自重を命じて椿香亭での会談が終わった。

遠野鉄五郎と半鐘下の鶴吉は、思案橋の船宿幾とせから二日振りに姿を見せた大黒屋総兵衛の着流し姿を遠く猪牙《ちょき》舟の上から眺めていた。

「糞《くそ》っ！」

遠野が罵《ば》声《せい》を発した。

「この期《ご》に及んで、手を引けたあ、どういうことだ」

「旦那《だんな》、閻魔一家と柳原土手が苦もなく潰されたのを見せられちゃ、犬沼様も考えなさいますよ」

「いや、犬沼様一人の考えじゃねえな」

「お奉行様で」

「いや、違う」

「じゃあ、だれなんで」

「お奉行の背後におられるお方がな、閻魔やおれたちは頼りにならずと愛想を尽かされたんだ。なにか別の方策を考えているってことだ」

「そのお方って、いってえどなたですかね」

「半鐘下、下っ端同心が知らされるわけもねえ」

半鐘下のいつもの問いに遠野が正直に吐露した。

総兵衛は幾とせの女将《おかみ》や船頭たちに見送られて日本橋川に出ていこうとしていた。

「ここまできてよ。彦左衛門からの金蔓《かねづる》が立ち消えになるのも癪《しゃく》な話よ。半鐘下、おれとおまえで大黒屋に食らいつくぜ」

「命あっての物種ですぜ」

「こちとらは己の手を血で染めてんだ。そう簡単にさようしからばと引きさがれるか」

半鐘下が艫《とも》でかしこまる手下に顎《あご》で指図をした。

猪牙は間をおいて総兵衛の舟を追跡し始めた。

「そうでなくちゃ、半鐘下よ」

遠野鉄五郎の声が川面《かわも》を流れた。

京の飛脚問屋十七屋に託された信之助の手紙が大黒屋に届いた。

笠蔵が居間にいた主《あるじ》のもとへ届けると、

「おお、来たか」

と総兵衛は封を切った。

〈大黒屋総兵衛様御許《もと》、取り急ぎ京、伏見の事情申しあげ候《そうろう》。丹波屋様にお目にかかりし所、ご主人八左衛門《はちざえもん》様、このたびの前払金請求および仕入れの一件、困惑恐縮の体《てい》を示され候。そこで前の京都町奉行本庄伊豆守《いずのかみ》様の口添えにて不足分を補いたしとこちらの要望を告げし所、主様ほっと安堵《あんど》なされし表情にて、大黒屋様には義理の欠くことで心中察しあれと申され、伏見での取引承知なされ候。そこで伏見まで磯松と足を延ばし、丹波屋様の義弟讃岐屋《さぬきや》道太郎《みちたろう》様に面会その旨《むね》伝えしところ、それは兄様も義理悪し、大黒屋様もお困りであろうと伏見にての新規取引きを快諾され候……〉

総兵衛はほっと一息ついて不安げな大番頭にそのことを伝えた。

「それはなによりでございました……」

主従はなんとか来年も商いができると安心した。

総兵衛は手紙の文面に戻った。

〈……総兵衛様、讃岐屋様が別れ際《ぎわ》、兄じゃもあの方の申し出でなくばこうまで大黒屋様に不義理はなかろうにと漏らされ候ゆえ、私もそうそうと口裏を合わせし所、なんと申されても道三殿中の御前様、兄とても京都町奉行能勢《のせ》式部太夫《だゆう》様をつうじて命じられれば、お断りもならずとうっかり漏らされ候〉

総兵衛は胸のうちにあった人物がはっきりと浮きだしてきたのを悟った。

手紙を笠蔵に渡した。

徳川幕府の人材登用のなかでも御前と呼ばれる人物の出世は異例であった。御前は将軍綱吉が館林藩主時代の家臣柳沢安忠《やなぎさわやすただ》（勘定頭）の子。幼少より綱吉のおそばに仕え、家禄百六十石、蔵米三百七十俵の家督を継いだ後、十八歳で勘定頭になり、延宝八年（一六八〇）に綱吉が五代将軍に就いてからとんとん拍子の出世を遂げる。まずは小納戸役に始まり、八年後には老中と綱吉の連絡係として側用人《そばようにん》に就任、一万二千三十石に加増されて大名の仲間入りをした。そして幕政を自ら執行したいと望む綱吉の代弁者として巨大な権力を保持し、老中をもしのぐ存在になっていく。その後も加増に加増を重ねて武蔵川越藩主七万二千三十石に昇進、綱吉を自邸に迎え入れることしばしばであり、道三殿中の御前と呼ばれるようになった。さらに綱吉から豊島郡駒込村に土地を賜り、別邸六義園《りくぎえん》を造営したが、こちらは道三殿中に対して駒込殿中と称され、この別邸前の道は、商人たちが嘆願のために行列をなした。

「われら鳶沢一族をないがしろにせんとなさる首魁《しゅかい》は、上様御側御用人にして老中上座柳沢保明様でございましたか」

「影がわれら鳶沢一族に望みを託された理由がこれよ。われらも決死の覚悟でことにあたらねばなるまいな」

(われら鳶沢一族の敵は綱吉様の側近、老中上座にして御側御用人の柳沢保明様にございましたぞ)

(総兵衛、容易ならぬ事態じゃ。まずは敵を知ることよ。じゃがことにあたっては慎重たれ)

(ご先祖様、柳沢様のことを調べあげよと申されるか)

（すべてを見落とすことなく探るのじゃ。戦機はまだ熟してはおらぬ）

その夜、総兵衛とご先祖との問答は終わることがなかった。

第五章　潜　入

一

元禄《げんろく》十四年（一七〇一）の暑い夏が静かにすぎていった。

拐《かど》かしに遭った千鶴の心の傷も時の流れと総兵衛の気配りが癒《いや》して、明るい表情を少しずつ取り戻していた。

そんな時期、京、大坂に大役をはたすために出張していた一番番頭の信之助と手代の磯松が戻り、鹿子《かのこ》の絞模様を型紙を使って染めた摺疋田《すりひった》の古着を大量に仕入れて、持ち帰ってきた。

豪華な絞染めの総鹿子は、奢侈《しゃし》禁止令の対象になったが、型鹿子ならその対象外という。これを売り出すと富沢町で一大旋風を巻き起こして、女たちはこぞって京の絞染めを仕立てなおして、芝居見物のおりなどの晴れ着にした。

大黒屋ではいつもどおりの商いに精を出しながら、御側御用人柳沢保明の周辺に目を光らせていた。

幕藩体制は二代秀忠、三代家光で強化され、四代の家綱になるとその権威は絶対的なものとなっていた。五代将軍綱吉は、神格化された家康やその後の三代の支配体制をさらに強固なものにするために新政策を次々に展開した。そのために大老酒井忠清を罷免《ひめん》したのを皮切りに不良役人を一掃、譜代大名や旗本を粛正する恐怖政策をとって、御城の内外を戦慄《せんりつ》させた。同時に館林藩主時代の側近を登用して、周りを固めた。

家康の権威すらも超える綱吉の将軍家絶対化政策は、綱吉自身の神聖化策ともいえた。

『生類憐《あわ》れみの令』に代表される悪法を押しとおす権威を手中にした絶対者綱吉の代弁者が柳沢保明である。

大黒屋総兵衛を頭とする鳶沢《とびさわ》一族にとって柳沢を敵にまわすことは同時に綱

吉への敵対とも受け取られかねない。家康と初代総兵衛が密契を交わした趣旨は将軍家および徳川体制の護持にあった。それを壊しかねない状況に追いこまれたのである。

佃島の戦いの直後、総兵衛は保明にかかわりのある屋敷や人物には一族の者を張りつけて、その言動を丹念に拾い集めさせた。それは江戸ばかりか所領地武州川越七万二千石の城下町にもおよび、おてつ、秀三母子を潜入させて、常駐させた。そのことが効を奏したのは、佃島の戦いから二月《ふた》、川越藩が浪々の者を集めては、密《ひそ》かに国元に送り始めたときだ。

残暑にわずかながら秋の涼気が加わった陰暦七月のある朝、大黒屋の大番頭笠蔵と小僧の駒吉が浅草花川戸から高瀬船に乗った。

二人は京橋の小間物屋の隠居と供の小僧が川越見物に行くというふれこみである。船問屋の嶋屋《しまや》仁《じん》右衛《え》門《もん》から借り受けた夜具や食べ物、飲み物を持っての乗船であった。

当時、浅草花川戸から十三里（約五二キロ）先の川越城下まで荒川と新河岸《しんがし》川の水運を利用して、高瀬船が就航していた。

川越と江戸の間に水上交通が開かれたには理由があった。

寛永十五年（一六三八）、川越の城下は大火に見舞われた。家康を祭る三大東照宮の一つ、仙波東照宮も消失し、その再建に江戸から資材を運ぶことになった。そのおり、荒川の内川の新河岸川を利用して、浅草花川戸河岸と寺尾河岸の間に水運が開かれたのだ。さらに川越藩主松平信綱の命により、正保・慶安期（一六四四〜五二）に寺尾、扇、上新河岸、下新河岸、牛子河岸が次々に造られて川越五河岸が完成、江戸との定期的な水運交通が始まった。本流の荒川は、渇水期《かっすいき》に船が使えないことがある。だが、新河岸川は豊かな流れがつねに確保され、四季をつうじての運行ができた。

船長六丈六尺余（約二〇メートル）幅一丈三尺（約四メートル）、米俵なら五百俵は積める高瀬船は、俗に川越平田船と呼ばれた。船尾から艫《とも》、艫の間と仕切られ、セジと呼ばれる船頭たちの所帯道具を納める小さな船室が中央に設けられてあった。

「ごめんなさいな、お侍さん」

日差しを避ける葭《よし》屋根の下、若い浪人のとなりに笠蔵と駒吉の主従は座りこんだ。

相客は三十人ばかり、川越から江戸に用事や商いで出てきた人が多い。そのなかには浪人者も三人ばかり混じっていた。

船頭が舳先《へさき》から垂らしていた綱を見て潮の満ち具合を計っていたが、

「そろそろ船が出るぞえ、川越行きの夜船が出るぞえ！」

と呼ばわった。

船は櫓《ろ》の音を響かせながら、花川戸河岸を離れた。

都鳥が飛び交う水面の岸辺にはめらめらと陽炎《かげろう》が立ち昇っていた。

すでに朝の涼気は去って、残暑が襲ってきそうな一日である。

浅草花川戸河岸を離れた船は千住河岸まで止まらない。

　ハアー　千住橋戸は錨《いかり》か綱か　アイヨノヨー
上り下りの舟とめる　アイヨノヨトキテ夜下りカイ

船頭が舵《かじ》を操りながらのんびりと舟歌を歌う。

「ご隠居、川越に着くのは明日の夕刻にございますか」

「おお、その頃合ですぞ。川越夜船といってな、名物の船泊まりじゃ」

「ここに寝るのでございますか」

駒吉が船内を見まわし、夜具に目をとめた。

「川越夜船は、浅草花川戸河岸を出れば、千住河岸止まりじゃ。そのあと、尾《お》久《ぐ》、熊ノ木、野新田、赤羽、川口、浮間、小豆沢《あずさわ》、戸田、蠣殻《かきがら》、赤塚、早瀬、芝宮、大野、新倉、台・大根、根岸、宮戸、志木、前、山下、鶉《うずら》、鶴間本、蛇木、伊佐島、百目木、古市場、福岡、寺尾、牛子、下新、上新、扇、仙波河岸となな、荒川、新河岸川の三十五河岸に立ち寄りながら、荷物を下ろしたり、積んだりしながら、のんびりと上がっていくものよ」

「大変なものですね」

「なあに船旅は年寄りには極楽じゃ、黙って乗ってれば川越河岸まで連れていってくれるのですからな」

笠蔵たちの乗りあわせた早船は、一六《いちろく》、二七《にしち》、三八《さんぱち》、四九《しく》、五十《ごとう》と称して、一日に川越を出た船が五日後の六日に同じ河岸を出船する仕組みをとっていた。つまりは五日で川越と江戸を一往復したのだ。

千住河岸に到着したころにはすでに昼をすぎていた。

「ご隠居様」

駒吉は力のない声で笠蔵に呼びかけた。

「腹がすきました」

「腹っぺらしが。まだ船は出たばかりじゃ。これからな、二日がかりの船旅じゃぞ」

「そんなことといわれても腹が空《す》いたには変わりございません」

「しかたない」

隠居の笠蔵はにぎり飯を食べることを許した。

塩むすびには菜漬が添えられていた。

駒吉のとなりに座った浪人がうらやましげに眺めた。

「お武家さま、にぎりはいかがですかな。同じ船に乗りあわせるのもなにかの縁でございますよ」

「拙者、朝めしを食したばかりじゃ」

断った先から腹がぐうっと鳴った。すかさず駒吉が竹皮包みごと差しだした。

「お侍さん、あたいが腹っぺらしだからね、食べ物はたくさん積みこんでございます。遠慮はしないでくださいな」

船のあちこちで人の輪ができ、飲み食いが始まっていた。

「そうそう、遠慮無用に願いますよ」

「ご隠居、実を申すと朝めしを食いはぐれてな」

まだ三十前の浪人は人のよさそうな顔に笑みを浮かべて、にぎりに手を出した。

「馳走《ちそう》になる」

にぎりは三口で浪人の口に消えていた。

「駒吉、私には酒をくださいな」

「へえっ」

駒吉が大徳利と茶碗《ちゃわん》を二つ、笠蔵の前におく。

「お侍さん、私の楽しみはこれでしてね。旅に出ると酒がうまい」

笠蔵は二つの茶碗を満たして一つは浪人に差しだした。

「酒までご馳走になってはあいすまん」

「相手がなければおいしゅうはございません。年寄りのわがままをきいてくだされ」

「さようか」

と茶碗を受けた浪人が、

「それがし、近江《おうみ》浪人山村将七郎と申す」

と改まって名乗った。

「これはこれはご丁寧に。私は京橋の小間物屋の隠居でしてな、これは小僧の駒吉……」

「御用の旅か」

「隠居の身では御用もございません。退屈しのぎに江戸近郊の神社仏閣を訪ね歩くのが道楽でしてな、川越の仙波東照宮にお参りする旅でございますよ」

笠蔵は巧みに山村の心をつかむと、徳利の酒を差しつ差されつ始めた。

「山村様は、武芸修行の旅でございますかな」

「そうではない。それがし、川越藩に雇われたものでな」

山村の口を旅と酒がつい緩めていた。

「これはおめでたい。ご仕官の旅にございますか」

「いや、仕官というほどご大層なものではない。川越藩では広く新たな人材を世に求めておられるとか。川越城下での試用期間の成績しだいでな、それがしの運もきまるというわけじゃ」

十日も前から川越藩に臨時採用された浪人たちが川越へ送りこまれていた。そこで笠蔵と駒吉が物見遊山《ゆさん》の旅を装《よそお》って、川越夜船に乗ったというわけだ。

幕府が始まって百年、浪人が仕官することなど希有《けう》のことだ。それが臨時雇いとはいえ、綱吉様の御側御用人が城主の川越藩に採用されようとしていた。

山村の顔には明るさと緊張が宿っていた。

「いやいや、このご時世におめでたい話でございますよ」

「祖父の代からの浪人暮らし、われらには戦功とてないからな」

寛永十五年（一六三八）の島原の乱平定以来、浪人が腕を見せる戦いらしい戦いはない。

「江戸のご藩邸での試験にとおられたというのですから、大丈夫でございますよ」

「いや、武術の腕を試されただけでな。川越藩での本試験に受からんと、舟賃をもらっただけで追いだされる」

「きびしゅうございますな」

「川越行きが決まった仲間だけでも三、四十人はおるとか。藩士として本採用されるのは数名との噂《うわさ》がある」

山村は船中の競争相手にちらりと視線を向けた。

笠蔵たちの調べでもすでに四十余名の浪人者が川越に送られていた。山村らが最後の川越行きの人材であった。

「めでたく仕官の暁には何石でお召し抱えになられるのですかな」

「それがはっきりせんのじゃが……」

と不安に顔を曇らせた山村は、

「贅沢《ぜいたく》は申さん。三十俵二人扶持《ぶち》でもかまわん」

と浪々の苦衷を吐露した。

「それはまたお望みが小そうございますぞ」

「ご隠居、そうは申されるが徳川幕藩体制が始まって百年、仕官の道などなかなかない。採用されさえすれば、腕の見せどころもあるのじゃがな」

「なんとかな、ご仕官の道が開かれることをな、私どもも仙波東照宮に祈願しておきますぞ」

「ありがたい」

と言った山村は声をひそめた。

「実はな、われらが川越藩に臨時採用される裏にはな、御家断絶の憂《う》き目をみた赤穂の浪人どもの江戸入りを防ぐ戦闘要員という噂があるとか」

「まあ、なんと」

「それでもよい。仕官の途《みち》が開かれるのなら、それがし赤穂の浪人ばらと一戦を交える覚悟じゃ」

「いや、山村様、命あっての物種……」

「ご隠居は浪々の身の苦労をご存じないわ」

「でもございましょうが……」

徳利があくころには、笠蔵と山村はすっかり意気投合していた。

戸田河岸をすぎるころには夕暮れにかかる。

櫓が使えるのは荒川のうちだけ、新河岸川に入った船は一枚帆を張り、竿《さお》に変わった。急速に船足が落ちた。

ハアー　九十九曲りゃ　あだでは越せぬ　アイヨノヨー
通い舟路の二《に》挺櫓《ちょうろ》で押せよ　アイヨノヨトキテ夜下りカイ

九十九曲がりと言われるほどに蛇行する難所の新倉付近（現在の和光市）に差しかかったのは深夜の刻だ。すると河岸から麻縄が船に投げられ、片側の川道を〃のっつけ〃と呼ぶ曳《ひ》き人夫が上流へと、
エイコラ、エイコラ……。
と曳きあげる。こんな難所が〃樋《ひ》の詰め〃と呼ばれる宮戸河岸（朝霞《あさか》市）あたりまで続く。この付近の河岸には川越船を曳く人足を集めるのっつけ宿があって、農夫たちが賃仕事に駆りだされた。そんな人足たちのかけ声を夢の間に

聞きながら、船客たちは眠りについていた。

朝が明けるとのどかな田園地帯を帆に風を孕《はら》んだ川越船は遡上《そじょう》していた。

「おはようございます、山村様」

「ご隠居、昨日は世話になった」

「なあにまだ半日は船の上ですよ。お相手をな、お願いしますよ」

山村がうれしそうに笑った。

船が河岸に着くと乗客たちも下船し、船宿で洗面や用を足し、新たに食料や酒を求めて積みこんだ。

「ささ、朝めしでございますよ」

笠蔵は山村を誘い、駒吉と三人で食事を始めた。

船の両岸は黄色に実った稲穂が広がり、江戸の者には目を洗われるような光景だ。

そんな船旅も川越五河岸のうちでも一番城下に近い扇河岸に到着して終わる。

すでに夕暮れの刻になっていた。

汗みどろになった船頭たちが二日がかりで江戸から漕《こ》ぎあがった川越平田船

が河岸に到着した。笠蔵と駒吉が視線を河岸に向けると、そこでは川越藩の役人たちが船客たちの手形を調べていた。

「ご隠居、お調べで」

駒吉が言い、船頭も叫ぶ。

「お役人のお調べでございます。皆の衆、手形をな、用意してくだされよ」

乗合い客たちはそれぞれ手形や藩札を手にした。

駒吉は京橋の町役人が発行した手形と菩提寺《ぼだいじ》の住職が書いた檀家《だんか》証明を手にした。二つとも偽造だが、諸国を商いしてまわる大黒屋が腕によりをかけたもの、役人に怪しまれるところなどなかった。なにより笠蔵のとぼけた風貌《ふうぼう》が相手を安心させる。

「川越に何の用じゃ」

「家康様のご縁の地を巡って歩くのが楽しみでしてな、仙波東照宮のお参りでございます」

役人の問いにおとぼけの笠蔵が答え、

「お役人様、やはり川越の名物は芋ですかな」

「芋ばかりがわが藩の名物ではないわ。江戸を模して造られた御城下じゃ、江戸の者にも退屈はさせぬ」

威張ってみせた役人が上陸を許した。

「山村様、幸運をな、お祈りしておりますぞ」

「世話になりましたな」

二人は船旅をいっしょにした山村と河岸で別れた。

仲町通りの旅籠《はたご》の武蔵屋に投宿した笠蔵と駒吉は、翌朝から川越城下をのんびりと見物してまわった。

その昼下がり、徳川家康公を祭った仙波東照宮をお参りした主従は、さらに関東天台宗の総本山、慈覚《じかく》大師が天長七年（八三〇）に創建した喜多《きた》院に足を向けた。山門をくぐった二人は晩夏の日差しを避けて五百羅漢《らかん》がならぶ庭へと入った。

「駒吉、少しな、休ませておくれ」

笠蔵が羅漢の間の石段に腰を下ろし、駒吉は竹筒に用意した水を笠蔵に差しだした。

境内は秋の気配が忍び寄って、赤蜻蛉《とんぼ》が飛びまわっていた。

羅漢の間に生えた雑草を抜いて掃除する男女が、

「暑うございますな」

「ご見物で」

と挨拶《あいさつ》しながら、二人に寄ってきた。

「大番頭さん、遠路ご苦労に存じます」

女が挨拶し、男が顔を上げた。大黒屋の担《かつ》ぎ商いのおてつと秀三の母子だ。

二人が川越に潜入してかれこれ三月になろうとしていた。

「そなたたちも元気でなにより……」

笠蔵は煙草《たばこ》入れを出すと一服する体《てい》で煙管《きせる》を抜いた。

「江戸で集められた浪人衆の数は、昨日の船で到着した三人をいれて、五十六名にございます。また川越藩の下士の次男三男が十余名ほど加えられ、総勢七十余人。道三組と称される組織の頭領は、川越藩御番頭六百三十石の隆円寺真《りゅうえんじしん》悟《ご》、藩主の信頼が厚いと聞きます。剣術は柳生《やぎゅう》新陰流を学んだとか。この頭領の下に副頭領新城十兵衛、六名の手練《てだ》れが小頭として配置される予定にございます。新城ら七名と下士の一部は川越藩の下忍の出、手強《てごわ》い相手にございます。訓練の期間はおよそ三月、七十余名を半分にしても精鋭に仕立てあげると隆円寺は豪語しております……」

おてつが澱《よど》みなく報告した。

「下忍が中核の道三組か」

川越藩の江戸上屋敷は道三河岸にある。

「道三組の本拠はどこじゃな」

「小仙波町の中院が宿坊としてあてられております」

「大番頭さん、中院へはおてつどんがめし炊《た》きで入りこんでおりまする」

秀三は母親のことをおてつどんと呼んで、言い添えた。

「おお、それはなにより……」

「これまでは何につけてもおおらかなものでございました。じゃが今晩からは隆円寺をのぞく副頭領、小頭も宿坊に泊まりこみとか、その前に中院に入りこめたのは運がようございました」

おてつはさらりと言った。

「訓練はどこで行なわれるな」

「昼間は中院の庭、夜間は新河岸川の水源伊佐沼《いさぬま》、この沼地周辺は川越下忍の訓練場ですぜ」

秀三が答え、おてつが二人で作り上げた道三組の名簿を笠蔵に手渡した。

「宿坊の部屋割りを写したものにございます。組員の姓名、出身地、年齢、流儀ていどの簡単なものにございます。大番頭さんが川越を出立されるまでにはもっと詳しいものがお渡しできるかと」

「おてつどん、無理はするまいぞ。そなたらの正体がばれては元も子もない」

秀三が駒吉に、

「今晩四つ（夜十時頃）に、この門前に」

「伊佐沼見物ですか」

と綾縄《あやなわ》小僧が役目に喜色の声を上げた。

二

新河岸川の水源地は城下から東へ一里（約四キロ）ほどの伊佐沼である。

当時、入間《いるま》川から豊かな水量が沼に流入して、沼を経た流れは九十《くじゅう》川、さらには新河岸川と名を変え、入間台地の東端を南に蛇行しながら荒川と合流した。

秀三と駒吉が伊佐沼に到着したのは四つ半（夜十一時頃）過ぎであった。

沼辺の葦原《あしはら》には、秀三が作り上げたという見張り所があった。生い繁《しげ》った葦原の奥に釣舟が巧妙にも隠されて、周囲から容易に窺《うかが》い見ることはできない。

さらに釣舟から三方に流木を組んだ通路が延びていて、そこここから沼の全貌《ぜんぼう》を観察できるようになっていた。

二人を蚊の大群が襲ってきた。秀三が用意した蚊帳《かや》にもぐりこむ。

「これはいい」

「駒吉、夜明けまで長いぞ」

「鳶沢村での修行の日々を思えば、なんということもありません」

「非常のときはこれを使って逃れよ」

秀三は水中にもぐって息をすることのできる葦筒を見せた。

二人は小声での会話も止《や》めて、ただ時がすぎるのを待った。

雲間を割って弦月が伊佐沼を照らしつけた。

すると七十名ほどの黒装束が現われた。一団は伊佐沼の岸辺に二組に分かれて、対峙《たいじ》した。

両軍の陣地を示す場に竹竿の先端につけられた赤と白の旗が夜風に翻《ひるがえ》っていた。

「敵軍の旗を得たほうが勝ちじゃ。実戦と思うて敵を叩《たた》きのめし、敵陣に攻め入られよ」

小頭の一人が説明し、陣笠《じんがさ》を被《かぶ》った壮年の武士が乗馬用の鞭《むち》を振るって、合戦の開始を告げた。

「わあっ！」

「それ行け！」

川越藩の下士たちが鯨波《とき》の声を上げて突進した。

浪人たちはその後にのろのろと従った。

「なんじゃ、そのざまは」

「戦場と思うて進軍せえ！」

小頭たちが叱咤《しった》した。が、浪人たちは命令に従うようすはない。

「遊びではないぞ！」

怒った小頭の一人が怒声を投げると浪人の一人に駆け寄り、刃引《はび》きした剣で殴りつけた。

「待て、待ってくれ！」

浪人の一人が、

「われらは藩士としての採用試験を受けておる者、さように理不尽な扱いを受ける覚えはござらん」

と殴った小頭に詰め寄った。すると仲間の浪人も抗議に呼応した。

「さようさよう、われらはまだ報酬さえ受け取っておらぬ」

「主従の誓いすらなきものを牛馬の如《ごと》くに扱われるのはいかがなものか」

訓練は止んだ。

陣笠を被った武士が抗議する浪人たちの前に立った。

「御番頭の隆円寺真悟じゃ」

秀三が小声で駒吉に教えた。

「この御時世に仕官がそうやすやすと適《かな》うと思われるか」

「とは申せ、尊藩とわれらにはいまだ契約すら存在せず。昼間は立ち会い稽古《げいこ》、夜は夜で寝ずの訓練を受けるほどには信頼関係がござらん。この浪人募集には、赤穂浪士の江戸入り阻止のための傭兵《ようへい》との風聞もある。その辺のところをはっきりさせてもらいたい。その後、川越藩とわれら、主従の契《ちぎ》りを結び、報酬を約定されて、稽古に参加したい」

「そうじゃそうじゃ」

抗議した浪人は伊佐沼から立ち去る気配を見せた。すると十数人の仲間が従った。

「待て！」

隆円寺が叫んで制止した。

「そなたの名はなんと申す」

隆円寺の問いに謀反《むほん》の頭分が、

「元越後高田藩士野々村唐七《ののむらとうしち》……」

「野々村、川越藩はそなたら無頼の手にはのらん」

「なんと……」

野々村が刀の柄《つか》に手をかけたのと隆円寺が突進したのが同時だった。

隆円寺の腰間から白い光が躍って、立ちすくんだ野々村の首筋を襲った。

疾風果敢の一撃に血しぶきが飛んだ。

野々村は刀の柄に手をかけたまま、前のめりに倒れこんだ。

隆円寺が血に濡《ぬ》れた剣を道三組の面々に突きだし、

「われら川越藩は、道三組を遊びや道楽で設けたのではない。後日、その目的は申しあげるが徳川幕府のための行動と考えられえ。脱《ぬ》けたい者はただ今申しでられよ、野々村某と同じ運命をたどるだけじゃ」

と睨《にら》みまわした。

だれ一人として脱したいと言いだす者はいない。

「今後、組からの脱走まかりならぬ。三月の訓練に耐え、目的を達したあかつきには地位と報酬が約束される。目先のことに惑わされるでない。相分かったな」

隆円寺は血ぶりをくれた剣を鞘《さや》に戻した。

訓練が再開された。

その様相は一変していた。

実戦さながらの旗取り合戦は壮絶を極めた。骨を砕かれ、血を流し、気絶して倒れこむ者が続出した。が、小頭たちは無情にも蹴《け》ったり、水をかけたりして蘇生《そせい》させ、怪我人《けがにん》を戦いに参戦させた。

その模様は鬼気迫るものがあった。

五日目の深夜、実戦訓練の最中、ふたたび異変が起きた。過酷な訓練に耐えかねた四、五人が伊佐沼から逃亡を図った。逸早《いちはや》く察知した隆円寺は合戦を中断させると命じた。

「生き死に問わん。逃亡者を捕まえるか、斬殺《ざんさつ》した者には五両の報酬を与える」

敵、味方に分かれていた者たちが逃亡した仲間狩りを始めた。逃亡者の多くが土手に這《は》いあがって姿を消した。だが、一人の侍だけが水辺を走って、新河岸川沿いに下流へと逃れようとしていた。

笠蔵らと船旅をともにした山村将七郎である。

隆円寺は自ら土手につないでいた馬にまたがり、新河岸川の流水口へと先まわりした。

駒吉は祈る思いで逃亡劇を見つめていた。

山村は馬の足音に振り向いた。全身に恐怖があった。山村はふたたび沼に向かって走った。隆円寺の馬が迫り、馬上から片手殴りに斬《き》りつけた。

「あっ！」

悲鳴を上げ、足をもつれさせると山村は水辺に倒れこんだ。それでも這いずって逃げようとした。馬から飛びおりた隆円寺はゆっくりと山村に近づき、非情にも背に切っ先を貫き落とした。

悲愴《ひそう》な絶叫が伊佐沼に響いた。

山村はなおも沼に這い寄ろうとしていた。

「痩《や》せ浪人、逃げたいか。この川はな、江戸につうじておるわ、戻りたいなら、ほれ、流れていけえ」

隆円寺真悟は背から剣を抜くと瀕死《ひんし》の山村を沼のなかに蹴り落とした。

山村の体はいったん水中に沈み、ぷかりと浮かびあがると新河岸川へと流れていった。

無表情に見つめた隆円寺は馬の背に戻った。そして新たな犠牲者を求めて、土手を駆けあがっていった。

駒吉の脳裏に山村の笑みが浮かんだ。その駒吉の肩を秀三がつついた。

逃亡者を探していた道三組の小頭の一人が秀三らの忍ぶ葦原に分け入ってくるではないか。

葦筒を口にくわえた秀三と駒吉は、釣舟の左右に別れると水中に身を沈めていった。

駒吉は葦筒の先端を水上に出すと待った。

葦を分ける気配が停まり、侵入者は闇《やみ》を透かしているようすだ。

驚きの声が漏れてきた。

しばらくじっとしていた小頭は、釣舟に這いあがってきた。黒装束から垂れる水滴がかすかな音を立てた。舟のなかを這いまわり、蚊帳を手探りして調べているようすだ。

「だれぞに見張られていたか」

呟《つぶや》く声は、釣舟が目的を持って隠されていることに気づいたことを示していた。もはや猶予《ゆうよ》はならない。

秀三と駒吉の頭上で舟が揺れた。どうやら姿勢を変えて仲間に知らせる気配である。傾きから判断して、駒吉が潜水する舟縁《ふなべり》に体を寄せていた。

駒吉がふいに水中から顔を上げた。

呼笛を口にした侵入者は眼前に飛びだした駒吉に驚いて言葉を失った。

秀三は水中から飛びだすと同時に舟を自分のほうに傾けた。体勢を崩した侵入者は秀三の眼の前に後ろ向きに尻餅《しりもち》をついた。その首に秀三の片手が絡《から》み、締めつけながら一気に水中に引きこむ。駒吉も足をつかんで加勢した。

戦いを予期していた者たちと不意をつかれた侵入者との差が生死を分けた。

秀三と駒吉は水中から顔をだすと、

「ふうっ」

と息をついた。そのかたわらに溺死《できし》した侵入者の体が浮いていた。

「駒吉、ここも最後じゃ」

弾む息の下でいう。二人は呼吸の静まるのを待った。

どこかで呼笛が鳴った。

どうやら逃亡者たちの始末がついた合図らしい。

秀三と駒吉は侵入者の死体の始末にかかった。点呼がおこなわれれば、新たな不明者はすぐに判明する。ふたたび捜索が命じられるのは明白だった。

秀三と駒吉は死体の衣服と武器をそっくり剝《は》ぎ取った。

舟に用意されてあった麻縄で下帯一つにした裸の両足を縛り、水底に根を張った葦の幹にしっかりと括《くく》りつけた。駒吉と秀三は交替で何度も水中にもぐり、息継ぎしながら作業を終えた。

河原には新たに緊迫した空気が漂っていた。行方不明者が判明したのだ。

二人は緊張して新たな捜索に備えた。

東の空が白んできた。すると隆円寺は探索をあきらめたか、道三組の引上げを命じた。

ときをおいた二人は見張り場所を取り払い、元の葦原に戻すと、釣舟を沼に引きだした。舟には乗らなかった。まだ薄闇の残る沼を舟縁に摑まりながら、新河岸川へと流れていった。


その日の夕暮れ、川越城下札《ふだ》の辻《つじ》の川魚料理屋壱《いち》の蔵《くら》で国家老佐々木左門と御番頭隆円寺真悟の会合が持たれた。

この会見を聞きこんできたのは、道三組の宿舎中院にめし炊《た》きとして入りこんでいたおてつだ。おてつは毎朝、怪我をして戻ってくる浪人たちの傷の治療をして、母親のごとく慕われるようになっていた。その朝、いつにも増して悲愴な顔で戻ってきた浪人たちは、

「えらい仕事にかかわった」

「三月はもたんぞ」

などと台所で嘆きあった。おてつが、

「なにやら奥が騒がしゅうございますな」

と聞くと、

「仲間から五名の逃亡者が出てな、始末されたわ」

「その騒ぎの最中に小頭の笠間《かさま》様まで逃散《ちょうさん》されたでな、幹部方は青くなっておられる」

「へえっ、笠間様がね」

笠間熊七《くましち》は作事方十俵扶持《ぶち》の三男で自ら望んで道三組に参加したものだ。柔術をよくする笠間が逃げたので頭領の隆円寺慎吾も慌《あわ》てているという。

「なんでも今後の訓練のことで御城のお偉方と話しあいがされるというぞ」

その午後になって小頭たちに壱の蔵に集まるように城から命令が届いた。そのことを知ったおてつは笠蔵と駒吉に知らせた。さっそく笠蔵は駒吉を供に川越見物の江戸の隠居と小僧というふれこみで壱の蔵の座敷に席を取った。

名物の川魚料理をふんだんに注文した客に女将《おかみ》が挨拶《あいさつ》に出た。

「田舎料理ゆえ、江戸のご隠居様のお口に合いますかどうか」

「なんのなんの、楽しみにしておりますよ」

と愛想よく応じた笠蔵は、

「なにやらご身分のある方が見えるようじゃな」

「ええ、御城のご重役方が離れに集まられるのでございますよ」

ともらした。

料理や酒を前にした笠蔵は、

「食べる前にこの者に叱《しか》りおくことがありましてな」

「あらあら、小僧さんたらどんな粗相をなさったんですねえ」

女将は料理屋で小言を言われる駒吉を気の毒そうに見た。

障子を閉めきった座敷では笠蔵の小言が延々と続き、怒られているはずの駒吉は離れの床下にひそんでいた。

「隆円寺、笠間の三男が行方を絶ったというではないか。江戸で拾い集めた浪人どもは、どう使い捨てようともかまわん。じゃがな、藩に関係した者の事故はたとえ下士であってもまずい」

「ご家老、このたびの一件、戦《いくさ》にございます。殿のたってのご命令でもあり、なんとしても道三組を精鋭に仕上げませんことには」

「江戸の事情は分かっておる。しかし川越には川越の事情がある。そこのところをそなたも分かってもらわんとな」

柳沢保明は代々の川越藩主ではない。異例の昇進にあわせて綱吉から授かった所領地で、寛永十六年（一六三九）、松平伊豆守《いずのかみ》信綱が川越城主になって以来の松平家縁《ゆかり》の家臣が残っていた。

「それにいつまでも伊佐沼を立ち入り禁止にはできん。近くの百姓どもがなにかと代官所に注文をつけにきて、役人どもも困っておるそうな。隆円寺、昼間の伊佐沼の立ち入りは勝手でよかろう」

「しかたございませぬな」

隆円寺は譲歩した。

「ご家老、城下の旅籠《はたご》など虱潰《しらみつぶ》しに江戸から来て逗留《とうりゅう》しておる者の詮議《せんぎ》を、明朝にも町奉行に命じてくだされ。密偵が潜入しておるやもしれませぬからな」

「町奉行に命じてはみる。じゃがおぬしがいうように明日とはいかぬかもしれぬぞ」

「大黒屋を殲滅《せんめつ》する武力を蓄えるにはなかなかのことでは行き申さぬ。江戸と国元が一体となって協力いたさねばなりますまい。なんとしても秋口までには、目処《めど》を立てませぬとそれがし、殿に相見《まみ》える顔もござらん」

「ともかく無益な殺生《せっしょう》は、これ以上なしにしてもらいたいものじゃ」

国家老はこう釘《くぎ》を刺すと離れを出て行った。

隆円寺は待機させていた副頭領を務める新城十兵衛ら幹部を部屋に呼び入れ、

「城代家老は事態を分かっておられぬ」

と吐き捨てた。

「笠間の逃亡はどう考えても合点がいかぬ。新城、城下に大黒屋の密偵が入りこんでおるやもしれぬ」

「頭領、笠間は大黒屋の手に落ちたと申されるか」

「油断は禁物というておるのよ」

「大黒屋総兵衛なる者、いったい何者にございますか」

「古着問屋の主《あるじ》が表の稼業《かぎょう》、じゃがな、裏の貌《かお》を持つ男じゃ。小野派一刀流の道場主とその一派が大黒屋の手によってあっさり斬殺されておる。新城、この男を甘くみてはいかん」

「はっ」

と新城十兵衛がかしこまり、

「それにしても御側《おそば》御用人の殿が大黒屋をさように気にされるはなぜにございます」

「柳営にだれぞ協力者がおられると御前は疑っておられるのじゃ」

「なるほど」

「殿のお顔に傷がつく羽目にならぬともかぎらん。なんとしても大黒屋の頭を踏み潰してしまわねばな。ご家老のように怪我人は出すな、死人はもってのほかと悠長なことはいってはおられぬ」

十兵衛、と副頭領の名を呼んだ隆円寺は、

「町奉行はあてにならぬ。明早朝、道三組の手で城下の旅籠調べをいたす。その手配を急ぎいたせ」

と命じた。

その夜のうちに笠蔵と駒吉は川越を離れ、川越街道を利用して江戸への帰路についた。しかしおてつと秀三の母子は川越に残って、道三組の探索を続けることになる。

三

北町定廻《じょうまわり》同心遠野鉄五郎の命を受けて、半鐘下の鶴吉が富沢町の古着商の伊勢屋久五郎を南茅場《かやば》町の大番屋に極秘のうちに引っ張ったのは十月八日夕刻のことだ。それは池上本門寺の御会式《おえしき》の十月十三日を前に御命講が始まった日の参詣《さんけい》の帰り道であった。

伊勢屋久五郎は思いあたることもなく大番屋の板の間に坐《すわ》らされた。すると遠野鉄五郎が渋茶をすすりながら、鋭い眼光を投げたが、一言も発しない。

「遠野の旦那《だんな》、なにか御用にございますか」

同心は目明かしに、

「半鐘下、事情は説明したか」

と訊《き》く。

「しょっ引いてくる道々に話すようなかるがるしいことでもありませんでね」

「そりゃそうだ。古着商いは『八品商売人』といってわれらの支配下にある。ましてな、先月、強盗に襲われ、夫婦二人が殺された品川の煙草屋《たばこや》から盗まれた衣類を堂々と商いされたんでは、申し開きも簡単に立つまいな」

「旦那、まったくのことで」

伊勢屋久五郎は同心と目明かしの会話を不安なようすで聞いていたが、ついに口を挟んだ。

「遠野様、親分さん、遠まわしにおっしゃらずにお尋ねくださいな。恐れながら、富沢町で町役人を務めまする伊勢屋では、故意に盗品を買って売るようなことはいっさいしておりませんでな」

「と伊勢屋の旦那はおっしゃる。半鐘下、分かるように説明してやんな」

「へえ、ようがす」

半鐘下が板の間にかしこまった伊勢屋の前に西陣織りの縮緬《ちりめん》の小袖《こそで》を見せた。

「旦那、覚えがあろうぜ」

伊勢屋は淡い菊模様を散らした小袖に目をやったが記憶にない。

「親分さん、うちでは一日に何十も、ときには何百もの小袖を扱っております。

これを覚えているかと申されても……」

「久五郎、番屋をなめるんじゃねえぜ。こいつはよ、旦那が言われるように煙草屋夫婦が殺害された家から盗まれたもんだ。品触れを見て、おれの手下がおめえの店先から見つけだした小袖だ。生半可な返答じゃ、旦那も納得なさらねえ。覚悟しな」

久五郎は二人が言いがかりをつけてきたと直感した。また金の無心か。が、ようすがいつもと違う。

「親分さん、いけ猛々《たけだけ》しいお調べでは返事もできかねまする。恐れ入りますが、富沢町の惣代《そうだい》を同席させてはもらえませぬかな」

鶴吉が伊勢屋の頬げたをいきなり十手《じって》の先で殴りつけた。

激痛が顔面を走り、わけが分からなくなった。

「おい、さっきも申しあげたぜ。こいつは北町同心、遠野様のお調べだ。なんで惣代が同席しなけりゃならんのだ」

「昔からの決まりごとにございます」

板の間に転がった久五郎は頬から血を流しながらも抗弁した。

「ほう、町民の決まりが奉行所の調べの上に立つというかえ、伊勢屋」

「そういうわけではございませぬが、決まりごとにございます」

鶴吉の十手がふたたびうなりを上げて、伊勢屋の肩を、腕を打った。

「嘗《な》めてくれるじゃねえか。いい加減な返答で番屋から戻れると思うなよ」

鶴吉は十手を腰に戻すと下っ引きと番太に、

「こいつを柱に縛りねえ、体に訊いてみにゃなるまい」

と壁にかかっていた竹棒を手にした。

「なんと無体《むたい》な……」

「お上の定法に背く奴《やつ》に情けは無用よ」

柱に一間半（約二・七メートル）ほどの縄で縛られた久五郎は鶴吉に足蹴《あしげ》にされて床に転がされた。が、必死で耐えた。しかし何度も殴りつけられ、失神した。水を顔にぶっかけられて意識を取り戻した久五郎は、

「親分さん、私が悪うございました。たしかに小袖はうちの店にあったもの……」

と大番屋から出たい一心に口から出任せを言った。

「少しは分かりやすくなったじゃねえか」

「なんなりと返答いたします」

「たしかだな」

「へえ」

「伊勢屋、さきほどおめえは富沢町の惣代をここに呼ぶと言ったな。なんで大黒屋をおめえらは敬い奉《たてまつ》るのだ。そのわけをよ、聞かせてもらおうじゃねえか」

「ですから昔からの習わしでございます」

鶴吉は立ちあがると竹棒を振って久五郎を力まかせに殴りつけた。

「親分さん……」

さすがに番太が声をかけて、遠まわしに諫《いさ》めた。

遠野鉄五郎は知らぬふりで、顎《あご》の無精髭《ぶしょうひげ》を抜いている。

荒い息を弾ませた鶴吉が、

「また物分かりが悪くなったじゃねえか」

とささくれ立った竹棒の先で血まみれの首筋を突いた。

「お許しを、お許しを……」

「だからよ、おめえが知っていることを吐きねえな」

伊勢屋久五郎はついに泣きだしていた。


伊勢屋久五郎の水死体が永代橋下の大川端の岸辺で発見されたのは翌朝の明六つ(朝六時頃)、通りかかった荷船の船頭が見つけて、近くの自身番に届けた。

そして、懐《ふところ》の持ち物から富沢町の伊勢屋久五郎と分かり、連絡がいった。

そこで嫡男《ちゃくなん》の雄太郎《ゆうたろう》と番頭の恒左衛門《つねざえもん》が自身番に走り、変わり果てた姿に対面した。

この悲報はすぐに大黒屋に知らされた。というのも昨夜のうちに久五郎が戻ってこないがという問いあわせがきていたからだ。まずは大番頭の笠蔵が小僧の駒吉を連れて、伊勢屋に駆けつけた。

自身番から連れ戻された久五郎の亡骸《なきがら》と対面した笠蔵は、全身に残る殴打《おうだ》の跡と久五郎の顔の苦悶《くもん》の表情を認めると駒吉を店に戻らせた。

信之助を伴った総兵衛が駆けつけてきたのはすぐのことだ。

奥座敷に安置された仲間の形相をたしかめた総兵衛は信之助に何事か命じて、伊勢屋を去らせた。

その日、総兵衛は伊勢屋の家族と一緒に久五郎の枕辺《まくらべ》を片時も離れず、一言も口を利《き》かなかった。

夕暮れの刻、通夜《つや》の支度が整う頃合、総兵衛の下に大黒屋の者たちがやって来て、昨日の伊勢屋久五郎の足取りの断片を次々と知らせていった。

信之助が指揮して鳶沢一族を走らせた成果である。

総兵衛は雄太郎と恒左衛門を呼んだ。

「伊勢屋さんはどうやら入水《じゅすい》なさったようじゃ」

「親父《おやじ》がなんでまた自殺などをせねばなりませぬ」

「総兵衛様、旦那様には入水する理由などなにもございませんが」

息子と番頭が口々に言った。

「久五郎どのには自殺の理由などなかった、それを作った者がおる。そやつが伊勢屋さんを死に追いやったのだ」

「だれがそのような……」

「久五郎どのは夕刻、青物町の通りを歩いて富沢町へと戻る姿を見かけられておる。次に目撃されたのは五つ半（夜九時頃）をすぎて、大川端を放心したようすで歩く姿じゃ。このとき、見かけた大工は、『すまぬ、すまぬ。もはや富沢町には住めぬ。大黒屋にも会わせる顔がない……』とつぶやきながら、ふらつくように歩いていたそうな。声をかけようとしたがその態度があまりにもけわしくてな、かけそびれた。青物町から大川端の間の一刻《とき》半（三時間）あまりの間に久五郎どのの身になにかがおこったのじゃ」

「親父は富沢町に住めぬなにかをしでかしたのでございましょうか」

旦那様、と障子の向こうに信之助の声がした。

「入れ」

信之助が厳しい顔つきで部屋に入ってきた。

「おきぬさんが伊勢屋さんの連れこまれた先を見つけだして参りました」

「どこじゃ」

「南茅場町の大番屋にございます。連れこんだ相手は半鐘下の鶴吉。待っていたのは、北町同心遠野鉄五郎にございますそうな」

総兵衛はふうっと、大きな息を吐《つ》いた。予測していたことが不運にも的中した。

「なぜ親父は同心の旦那や岡っ引きの親分に番屋などに連れこまれたのでございましょうな」

雄太郎が不安を滲《にじ》ませ、つぶやくように訊いた。

「若旦那、思いあたることがございます」

と言いだしたのは恒左衛門だ。

「数日前、半鐘下の親分の下っ引きが店に顔を出しましてな、さんざん古着をひっかきまわしたあげくに、縮緬の小袖を預かると持っていきました。どこにでも見かけられる縮緬でございます。旦那様はこの小袖を種に難癖をつけられて、番屋に引きこまれたのではありますまいか」

「すると親父をあのような目に遭わせ、自殺に追いこんだのは、遠野鉄五郎様と半鐘下の親分というのですか」

「雄太郎さん、番太の伍平《ごへい》親父を摑《つか》まえて、うちの者が話を聞いております。おっつけその事情は判明するものかと思われます」

信之助が言った。

「なんと親父は役人と目明かしに殺された……」

呆然《ぼうぜん》とつぶやく雄太郎に、

「雄太郎どの、このとおりじゃ」

と総兵衛が頭を下げた。

「いかがなされました」

「久五郎どのは間違いなくこの総兵衛の身代わりに殺されたのじゃ。あやつらが狙《ねら》い定めているのはこの大黒屋総兵衛じゃからな」

「どうやらこの一件、江川屋彦左衛門が新しい惣代にとって代わるという話と関係がありそうにございますな」

老練な番頭の恒左衛門が気づいて言った。

大きくうなずいた総兵衛は雄太郎に、

「久五郎どのの一件始末、この大黒屋に任せてはくれんか」

「総兵衛様、われら富沢町の古着屋は、何代も前から大黒屋の惣代の下に潤《うるお》ってきた町にございます。親父が富沢町を裏切るようなことをしでかしたのであれば、総兵衛様のお咎《とが》めを受けるはこの伊勢屋にございます」

「ようてくれた。親父どのの恨み、大黒屋総兵衛が見逃さぬ。なんとしてもこの手で果たしてくれる」

大黒屋の地下の大広間に鳶沢一族の全員が顔を揃《そろ》えていた。普段は入れぬ大広間に召集されたことが無言のうちに異常を知らしめていた。

「番太の伍平はなにか吐いたか」

と総兵衛はおきぬに訊いた。

「伊勢屋さんは、同心と目明かし二人にいびり殺されたと申しあげてよいかと思われます。鶴吉が品川で夜盗に遭った煙草屋から消えた小袖を伊勢屋が売っていたと難癖をつけて大番屋に呼び、十手や竹棒で殴打しておいて、無理やりに吐かせようとしたのは、大黒屋総兵衛をそなたら富沢町の古着屋は、なんで敬い奉るのか、ということであったそうにございます」

「やはりそうであったか」

「伊勢屋さんは、惣代を調べの場に同席させてほしいと懇願したそうですが聞き入れられず、ついに二人の言うままに……伍平は肝心なときには番屋の外に出されておりまする」

「伊勢屋久五郎がなにを喋《しゃべ》ったか、知らぬというわけだな」

「はい」

総兵衛はようやく煙草盆《たばこぼん》を煙管《きせる》の先で引き寄せ、刻みを詰めると火をつけた。

憤激が鎮《しず》まった。が、胸の底に沈潜して燻《くすぶ》っていた。

大黒屋と伊勢屋とは三代も前からの付き合い、自殺した久五郎とも総兵衛が富沢町に生を受けたときからの交際だった。表の稼業《かぎょう》は問屋と小売り、互いに内情を知り尽くしていた。だが、大黒屋総兵衛が鳶沢総兵衛勝頼として、影の役目を務めることは知らなかった。しかしながら、代々大黒屋当主が世襲として絶大な実権をふるってきたのだ。ただの古着問屋ではないことはうっすらと承知していたはずである。

「遠野鉄五郎と半鐘下の鶴吉はどうしておる」

「遠野は八丁堀の役宅に、半鐘下は瀬戸物町の住まいに戻っております。二人には見張りをつけてございます」

信之助が答えた。

「あしたは伊勢屋の葬式じゃ。久五郎だけをあの世に旅立たせてなるものか」

総兵衛は銀煙管のがん首を煙草盆の縁ではげしく叩《たた》いた。

「旦那《だんな》様」

大番頭の笠蔵が主を呼んだ。

「番太の名で二人を呼びだしまするか」

「伍平の身柄は匿《かくま》ってございまする」

とおきぬが打てば響くように言いだした。

「伍平は江戸の者か」

「いえ、信濃《しなの》の諏訪《すわ》から二里ほど山に入った在所の出にございます。江戸で稼ぎ貯《た》めた金で故郷に戻ることを楽しみにしているそうでございます」

おきぬの調べは行き届いていた。

「笠蔵、信之助、明晩、丑《うし》の刻（午前二時頃）遠野と鶴吉を呼びだす場所を考えよ。ことが終わった後、番太の伍平には金を与えて信濃に戻すのじゃ」

笠蔵を始め、鳶沢一族の者たちが総兵衛に平伏すると命を受けた。

富沢町惣代《そうだい》として大黒屋総兵衛は、伊勢屋久五郎の葬儀に沈鬱《ちんうつ》な顔で参列した。

その夕暮れには伊勢屋四代目を雄太郎が継いだ。それを見届けた総兵衛は大番頭の笠蔵とともに伊勢屋を辞去するとその足で思案橋に向かった。

すでに江戸の町には木枯らしの季節がやってきていた。

船宿幾とせの舟着場には屋根船が待ち受けていて、精進落としの酒肴《しゅこう》まで用意されていた。勝五郎が船頭の船には、総兵衛、笠蔵、千鶴らが乗りこんで賑《にぎ》やかに川面《かわも》に滑りだした。

思案橋で猪牙《ちょき》舟に乗りこむ客たちが屋根船を見送りながら、

「大黒屋と伊勢屋は古い付き合いだ。久五郎さんの自殺がだいぶ堪《こた》えたと見えるな」

「それにしても弔いの夜だぜ。二、三日、我慢するのがよかろうじゃないか」

「いやさ、悲しいときこそ騒ぎたくなるものさ」

と言いあった。

御城から西北に走った戸山ヶ原には尾張中納言《ちゅうなごん》家六十一万石の抱え屋敷があった。

広大な庭園は宿場町を模して造られ、盛り土で箱根山と称する山まで築かれてあった。庭の御泉水から流れだす細流は別当放生会寺《ほうしょうえじ》、通称穴八幡《あなはちまん》の南東側を流れて、水稲荷《みずいなり》のかたわらを通って神田川に流れこんでいた。

穴八幡は寛永十三年（一六三六）に御持弓組頭松平新五左衛門直次《おもちゆみぐみがしらまつだいらしんござえもんなおつぐ》が弓術稽古《けいこ》のために矢場を築き、守護神として京都の石清水《いわしみず》八幡神を勧請《かんじょう》、祠《ほこら》を造ったのが始まりとされる。寛永十九年に中野宝仙寺の良昌僧都《そうず》が草庵《そうあん》を造るために山の南側を切り開いたところ、ほら穴があらわれ、金銅の阿弥陀如来像《あみだにょらい》が見つかったので穴八幡との名で呼ばれるようになったとか。

丑の刻前、穴八幡の一の鳥居をくぐった二つの影があった。参道石段の両側に設けられた溝から水音がして、月明かりがおぼろに影を照らしだす。

無言のうちに二つの影は参道を進んで、穴八幡の本殿の方角へと向かう。

「旦那」

半鐘下の鶴吉が遠野鉄五郎を呼んだ。

「光松《ひかりまつ》というのはあれですぜ」

穴八幡にはいくつかの名物があった。魚や亀《かめ》を放って殺生《せっしょう》を戒める放生池もその一つ、そして、夜になると古松の枝が青白く光るという光松も名物であった。

鶴吉が指したのはその光松だ。

「番太の野郎、洒落《しゃれ》た場所に誘いだしやがって」

木枯らしが参道を吹き抜ける。

「糞《くそ》寒いや」

鶴吉はそう言うと、

「それにしてもあの番太、久五郎が喋くるところを聞きやがったのかねえ」

「聞いちゃいめえ。だがな、ここで大黒屋におれっちのことがばれるのはなんとしてもまずい。まさか伊勢屋の野郎が入水するなんぞは考えもしなかったからな」

この朝、遠野鉄五郎の役宅と鶴吉の住まいに伍平の名で脅迫めいた手紙が舞いこんだ。

〈遠野旦那様、半鐘下の親分様へ　寄る年波に故郷信濃に戻りたく考えまする。ついては二十五両ご都合の事よろしく。不承知の場合は大黒屋に願いでる所存〉

というものだ。その呼び出しの場所が高田村の穴八幡の光松の前であった。

「大黒屋に垂れこまれたんじゃ、元も子もありませんからね」

鶴吉がそういうとあたりを見まわし、

「伍平め、叩き殺してくれる」

と十手《じって》の柄《つか》を握り締めた。

光松の背後から一つの影が現われた。

「伍平、よくも江戸外れまで呼びだしやがったな」

光松の下の影が動いた。ざっくりした小袖《こそで》の袖には双鳶《ふたつとび》の紋が染められていたが、二人にはたしかめられなかった。手に長煙管が持たれている。

「よう来た」

渋い声が呼びかけた。

「てめえは番太じゃねえな」

影が煙管を吸った。すると煙草の明かりがその者の顔を照らした。

それを透かし見た半鐘下の鶴吉が、

「大黒屋総兵衛……」

と呻《うめ》いた。煙管を片手にした総兵衛が、

「罪なき伊勢屋久五郎を責めて入水《じゅすい》に追いこんだは許しがたい。二人して閻魔《えんま》の前に送ってやろうかえ」

「大黒屋、おめえは幕府の隠れ忍びか」

総兵衛の口から笑い声が漏れた。

「伊勢屋を責めて得た情報《はなし》がそれだけのものか」

「ならば何者か」

総兵衛の腰の三池典太光世《みいけでんたみつよ》はそのままだ。

鶴吉も十手を構えたが、遠野鉄五郎は剣の柄にも手をおかなかった。

総兵衛が無造作に二人の前に歩み寄りながら、訊《き》いた。

「富沢町の名の由来を知らぬか」

「町の由来だと……」

半鐘下の鶴吉がしばし沈黙して、

「江戸開府のおりには鳶沢町と言ったはずだがな。それがどうした」

「初代鳶沢総兵衛は神君家康様から古着商いを永代許された武士《もののふ》、町奉行や御《お》側用人《そばようにん》がそうそうに首をすげ替えるわけにはいかぬ」

「なんと」

「うぬらは鳶沢一族の尾を踏みつけにしおったわ。生きては江戸の町に帰さぬ」

「野郎、好き放題言いやがって」

肩を怒らせた半鐘下の鶴吉は右手の十手を突きだしながら、総兵衛に歩み寄る。その十手の柄元から細引縄が伸びて、もう一方の手に摑まれていた。

遠野鉄五郎は両足を開いて立っていた。剣は体前に寝かせられて、ぶらりと下げられた右手のそばに柄があった。

「えいっ！」

鶴吉の手から十手が総兵衛の眉間《みけん》に向かって飛んだ。

銀煙管が十手を払い落とすと細引が巧妙に引かれて鶴吉の手に戻った。すると今度は短くした縄の先の十手を頭上で回転し始めた。それがだんだんに縄が伸びて、今にも総兵衛の顔を直撃しそうなほどの大きな輪に変わった。

ぶるぶるぶる……！

と夜風を裂いて十手が音を立てた。

「野郎、死にやがれ！」

十手が総兵衛の頭に向かって飛んだ。煙管のがん首がそれを払う。すると煙管の柄に縄が絡《から》んだ。

鶴吉の両手が細引縄を手繰《たぐ》り寄せる。

総兵衛の手の銀煙管も震えた。もの凄《すご》い力だ。が、総兵衛も負けてはいなかった。片手でゆっくりと引き戻す。

間合いが詰まり、鶴吉の顔が紅潮した。

総兵衛はぴーんと張られた細引縄を片手で引き寄せるだけ引きつけると、銀煙管をぱっと放した。

鶴吉が尻餅《しりもち》でもつく勢いで後退した。

三池典太光世二尺三寸四分を抜き放った総兵衛が体の崩れた鶴吉に襲いかかり、白刃一閃《はくじんいっせん》、首筋を撫《な》で斬《き》った。

血しぶきが月明かりに光って飛んだ。

遠野鉄五郎は総兵衛に駆け寄りざまに腹前の剣を抜きあげ、鋭い斬撃を顎《あご》から顔面に送ってきた。

総兵衛は横手にまわした葵《あおい》典太を引き寄せ、遠野の一撃を払った。

火花が散って、遠野の顔を一瞬浮かびあがらせた。

両者は駆け違った。

一間半の間に向きあった。

遠野が居合術の遣い手だったとは……総兵衛の胸のうちで一つの疑いが弾《はじ》けた。

「駿府屋繁三郎を斬殺《ざんさつ》したはおのれか」

「気づいたか」

「町奉行の同心がなんということを」

「われら同心がお奉行に目をかけられることなんてありえないんだぜ」

遠野は暗に奉行の命と認めた。

「紅椿《べにつばき》の一枝を駿府屋に持たせたはなんの意味じゃ」

「上からの命でやったまでよ。だがな、その意をいま悟ったぜ。どなたかがおめえの影の身分を知ってよ、紅椿に託して警告したのよ」

総兵衛は片手上段に、遠野は正眼に構えあう。

荒く弾む息が遠野の口から漏れる。

「遠野鉄五郎、おのれの悪運もこれまでじゃ」

「しゃらくせえ！」

遠野が切っ先をゆっくりと下げ、総兵衛の喉元《のどもと》にぴたりと狙《ねら》いをつけた。

とおっ！

全身全霊をこめた必殺の一撃が伸びてきた。

切っ先の動きを見据えた総兵衛は、片手斬りに上段から遠野の眉間に落とした。

日頃、四尺の馬上刀を抜き撃ってきた総兵衛の片手斬りは、遠野の予測を超えて迅速な円弧を描きながら眉間に伸びた。

遠野は反射的に顔を反らした。

突きの切っ先が流れた。

その一瞬、総兵衛の片手斬りが遠野を見舞った。


夜明け、思案橋の船宿幾とせに屋根船が戻ってきて、舟着場に大黒屋総兵衛が下り立ったとき、千鶴の肩を借りねば歩けないほど、酔いにふらついていた。

「ああ、飲んだ飲んだ。千鶴、酒のない国に行きたいものじゃな」

「総兵衛様、ほれ、足が……」

総兵衛に付き合った笠蔵も宵越しの川遊びに生あくびをしながら、屋根船から下り立った。

四

高田村の穴八幡参道で定廻《じょうまわり》同心遠野鉄五郎と目明かし半鐘下の鶴吉の斬殺体が発見された報は、その昼前、北町奉行所にもたらされた。

城中から戻った奉行保田越前守宗易を筆頭与力《よりき》犬沼勘解由《かげゆ》が緊迫した顔で待ち受けていた。

「役宅内が騒然としておるようじゃが何事が出来《しゅったい》したか」

「同心遠野と目明かしが殺されてございます」

犬沼に説明を受けた保田は、

「だれの仕業か」

と思い巡らすようにつぶやいた。

「ただ今、穴八幡には同心、小者を派遣して二人の亡骸《なきがら》を引き取って参りますゆえ、どのような殺されかたをしたか判明しましょう。お奉行、ひとつ気になることが……」

「申せ」

「昨日、富沢町で古着屋の伊勢屋久五郎の弔いがおこなわれました。死因は入水自殺にございます。大黒屋総兵衛は、終始沈鬱《ちんうつ》のようすで葬儀に参列しておりましたそうな」

「それがどうした」

「二日前、伊勢屋は池上本門寺に参詣《さんけい》してその帰りに行方を絶っております。どうやら遠野と半鐘下の鶴吉が南茅場町の大番屋に伊勢屋を引っ張りこんで責めたようすでございます」

「責めた？　曰《いわ》くあってのことか」

「表向きは品川で起こった殺しにからんで盗まれた小袖が伊勢屋の店先で売られていたという吟味にございます」

「…………」

「半鐘下の下っ引きを呼んで問いただしましたところ、二人が伊勢屋を責めて、大黒屋の正体を聞きだそうとしたことを喋《しゃべ》りましてございます」

「待て、犬沼。佃島のあと、遠野には大黒屋の一件、しばらく手をつけるなと厳命したはずじゃが」

「遠野め、命令に反して密《ひそ》かに大黒屋への反撃の機会を狙っていたものと思われまする」

保田はしばし沈黙した。

「犬沼、穴八幡の殺しは大黒屋の仕業か」

「死体を検分しませんことにはなんとも」

「大黒屋に呼びだされたか」

「番太が一人姿をくらましておりますので、おおかたそやつの名で……」

「……昨晩、大黒屋の足取りはどうじゃ」

「伊勢屋の弔いの後、大黒屋は屋根船を仕立て、鐘ヶ淵あたりまで風流な船遊び、夜っぴて騒いだとか」

「同行した者がおるか」

「総兵衛の女、大黒屋の大番頭、それに船頭でございます」

「そやつらを責めても吐きはすまいな」

「おそらくは」

保田はきりきりと歯を噛《か》んだ。

「どうしてくれよう」

「お奉行、ここは我慢にございます。川越の道三組が江戸入りするのを待って一気に」

「大黒屋一人に町奉行が手をこまぬいておらねばならんのか」

保田は拳《こぶし》をぶるぶると震わせた。

廊下から声がかかった。

「遠野鉄五郎どのと町方の者の亡骸が到着してございます」

犬沼が保田の前を辞去した。が、さほどの間もおかずに戻ってきた。

「恐ろしいほどの斬撃にて遠野は眉間を、鶴吉は首筋を一太刀にて斬り割られておりまする」

「…………」

「お奉行、遠野の手には白椿がもたされてございました」

「なんと」

二人は顔を見合わせた。

「添田刃九郎の行方はまだ知れぬか」

「手を尽くしてはおりますが未《いま》だ……」

長い沈黙のときが流れ、動揺を鎮《しず》めた保田が言いだした。

「遠野に後継ぎはおったか」

保田の思わぬ問いに犬沼が顔を横に振り、答えた。

「娘が一人にございます」

「いくつに相成る」

「十六にございます」

「犬沼、ならばその娘に婿《むこ》を迎えよ、その者に遠野の跡目を許す。その代わり大黒屋総兵衛を倒すほどの腕前の者を探せ。心当たりはないか」

「一人存じております」

「そやつには暫時《ざんじ》の間、見習同心であることを許そうではないか」

北町奉行所同心遠野鉄五郎の弔いがすんだ翌日、遠野の役宅を犬沼勘解由が訪ねた。妻女のよねはもう役宅の明けわたしか、と緊張の面持ちで犬沼を迎えた。

同心は一代限り、世襲ではない。が、嫡男《ちゃくなん》が十四、五歳になると見習同心として出仕し、父親の跡を継ぐ。娘しかいない者はあらかじめ婿養子をとる。それが八丁堀のしきたりだ。

「妻女どの、娘ごはなんと言われたかな」

「弓《ゆみ》にございますが」

「弓どのにはどなたか決まった者がおられるか」

「いえ、それが」

「ならば婿をとらんか」

よねの顔がぱっと明るくなった。

「犬沼様、どなたかお心あたりが」

「なくもない。御家人《ごけにん》の三男坊でな、年は少し食っておる。二十七じゃ」

「弓とは十一違い。そうおかしくもございません」

「そうじゃな、十一違いなどいくらもおる。それより遠野の家が潰《つぶ》れるかどうかの瀬戸際《せとぎわ》じゃからの。明後日にも奥村皓之丞《おくむらひろのじょう》を連れて参るがよいか」

「奥村様と申されますか。何とぞよろしくお願いいたします」

役宅をいつ追われるかと心配していたよねは、一も二もなく承知した。

犬沼与力は、その足で深川八名川町にある鹿島新当流を伝える堀内道場を訪ねた。

道場主堀内伝蔵《ほりうちでんぞう》とは剣仲間である。その堀内が久しぶりに役宅を訪ねてきたのは五カ月も前のことだ。

「めずらしいな」

「そなたに頼みがあって参った」

堀内伝蔵は厳しい顔で言った。

「公事《くじ》、訴訟事なら友であっても聞かぬぞ」

「その他の用で町方役人の役宅などに来るものか」

「まあ、言ってみろ」

「うちの弟子がさる大名家の家来数人と喧嘩《けんか》をしてな、四名ばかりに手傷を負わせた。相手は道場を潰すと息巻いておる。これ以上、騒ぎが大きくなってもな」

剣豪の堀内が困惑の体《てい》だ。徳川開府以来百年、剣の闘争だけでは物事の解決はつかない時代になっていた。

「一人で四名に傷を負わせたのか」

「ああ、そのくらいなら朝飯前の男だ。おれが嫌になるくらい不気味でしつこい剣の持ち主よ」

「おぬしが手を焼くとはな」

堀内の剣は犬沼の知るかぎり、豪快無比の技量で江戸でも五指に入る。それが不気味だという。

「年は」

「二十七、御家人の三男じゃ」

「そやつが叩《たた》き伏せた大名家はどこじゃ」

「口を利《き》いてくれるか」

それには答えず、顎《あご》を振って返答を迫った。

「肥前唐津藩小笠原佐渡守《さどのかみ》様のご家中の面々じゃ」

「堀内、その男の腕を借りるときがあるやもしれぬ。そのときは黙って腕を貸せ」

「たやすきことよ」

犬沼は肥前唐津藩の上屋敷を訪ねると江戸留守居役小野寺甚内《おのでらじんない》に面会した。

町方には大名諸家、旗本屋敷の揉《も》め事を調べる権限はない。だが、大名、旗本を監察する大目付や目付に調べを託すれば、藩主に傷つくことも出る。そこで江戸府内におけるもろもろの揉めごとを出入りの町方に相談して内々にすます習わしができた。どこの大名家も旗本も与力、同心とつながりを持って、盆暮れには付け届けを欠かさない。これも江戸留守居役の大事な務めだ。

「なにっ、藩邸の者がご府内を騒がせましたか」

犬沼から事情を知らされた小野寺は藩の目付を呼びだし、問いただした。目付は困りきった顔で、

「小野寺様、たしかに中屋敷の者どもが御家人の子弟と喧嘩をなして、怪我《けが》を負わされております」

「そなたは江戸留守居役たるわしにも知らせず、なにをしようという所存じゃ」

「武士の体面もござれば」

「一人に多勢でかかって怪我を負わされ、体面も糞《くそ》もあるか。その者を改めて呼びだし、繰り返し闘争をなそうという考えか」

目付は犬沼の前で叱責《しっせき》されて下がった。

「犬沼どの、そなたでよかったわ。これが他藩の者の耳にでも入ったら恥の上塗り……」

その数日後、堀内の道場を訪ねて奥村の技量をたしかめた。

それは犬沼が考えた以上のもので、痩身《そうしん》と目尻《めじり》が赤く切れあがった相貌《そうぼう》が醸《かも》しだす雰囲気は不気味としかいいようがない。邪剣というものがあるとするならば、奥村皓之丞の剣そのものだ。荒《すさ》んだ根性がそのまま技に表われて、対戦する朋輩《ほうばい》にも容赦ない。

（これは使えそうじゃ）

と犬沼は直感したものだ。

「これは与力どの、何用じゃ」

奥座敷に通った犬沼に稽古《けいこ》を終えたばかりらしい剣友が訊《き》いた。

「奥村を貰《もら》いうけたい」

「貰いうける？　どういうことじゃ」

「おれの手下の同心が急死した。その家には娘しかおらん」

「奥村を婿に入れるというのか」

「そういうことだ」

堀内はしばし言葉を発しなかった。

「反対か」

「おぬしは奥村の人物を知って言っておるのか」

「剣の技量が気に入った。同心見習いとしておれの配下に当分おくつもりじゃ」

「なにがおこっても知らんぞ」

「かまわん」

堀内は奥村を呼ぶと、

「犬沼どのがな、そなたを町方同心に所望されておるがどうじゃ」

奥村は暗い双眸《そうぼう》を犬沼に向けた。

「そなたは急死した同心の家に婿養子に入って十六の娘と婚姻をなし、おれの下で同心見習いを務める。どうじゃな」

奥村は、沈黙したままだ。

「町方同心は三十俵二人扶持《ぶち》、一代抱席《かかえせき》じゃ。じゃがな、大名、旗本、商家からの付け届けもある。はるかに内緒は豊かじゃ」

「…………」

「いやか」

「犬沼様、それがしを同心に推挙される理由《いわれ》がございますか」

ある、と犬沼は即答し、言い放った。

「そなたはおれに借りがある」

奥村が黙って頭を下げた。

奥村皓之丞と初めて顔をあわせた遠野弓は後退《あとずさ》りした。

「なんですか、無調法な」

母親は遠野の家を無事に継ぐことで頭がいっぱいで、奥村の風貌《ふうぼう》を気にかけているふうはない。だが、弓は娘の直感で奥村が醸しだす、荒んだ無頼をかぎ分けたようだ。

奥村が遠野の家に婿養子に入った翌日、遠野と姓を変えた皓之丞が北町奉行所の犬沼勘解由の下に出仕してきた。犬沼は遠野皓之丞を伴い、奉行の保田宗易に挨拶《あいさつ》にまかり出た。

「遠野の婿養子か。せいぜい犬沼の下で見習に励んで、一日も早く一人立ちの同心になることじゃ」

「はっ」

犬沼は、保田の前を下がると皓之丞を奉行所の外に連れだした。

「定廻《じょうまわり》同心の仕事はまず歩くことじゃ。自身番から自身番、町から町を歩いて裁きを下し、情報を集める」

「犬沼様」

と皓之丞が話を遮った。

「貴殿はそれがしを本気で町方同心に仕立てあげようとは考えておられぬ。無駄な話はよしにして、そろそろ役柄を聞かせていただきたい」

犬沼は御堀端で足を止め、皓之丞を見た。

「そなたの義父の暗殺にかかわることじゃ」

「義父は暗殺されたので」

「大黒屋総兵衛にな」

「大黒屋？　富沢町の古着問屋の主《あるじ》でございますな」

さすがに御家人の三男坊だ。

「商人《あきんど》ふぜいに同心が殺され、町方では手をこまぬいておられるか」

「おぬしの知ったことではない。これには裏の事情があることじゃ」

「大黒屋総兵衛を殺せと申されるので」

「大黒屋を斬《き》れるか」

赤く切れあがった目尻を細めるとにたりと笑った。

「犬沼様、大黒屋を始末した後、報酬は頂きまするぞ」

「報酬？」

「小者なんぞを従えて走りまわる同心は性にあわぬ」

「金か」

「お奉行に直《じか》に話し申す」

犬沼は、

「なにがおこっても知らんぞ」

と告げた剣友堀内伝蔵の言葉を思い出していた。

その日、江戸湾に大黒屋の持ち船明神丸が戻ってきた。
知らせに総兵衛は、駒吉に櫓《ろ》を取らせて入堀から大川を下った。
五カ月ぶりに錨《いかり》を江戸湾に下ろす弁才船《べざいせん》は、航海の疲れをそこここにとどめていた。が、三番番頭の国次以下、乗組みの者たちは元気そうだ。

「ご苦労であったな」

総兵衛は、店の者や船頭たちをねぎらった。

「旦那《だんな》様、越後上布《じょうふ》と加賀友禅のよい品を仕入れてございます。正月の晴れ着などに人気を得ようかと考えまする」

陽に焼けていちだんと逞《たくま》しくなった清吉の姿を総兵衛は認めた。

「船での商いはどうであったな」

「すべてが初めての経験、いかに井のなかの蛙《かわず》であったかと思うております」

きらきらと輝く目が清吉の気持ちを表わしていた。

「江川屋彦左衛門との決着は、まだついておらぬ。そなたはな、当分、明神丸におることじゃ」

新しく仕入れてきた荷の積み下ろし作業が始まった。水夫《かこ》には新しい顔が混じっていた。それを見た総兵衛に国次が言った。

「旦那様、船室にて分家の次郎兵衛様がお待ちにございます」

「おお、出てこられたか」

柳沢一派との戦《いくさ》に備えて、明神丸は鳶沢村から一族の者たちを乗せてきていた。

分家の当主に会うために総兵衛は船室に下りていった。

第六章　死　闘

一

武州川越城下の仙波東照宮に夜の帳《とばり》が下りると、黒い影が三々五々拝殿に集まってきた。

江戸入りする道三組の面々だ。

四つ半（夜十一時頃）、五十一名の隊員たちが揃《そろ》い、頭領の隆円寺真悟が一座の前に姿を見せた。副頭領新城十兵衛、小頭佐久間錬蔵らは黒の羽織に道中《どうちゅう》袴《ばかま》、下士出の隊員と江戸で徴募された浪人は筒袖《つつそで》に裁《た》っつけ袴という装束だ。

一同は神殿に向かって拝礼をなすと白磁の杯にお神酒《みき》を汲《く》みあった。

「道三組の面々に申しつたえる。過酷な修行に耐え、よう辛抱した。われらはこれより江戸入りをいたす。敵は日本橋富沢町を根城に専横にも江戸の闇《やみ》に暗躍してきた大黒屋総兵衛一味じゃ。一味の総勢は二十余名、死闘となるは必定。敵方を軽んじるは禁物、されど臆《おく》することもなし。われらには藩主柳沢保明様の信頼と綱吉様の後ろ盾あり。なんとしても大黒屋総兵衛一味を殲滅《せんめつ》して江戸に安寧を取り戻し、川越に帰着することこそ、われらの使命なり。そのあかつきには保明様からの報賞の沙汰《さた》があらん。存分に働かれよ、よいな」

と一同を眼光鋭く睨《にら》みまわした隆円寺は、

「戦勝祈願、固めの杯じゃ！」

「おうっ！」

一同が呼応してお神酒が飲み干された。

三月前、合同の訓練を始めたとき七十三名を数えた隊員は、ある者は逃亡を試みて殺され、また別の隊員は大怪我《けが》をして脱落し、生き残った五十一名は、冷酷無情の殺人者に仕立てあげられていた。それだけに顔から感情が消え、ぎらぎらとした殺気だけが際立《きわだ》っていた。

隆円寺の補佐、副頭領の新城十兵衛が、

「江戸入りは三陣に分かれて出立いたす。先行一陣の小頭佐久間錬蔵以下十七名は即刻新河岸川の扇河岸より急船《いそぎぶね》を使って今宵のうちに出立、二陣の小頭南《なん》条資浅《じょうしせん》以下十七名は明朝六つ（朝六時頃）、川越街道を陸路江戸に向かう。三陣の頭領隆円寺どのを始め、それがしを含めた十八名は、藩船武虎《たけとら》丸に乗船して、浅草花川戸河岸に上陸する。三陣の合流先は、小頭が承知じゃ。おのおのはその下知《げち》に従え。さて、これより三組の組分けを……」

と江戸入りの編成を発表した。

まず小頭佐久間錬蔵に率いられた先乗り一陣が後陣の仲間たちに江戸での再会を約して、仙波東照宮の拝殿から消えた。

四半刻《しはんとき》（三十分）後、新河岸川の扇河岸に待機していた高瀬船に佐久間らが乗り組み、武器が積みこまれた。

江戸入りの一陣のために川越五河岸の一つ、上新河岸の船問屋『伊勢安《いせやす》』の持ち船を契約したものだ。急船には佐久間ら幹部たちが陣取る胴の間に屋根と囲いがあったが隊員たちは吹きさらしの船上であった。

「船頭、屋根船はなかったのか」

「あいにくと出払っておりましてな。なあに夜具もたっぷりと用意してございます」

佐久間らは自分たちの手あぶり火鉢に酒まで用意されているのをたしかめ、

「伊佐沼の修行と思えばよいか」

とそれ以上の文句はつけなかった。

だが、季節は寒中の十一月、武蔵台地を吹く風は冷たい。

四名の背後にはネトバともセジとも呼ばれる船頭の小屋の壁があった。

佐久間のかたわらには道三組一の大力、巨漢高麗熊之助《こうらいくまのすけ》の姿があった。片手に一俵ずつの米俵を下げて一里（約四キロ）を走りとおすという強兵《つわもの》は、また薙刀《なぎなた》もよく遣う。

隊員十三名は刀を胸前に抱えて、夜具を体に巻きつけるように被《かぶ》った。

「お侍さん、江戸の噂《うわさ》をご存じかえ。この春に江戸城松之廊下で吉良上野介《こうずけのすけ》様に刃傷沙汰《にんじょう》を起こした浅野内匠頭《たくみのかみ》様のご家来衆がさ、吉良様の御首《みしるし》を上げるとか上げねえとか、江戸に討ち入る噂話でもちきりだとよ……」

主船頭は巧みに舵《かじ》を操りながら、江戸の風聞を客に披露する。これも夜旅の船客を退屈させない船頭の心遣いだ。この夜は無言の反応しか返ってこない。

「こりゃ困ったな、わしの話が退屈と見えるなあ。もしかしてよ、お前様方が赤穂のご一統じゃないのかねえ」

「船頭!」

手あぶり火鉢に手をかざした佐久間錬蔵が鋭く叫んだ。

「減らず口を叩《たた》くでない。黙って務めをはたせ」

「へえへえっ、船頭なんて者は、減らず口も仕事の一つでよ。許してくんねえ」

ハアー　泣いてくれるな　出船のときに
泣かれりゃ出船がおそくなる

船頭が歌いだし、アイヨノヨトキテ夜下りカイと水夫《かこ》が合いの手を入れる。

歌の合間に舵が水を切る音と竿《さお》の音が気怠《けだる》く響く。

急船は深夜に扇河岸を出船して、夜明け前に難所の急流に差しかかった。新河岸川から本流の荒川に入るせいか、三人の水夫たちが慌《あわ》ただしく動き始めた。

二人の水夫が舳先《へさき》に立ち、もう一人が主船頭のかたわらに立った。

急峻《きゅうしゅん》な瀬に急船は突入した。

右に左に傾き、舳先が上がり、次には舟底が持ち上げられて、一気に沈みこむ。冷たい水しぶきが夜具を被って耐える面々の顔にあたって眠気を消し去った。

空になった徳利がごろごろと佐久間らの膝《ひざ》の間を転がったが拾いとる余裕などない。

「それ、もう一息じゃ！」

主船頭の言葉のあと、ようやく急峻な瀬を乗りきった。

船上に溜《た》め息《いき》がもれ、弛緩《しかん》のときが訪れた。

まだ冬の夜明けには間があった。佐久間ら四名の幹部は手あぶりの火と酒で寒さから逃れていた。が、水しぶきを浴びた十三名は夜具を被ったにもかかわらず、筋肉が寒さに硬直していた。
闇の向こうに新河岸川に架かる木橋が影を見せた。

　ハアー　戸田の渡しで　今朝見た島田
　島田みるたび　思い出す　アイヨノヨトキテ夜下りカイ

船頭が眠気覚しの一節を歌う。
佐久間はこわ張った体を屈伸させるために立ちあがり、何気なしに行く手を見た。
船は木橋へと接近していた。
欄干に黒い影が立った。
（のっけ宿の衆か……）
と目を凝らした佐久間は影が刀を差しているのを見た。
「熊之助、怪しき影じゃ！」

小頭の緊張した声に巨漢が薙刀を手にすっくと立った。

セジの屋根に細い影が忍び寄ったが、前方に視線を凝らす二人は気づかなかった。

影の手から縄が伸びて高麗熊之助の首に巻きついた。その瞬間には締めあげられ、縄の端が宙高く放り上げられた。欄干の影が縄の端をつかむと、もう一方の欄干を一気に飛び越えて、新河岸川の水面へと身を躍らせた。

菜種油がたっぷり塗られた二本の欄干の上を縄はするする滑って張り、熊之助の巨体を宙に吊《つ》り上げた。手から薙刀がぬけて水面に落ちた。

「うっ!」

一瞬の出来事だ。

「何事じゃ!」

熊之助の呻《うめ》きに佐久間の叫びが重なった。

熊之助の首に縄をかけたのは綾縄《あやなわ》小僧の駒吉、投げ上げられた縄の端をつかんでもう一方の欄干を飛び越えて、熊之助の巨体を吊り上げているのは風神の又三郎だ。

橋をはさんで熊之助と又三郎が振り子のように縄の両端にぶら下がった。そして頃合を見た又三郎はおりよく橋をくぐってきた川越夜船の舳先に飛びおりた。

「橋がかりの大技じゃ！」

駒吉が叫びながら、新河岸川の冷たい流れに落下していく熊之助を見た。

「皆の者、大黒屋の襲来じゃ！」

佐久間が叫び、次々に橋上から影が船に舞い降りてきた。

「戦え、応戦するのじゃ！」

佐久間錬蔵が悲鳴を上げた。が、夜具をかたく体に巻きつけていたぶん、反撃が遅れた。

夜空から降ってきた影たちは次々に道三組の者たちの喉首《のどくび》を掻《か》き斬《き》り、心の臓を一突きにした。それでも佐久間の脇《わき》に控えていた二人がかろうじて刀を抜くと、佐久間と背を付けあって防御の姿勢をとった。

「お客さん、船の上じゃ船頭の命がなによりなものじゃ。怪我あってもいかんでよ、刀を捨ててくれんかのう」

艫《とも》で舵を握る船頭がのんびりとした声を上げた。

「船頭、おまえも大黒屋の一味か」

「上新河岸の船問屋伊勢安さんを騙《だま》してわれらが代わったのじゃ。伊勢安には罪はねえ、恨むじゃねえぞ」

大黒屋の一番番頭、三段突きの信之助が相も変わらぬ口調で応じた。

船頭の信之助の他、駒吉と明神丸の水夫二人が川越船に乗り組んで佐久間らの乗船を待ちうけていたのだ。

「おのれ、図ったな！」

佐久間錬蔵が船頭小屋《セジ》の屋根に飛び移った。さらに二人もセジに飛び乗ると、川岸へ逃走しようとした。その胸に鳥兜《とりかぶと》の毒が塗られた矢が突き立った。激痛に二人は胴の間を転がりまわる。

「そなた一人、逃げる気か！」

信之助が竿を繰りだした。鋭く尖《とが》らせた竿の先端は焼いて固めてある。

槍《やり》の名人信之助の一撃が佐久間の小股《こまた》を刺し貫いて、跳躍を阻止した。

「おのれ！」

それでも佐久間は憤激の形相すさまじく竹槍のけら首を斬り落とそうとした。三段突きの信之助の槍は手元に引かれ、その間に佐久間はふたたび頭上高く舞いあがった。刃《やいば》が船の明かりにきらめいて、信之助の眉間《みけん》になだれるように落ちてきた。信之助は頭上から襲いくる佐久間錬蔵の腹部をしごいた竹槍で深々と刺し貫いた。

ぎえっ！

絶叫が木霊《こだま》すると、仲間たちの転がる胴の間に落下して絶命した。

信之助に率いられた鳶沢一族の奇襲は、一瞬のうちに片がついた。

ハアー　男だてならこの新河岸川の　アイヨノヨー

水の流れを　止めてみな　アイヨノヨトキテ夜下りカイ

「風神、船足を上げてな。江戸に急いでくれえ」

一節うなった信之助の命に川越夜船は帆を張り、船速を早めた。

上野稲荷町《いなり》横丁にある身延山久遠寺《くおんじ》末寺の善立寺《ぜんりゅうじ》は、隆円寺家と縁の深い寺である。この広大な寺の敷地の、古木の林にうっそうと囲まれた一角に僧侶《そうりょ》たちの修行場があった。

七つ（午後四時頃）から暮れ六つ（午後六時頃）にかけて、道三組の二陣と三陣が川越から到着した。

江戸は冬の闇に包まれていた。

先着したのは川越街道を江戸に入った小頭南条資浅に統率された陸路組だ。

後着した船組の、隆円寺真悟は庫裏《くり》を訪ねて、住職に江戸入りの挨拶《あいさつ》をなした。

副頭領新城十兵衛は、道三組の江戸の隠れ家、善立寺修行場に入って、第一陣の異変を知らされた。

「なんと佐久間錬蔵らが不着とな」

「新城どの、夜船で先発した者が到着なきはおかしゅうございますぞ。江戸の町に迷うたか」

「いや、佐久間は江戸に詳しい」

「浅草花川戸河岸に人を走らせてございます。大黒屋の一味に襲われたのでございましょうか」

そんなはずは……と答えながらも新城は不安に苛《さいな》まれた。

「われらも浅草花川戸河岸に到着したばかりじゃ。河岸で川越船に異変が起こったという話は聞かなかった」

「すると江戸に上陸したあとということになりまする」

「江戸府内で十七名もの手練《てだ》れが一挙に殲滅《せんめつ》されることもあるまい。そのような騒ぎがあれば、われらの耳に届くは必定、なにが起こったか」

新城の顔が歪《ゆが》んだ。そこへ隆円寺真悟が顔を見せた。

「頭領、佐久間に率いられた組がいまだ一人として姿を見せておりませぬ」

「なんと」

隆円寺が呻き、

「大黒屋に先をこされたか」

「佐久間の組には高麗熊之助が従っておりまする。そうそう敗北するとも思えませぬが」

花川戸河岸へ問いあわせに走った二人が戻ってきた。

「川越からの夜船は何事もなく到着しておりまする」

「佐久間らの乗った急船の船頭と話したか」

隆円寺が聞いた。

「いえ、佐久間どのらを乗せた急船は空で川越へ戻っていったそうで、会えませなんだ」

「船中を襲われたな」

隆円寺が言い切った。

「船が川越から戻ってくるのを待って船頭らを締めあげまする」

「新城、無駄じゃ。大黒屋は夜船を舞台にわれらの江戸入りを待ちうけていたのじゃ。船も船頭もまた大黒屋一味が乗り組んでいたと見たほうがいい」

隆円寺は小頭を集めさせた。

「佐久間錬蔵が率いて江戸入りした第一陣が大黒屋一味に襲われた。われら道三組は一夜にして、五十一名から三十四名に戦力を殺《そ》がれてしもうた……」

小頭らの顔に憂《うれ》いが漂った。

「まだわれらの数が勝っておるわ」

「いかにも」

頭領の強がりに副頭領が相槌《あいづち》をうった。

「新城、われらが隠れ家も大黒屋一味に知られたと考えたほうがよい」

「なんと……」

「どうなされます」

小頭が口々に言った。

「ここが大黒屋に探知されるのは計算ずみじゃ。われらもまた敵の本陣は心得ておる」

「さよう、敵は日本橋富沢町で商いをしておりますればな」

「新城十兵衛、なんとしても借りは返さねばなるまい。奇襲には奇襲じゃ。総兵衛の留守を襲う」

「大黒屋をどこぞに釣りだしますか」

なにかを考えついたのか、

「新城、二、三日な、この寺でじっとしておれ。当分、冬の鯉《こい》じゃ」

と隆円寺真悟は新城十兵衛に軽挙を戒めると、

「藩邸に参る」

と立ちあがった。


富沢町の栄橋を渡ったところ、久松町に中古の帯ばかりを扱う博多屋がある。その二階から対岸の大黒屋の店先を眺めている者があった。

立髪に結いなおし、格子《こうし》縞《じま》の唐桟《とうざん》の着流しの懐《ふところ》に匕首《あいくち》を飲んだ遠野皓之丞だ。

勤勉実直であった博多屋の先代が亡《な》くなった後、放蕩《ほうとう》息子の秀松《ひでまつ》が店に戻った。が、相変わらずの博奕《ばくち》と女漁《あさ》りで、長年店に働いていた番頭、手代も秀松の遊び好きに愛想をつかして店を辞め、このごろでは開店休業の状態であった。


数日前のこと、秀松は北町奉行所に呼びだされた。

「博多屋の二階をお上のご用に役立てろ」

と申しわたしたのは秀松の放蕩時代の遊び仲間だ。秀松は言葉もなく同心姿の皓之丞を見詰めていたが、

「こいつは驚いたぜ。奥村皓之丞が、北町の定廻《じょうまわり》同心に出世たあ、どういう

ことだい」

「わけを詮索《せんさく》しても一文にもならねえ。それよりおめえの店の二階のほうが金になるぜ」

「同心が賭場《とば》を開くというわけでもあるめえ」

「貸すのか貸さねえのか、どっちだ、秀松」

「銭になるのなら貸すさ。おれにも片棒担《かつ》がせてくんな」

「命がけだぜ。それでもいいか」

「借金だらけで命なんぞはないも同様だぜ」

「狙《ねら》いは入堀向こうの大黒屋」

「奉行所じゃ惣代《そうだい》の大黒屋に目をつけてんのかえ」

「わけはおいおい話す。当分、おれとおめえは二階に詰めることになるぜ。食べ物と飲み物を用意しておけ」

皓之丞は一両小判を昔仲間に投げた。

「旦那《だんな》、なにか変わったことがあるけえ」

見張りを始めて三日目、階下の店から秀松が上がってきて訊《き》いた。

夕暮れの時刻だ。

二階の座敷には万年床が敷かれ、空になった大徳利が転がっていた。

「おれが同心に化けさせられるわけだ。大黒屋は怪しいぜ。ただの鼠《ねずみ》じゃねえ」

「当たり前だな、富沢町を六代にわたって仕切ってきた惣代だぜ。富沢町《あすこ》でよ、暖簾《のれん》を上げようと思ったら、総兵衛の世話にならねえわけにはいかねえ」

「表稼業《かぎょう》の話じゃねえ」

「裏稼業を持っているのかい」

「ああ、臭い。見てみねえ、やつの店には凜《りん》とした空気が漂っていらあ。あれはな、商人の醸《かも》しだす臭《にお》いじゃねえ。あいつらは町人の皮を被《かぶ》った侍だ。それもなにか大きないわれがありそうじゃ、奉行所が目をつけるわけよ」

「大黒屋の主《あるじ》はただの女好きだと聞いているぜ」

「そのうわさに騙《だま》されてんのよ。栄橋の下には隠し水路があって、自由に猪牙《ちょき》が大黒屋の奥へと出入りできる。他にもいくつか隠し出口があると見たほうがいい。なかなかの仕掛けだぜ」

「旦那、魚はでかいほうが引きが強い」

「食いでもあるな」

行灯《あんどん》の明かりに皓之丞の切れあがった目尻《めじり》が赤く光った。

二

総兵衛は道三組の名簿から佐久間錬蔵ら十七名を墨で消した。

「さて、旦那様、この後、いかに仕掛けますかな」

おとぼけの笠蔵が聞いた。

「大番頭さん、こちらの都合ばかりで物事は動くものではないわ」

「ということは先方から仕掛けてくるとおっしゃられますか」

大黒屋総兵衛は、懐から書状を出した。

「柳沢保明様からのお招きを受けたわ」

「なんと……」

笠蔵が目を剝《む》いた。

「江戸の商いの事情を聞きたいと申されてな」

「どうなさいますな」

「上様御側《おそば》御用人の誘いを断るわけにもいくまい」

「いつのことでございますか」

信之助が冷静な口調で問うた。

「明後日五つ（午後八時頃）……」

「信之助、そなたが腕利《き》きを率いて供をしなされ」

笠蔵が信之助に命じた。

「いや、大番頭さん、供はおきぬでよい」

笠蔵が意表をつかれたという顔で見た。

「それより店が心配じゃ」

「どういうことでございまするか」

「大番頭さん、この時期になぜ柳沢様が総兵衛を道三河岸のお屋敷に呼びだされるか。一つには総兵衛を藩邸内で暗殺するか……」

「……今一つは総兵衛様の留守に店を道三組に襲わせる」

「ということじゃ」

「それでもおきぬと二人で出かけられますか」

「簡単には総兵衛は死にはせぬ。店を頼みますぞ」

「明後日は一の酉《とり》にございます。今年は三の酉までございますれば、火事には気をつけねばなりません」

と言いだしたのは信之助だ。

「葺屋町では顔見世の大歌舞伎《かぶき》が幕を開けておりまする」

「なにを考えついたか知らぬが、信之助、差配をしてみろ」

総兵衛が許しを与えた。

五代将軍綱吉の治世が始まって五年目の貞享《じょうきょう》元年（一六八四）、城中の御座の間大溜《おおだまり》で、ときの大老堀田正俊が若年寄稲葉正休《まさやす》に刺殺される事件がおこった。

御座の間大溜は、将軍の御座のすぐ隣の部屋で、将軍を中心に老中、若年寄が集まって執務をおこなう。

　この事件以来、綱吉はしばらく大老をおくことをやめた。暗殺を恐れて老中、若年寄の詰めの間を御座の間から遠くに離し、その間に側近、側衆をおいた。このために将軍と老中、若年寄の連絡が不十分になった。そこで側用人《そばようにん》をおいて将軍の意を間接的に老中、若年寄に伝える習わしができた。

　本来、側用人は老中の下位にあるべきものだ。が、将軍の言を代弁する能吏ゆえにしだいに巨大な権限を有するようになった。

　綱吉の側用人柳沢保明は綱吉の小姓頭から異例の出世をとげて、元禄《げんろく》七年（一六九四）には徳川一門が城主を務めるはずの川越藩主として七万二千三十石の大名に昇りつめ、城中においては綱吉の側用人であると同時に老中上座に就任、飛ぶ鳥を落とす勢いである。

　この日、大黒屋総兵衛とおきぬは、幾とせの老船頭勝五郎の漕《こ》ぐ猪牙舟で栄橋から入堀を上がると、橋本町で直角に西へ方向を転じて竜閑橋から御堀に出た。さらに御堀伝いに常盤橋から城に向かって右折すると銭瓶《ぜにがめ》橋をくぐって道三堀に入った。

柳沢保明の上屋敷は、道三橋際《ぎわ》にある。

五つ紋の羽織袴《はかま》の総兵衛と紅葉を散らした加賀染めの小袖《こそで》を着たおきぬは敷地六千余坪の柳沢邸の表門に立った。

通用門で訪《おとな》いを告げると、門番がすぐに二人を屋敷内に入れた。

柳沢家の用人が二人をお広敷で出迎え、保明のもとへと案内した。

この柳沢邸には猟官に走る大名家、旗本衆、嘆願をなす豪商たちが贅《ぜい》を尽くした手土産を持参して詰めかけるという。道三殿中《どうさんでんちゅう》などと呼ばれるゆえんだが、刻限も刻限、屋敷じゅうが森閑としていた。

二人が招じ入れられたのは手あぶりが置かれた書院風の座敷で、壁にも天井にも金箔《きんぱく》を張った上段の間がついていた。

「暫時《ざんじ》、待たれよ」

用人が下がっていって奥女中がお茶を運んできた。

その後、二人は一刻《とき》(二時間)あまり待たされることになる。

廊下に人の気配がしたとき、総兵衛の体もおきぬの体も霜月の寒さにこわ張っていた。

「ただ今、殿が参られます」

と総兵衛らに告げた壮年の武士が、

「それがし、当家の御番頭隆円寺真悟にござる」

と挨拶《あいさつ》した。

総兵衛も隆円寺も初対面である。

隆円寺のえらの張った顔の真ん中に鋭く光る両眼が憤激をのんで総兵衛を見据えた。

総兵衛もおきぬもにこやかに笑みを返すと頭を下げた。

「大黒屋とは初対面であるな」

「さようにございます。よしなにお付き合いのほどをお願いいたしまする」

上段の間の絵襖《えぶすま》が開き、小姓を従えた柳沢保明が姿を見せた。

「待たせたか、大黒屋」

総兵衛とおきぬは平伏した。

「今宵《こよい》は町の暮らしをな、尋ねようと思うてそなたを呼んだのじゃ」

二人が顔を上げると四十四歳になる柳沢保明のぼってりした貌《かお》が感情をおし殺して、見ていた。双眸《そうぼう》は細く閉じられ、心のうちを読まれない用心深さを幕府最高の能吏は持っている。

「お招き、恐悦至極に存じます」

保明はおきぬに視線を止め、

「総兵衛、そなたの供はどうやら江戸の男どもを浮世絵で惑わした大黒屋おきぬのようじゃな」

「むくつけき男どもよりはよかろうかと存じまして供に選びました」

「目の保養じゃな」

そう言った保明は、

「総兵衛、そなたは日本橋富沢町の古着商いを代々にわたって統率してきた家系とか、ご苦労であるな」

と要件に入った。

「城中におるとなかなか下々の暮らしが分からん。そなたらが扱う古着は年間、どれほどになるのかな」

「江戸に古着を商う店だけで二千を超えると勘定されまする。その店々が扱う売り上げ高は、手前ども問屋筋にても把握しきれてはおりませぬ。さりながら、元浜町山崎屋《やまざきや》助左衛門《すけざえもん》、同元浜町武蔵屋《むさしや》庄兵衛《しょうべえ》、橘町《たちばなちょう》江口屋《えぐちや》太郎兵衛《たろべえ》、長谷川町井筒屋《いづつや》久右衛門《きゅうえもん》、高砂町秋葉屋《あきばや》半兵衛《はんべえ》、それに富沢町大黒屋総兵衛六軒の問屋が扱う取引はおよそ判明いたしてございます」

「いくらにあいなるな」

「およそ十一万六千五百両ほどにございます」

「なんと十二万両に近いか。さすがに江戸の商いであるな」

「とは申せ、江戸百万余の庶民たちが京や大坂下りの古着を仕立てなおして着る代価が積もり積もったものにございますれば、一枚一枚の値は実に安うございますし、利も薄うございます」

「そのことそのこと、だれもが三井越後屋の客とはかぎらんからな」

総兵衛はうなずいた。

「古着商いは『八品商売人』とかいうて町方の支配にあるそうな」

「古着商いは盗品も混じることもありますゆえ、『紛失物詮議《せんぎ》掛り』のための組合を組織して町奉行所の御支配の下にございます」

「古着商いが始まったときからの習わしでそのような仕組みになったようじゃな」

「手前もそう聞いております」

「徳川幕府が始まって百年余り、どこの部署や役所にも綱紀の緩みが生じておる。そこで城中でも、たがの締めなおしに追われているところじゃ。古着商いについても、町奉行所に習わしを頼みに人心の一新を怠るは、水澱《よど》むとの投書が舞いこんでおるとか。大黒屋、そなたの家が習わしで務めてきた惣代をこの際、明確に制度化してはという稟議《りんぎ》が奉行所から城中に上がっておる。このことどう思うな」

「御城中にまでお気を煩《わずら》わせまして、なんとも恐縮に存じあげまする。手前どもも慣習に安住して、目が行き届かぬことがあったやも知れませぬ。早急に富沢町の改革に取りかかりまする」

「とは申せ、このままではすむまい。そなたが惣代《そうだい》を続けるにしろ、人心を一新するにしろ近々奉行所をつうじて沙汰《さた》があろう。その前に……」

柳沢は双眸を細めて総兵衛を睨《にら》んだ。

「そなたから町奉行所に惣代辞退を申しでてはどうじゃ」

「おそれながら申しあげます」

総兵衛は柳沢を正視した。

「春先より新たな惣代は富沢町の名主、江川屋彦左衛門どのという風聞しきりにございます。このことは柳沢様のお申し出とかかわりがございましょうか」

「わしは上様のご指名により中奥の政務を司《つかさど》る者、いちいち町方の人事に首を突っこむ暇はない。ただし、そなたの一件は別……」

「……と申されますと」

「大黒屋、そなたの家系は武家じゃそうな」

「その昔にございます」

「今も武士の身分としきたりを守っておるのではないか」

「これは異なお言葉……」

総兵衛は反問した。

「そなたが富沢町で実権をふるうはそのことに起因していると指摘する者があ

る。柳沢保明、ちと気になってな、そなたの家系を目付に調べさせた」

「なにか分かりましてございますか」

「そなたの先祖は神君家康様と面識を持った一族のようじゃな」

「そのような言い伝えもなくもございませぬ。ですが家康様の御名を持ちだすは恐れ多きしだい、流浪《るろう》の浪人から商人《あきんど》になったというのが正直なところでございましょう」

「それはまた殊勝な。聞くところによると大黒屋の奉公人は、番頭以下世襲して務めておる者ばかりとか、結束が固いそうな」

「奉公人は大事にせよとの先祖からの教えにございますれば」

「総兵衛、そなたの一族は城中のさる方と連絡を保ちながら、密命を受けることとありという。もしそうなれば、綱吉様治世をないがしろにするもはなはだしい、許しがたいことじゃ」

綱吉の御側用人の眼光が鈍い光を放った。

「柳沢様、大黒屋総兵衛は一介の古着問屋にございます。どなたが考えられましたかは存じませぬが、うがちすぎた見方。忌憚《きたん》なく申しあげれば笑止千万にございます」

「保明の考えすぎと申すか」

「さようにございます」

「大黒屋、本日の用事はすんだ」

総兵衛はゆったりと姿勢を正して会釈《えしゃく》すると、おきぬを連れて柳沢保明と隆円寺真悟の前を辞去した。

しばらく沈黙していた保明は、

「げにふてぶてしき男じゃのう」

「なかなかどうして一筋縄ではいかぬ男でございますな」

「真悟、お歌のところにいた労咳《ろうがい》病みの行方はつかめんか」

「盛り場などを探しておりますが、いまだ」

「道三組を矢面には立てとうないが方策もなし」

「佐久間らの恨みもございます。あの者、このままにはしておきませぬ」

隆円寺が主《あるじ》に請けあった。

遠野皓之丞はいつもと違う大黒屋の店先を見ていた。

いつものように暮れ六つ（午後六時頃）に表戸が下りた。が、五つ（午後八時頃）になると再び表戸が開けられ、富沢町の人々が拍子木やら金棒を持って集まってきた。その土間にはいくつもの火鉢が置かれて、鉄瓶が湯気を立てている。何組にも分かれて夜回りに出ていく者たちの首筋には、真新しい手ぬぐいが巻かれてあった。

店先には笠蔵をはじめとした町内の年寄りたちが茶を飲みながら留守を守っている。

「秀松、冬場になると大黒屋は夜回りの会所に早変わりか」

「なんですって。聞いたこともねえが新しい決めですかね」

皓之丞のかたわらから秀松が大黒屋を覗《のぞ》いて、

「ちげえねえ」

火の番の夜回りが出たり入ったり、大黒屋はにぎやかだ。

九つ（夜十二時頃）、皓之丞は富沢町を囲むように敵意が漲《みなぎ》っていることを知った。が、真昼のような大黒屋の店先に躊躇《ちゅうちょ》している。

「秀松、奇妙なことになったぜ」

「なんです、旦那《だんな》」

「大黒屋を襲おうとしている者がいる」

秀松は入堀越しに店先を見て、

「夜回りばかりですがね」

「おまえにはそうとしか見えめえ。がな、闇《やみ》のなかに二十、いや三十人ばかりがひそんでうかがってやがる」

「そんなものですかねえ」

秀松は顔を突きだして、

「総兵衛とおきぬがどこぞから戻ってきましたぜ」

「どれ、なにか起こるか」

栄橋下の舟着場に猪牙《ちょき》が止まり、夜回りの人たちに迎えられて河岸《かし》に上がった。

「旦那様、お帰りなさい」

「おおっ、大黒屋さん、お出かけでしたか」

「これはこれは皆様、夜回りご苦労でございます」

総兵衛とおきぬが腰を深々と折って挨拶した。

「大番頭さん、引き物の用意ができましたかな」

「はいはい、芝居見物の方々に手土産代わりの三番叟《さんばそう》の手ぬぐいを二千本ほど用意してございます。町内の皆様にはすでにお配りしてございます」

笠蔵が自分の首から手ぬぐいを外して広げて見せた。

三番叟を浮かせた手ぬぐいには、中村座、市村座、森田座の座紋がすり出され、顔見世興行の引き物になっていた。

「座元、芝居茶屋にはそれぞれお配りしてございます」

「それは手まわしのよいことじゃな」

顔見世や一番太鼓二ばん鶏

当時の大歌舞伎の一番太鼓は八つ（午前二時頃）に鳴らされ、八つ半（午前三時頃）には三番叟が踏まれたという。だが、江戸の芝居通はまず幕開けからは見ない。馬喰町や横山町の旅籠《はたご》に泊まった田舎者たちが一番目狂言から見物に詰めかけた。

なにはともあれ、顔見世によって十一月から翌年の十月までの座組が決定する。一年の始まり、顔見世に出た役者は来年の顔見世まで異動がないわけで、それだけに大事な芝居月である。

「こちらかね、芝居の手ぬぐいをただでくれるちゅうのは」

越後あたりから出てきたらしい江戸見物の男衆を皮きりに大黒屋の店先には旅籠町から芝居町に向かう見物人たちが集まり、手ぬぐいをもらって葺屋町へと向かっていった。

「古着の富沢町もご贔屓《ひいき》にお願いしますよ」

「いいともよ、国に戻る前にゃあ、こちらに顔を出しますよ。田舎者は義理がてえでな、番頭さん」

その行列が絶えたのは明け六つ（朝六時頃）近く、夜回りも家に戻り、大黒屋も表戸を下ろした。

「秀松、この勝負、大黒屋の勝ちじゃな」

「旦那、おれには田舎者に引き物を配っただけと思えるがな」

鳶沢《とびさわ》一族の主立った者たちが大広間に集まり、総兵衛を囲んでいた。

「つつがなくお戻り祝着《しゅうちゃく》に存じまする」

大番頭の笠蔵が一同を代表して言った。

「心配かけたな」

「柳沢様からなにかございましたか」

「戦《いくさ》の布告を受けたわ」

総兵衛は保明との会談の模様を語った。

「いよいよ本性を現わしましたか」

「どうやらわれらが勘があたったと見えるな。大黒屋を道三組の者たちが囲んでいたようじゃな」

はっ、とかしこまって風神の又三郎が、

「道三組副頭領の新城十兵衛以下三十余名が戦支度ももものものしく上野から富沢町に移動して参りましてございます」

「が、襲うに襲えず、空《むな》しゅう善立寺に引きあげたか」

総兵衛が笑った。

「それにしても江川屋が富沢町の惣代になって仕切るのでございますか」

「お上が決定されたことじゃ。就けるほかはあるまい」

「この笠蔵、長生きをしすぎました」

「大番頭さん」

信之助が笠蔵を見た。

「今は善立寺を始末するのが先にございますよ」

「あちらもこちらも腹の立つことで……」

笠蔵がぼやいた。

「なんとしても江戸府内を騒がすは恐れ多い。江戸外れに道三組を連れだしたいものじゃが……」

三

この時期、幕府の神経を尖《とが》らす出来事は元赤穂藩士の挙動であった。江戸城松之廊下で吉良上野介《こうずけのすけ》に刃傷沙汰《にんじょうざた》を起こした浅野内匠頭《たくみのかみ》は、同日の申《さる》の下刻（午後五時頃）には切腹を申しわたされ果てた。さらに赤穂藩は廃絶となり、城は幕府に明けわたされた。

だが、筆頭家老の大石内蔵助をはじめ同志らは赤穂藩の再興を願って、「神《しん》文《もん》」を取り交わしていた。もし再興の望みなき場合は、刃傷の相手の吉良上野介の屋敷に討ち入って、首《しるし》を挙げて、主の無念を晴らすという風聞がしきりに江戸じゅうに飛び交っていた。

この元禄《げんろく》十四年十月から十一月、御側《おそば》御用人の柳沢保明ら幕閣の心中を騒がす動きが出来《しゅったい》していた。

赤穂浪士の頭目、大石内蔵助が同志を従え、江戸に下ってくるというのだ。どこからの情報か、読売はしきりにそのことを書きたてた。

この日、江戸の各神社は晴れ着を着た七五三の祝いの参拝で賑《にぎ》わった。大店《おおだな》の坊っちゃん、嬢さんは出入りの大工や鳶の頭など、革羽織を着た者の肩に担《かつ》がれて派手に宮参りした。

そんな晴れやかな一日が終わり、夕暮れになると江戸の町を木枯らしが吹き抜けて急に気温が下がった。

四つ（午後十時頃）の時鐘が鳴った直後、道三組の三十四名が籠《こも》る上野の善立寺の修行場に川越藩の家紋入りの提灯《ちょうちん》を下げた武士と小者が息を切らして駆けつけた。

「何事でございますか」

道三組の副頭領新城十兵衛が使者を迎えた。

「頭領からのお手紙にございます」

新城十兵衛に宛《あ》てられた手紙の裏書きには、このところ姿を見せぬ隆円寺真悟の名があった。新城が慌《あわ》ただしく開封すると、

〈新城十兵衛殿 取り急ぎ認《したた》め申し候《そうろう》。それがし主命にて急遽六郷《きゅうきょろくごう》の渡し場に派遣され候、赤穂藩の浪士ども徒党を組みて江戸入りをはたさんとするを阻止せんが為《ため》なり。大目付支配の与力《よりき》同心も急ぎ船渡し場に出動致し候。浪士ども武装して府内に潜入、吉良様御屋敷に討ち入りを企てるは誠に不届き至極、幕府の威信にもかかわり候。わが組も総勢隠密《おんみつ》のうちに六郷の渡し場に出動助勢の事厳命下され候 隆円寺真悟〉

文字は急いで認めたせいか乱れていた。道三組の結成と江戸入りには赤穂藩の浪士対策も絡むと噂《うわさ》されていたこともあり、新城十兵衛は疑うことを知らなかった。

「隆円寺様はすでに出立されたか」

十兵衛は使いの武士に尋ねた。

「さよう、御支度ものものしく半刻《はんとき》（一時間）前に藩邸を出られましてございます」

「われらも早々に出立いたす」

新城十兵衛は三十三名の者たちに出動の支度を命じた。

六郷川（多摩川）には慶長五年（一六〇〇）に初めて橋が架けられたが何度も架け替えられ、貞享《じょうきょう》五年（一六八八）の洪水に流されて以後、渡し船に変わった。

木枯らしが吹き荒《すさ》ぶ川の対岸は川崎宿である。

「引っかかりますかな」

笠蔵が緊張を顔に漂わせて総兵衛に訊《き》いた。

「大番頭さんが書きなすった偽文の出来しだいじゃな」

答えた総兵衛の出立《いでた》ちは背と両袖《そで》に双鳶《ふたつとび》の家紋入りの、火炎模様の白小袖。かたわらに控えたおきぬも華やかな打ち掛けを羽織っていた。

六郷の河原に鳶沢一族十六名が一番番頭の信之助に指揮されて配置についているはずだが姿は見えなかった。

一行は二隻《せき》の屋根船に分乗して、江戸湾を羽田沖まで下って、六郷川を漕《こ》ぎあがってきたのだ。河口には大黒屋の持ち船明神丸も待機している。

「なんとしても引っかかってもらわねば……」

「なにやら大番頭さん一人で働かれる按配《あんばい》でございますな」

「おきぬさん、笠蔵がわざわざ富沢町から出張《でば》ることなど滅多にありませぬからな」

屋根船の外に人の気配がした。

「駒吉にございます」

善立寺を見張っていた綾縄《あやなわ》小僧の駒吉の声がして、障子が開いた。

「新城十兵衛以下三十四名、こちらに向かいましてございます。早ければ四半《しはん》刻《とき》（三十分）後にも姿を見せようかと思います」

笠蔵がにんまり笑った。

「一番手柄はまず大番頭どのじゃな。浅野どのの名を出したは少々気が引ける」

「戦は戦術戦略の仕掛けあいにございます」

「道三組はわれらの二倍か」

さすが総兵衛の声にも緊張があった。

新城十兵衛らは上野善立寺から江戸の闇を伝って半刻（一時間）後には、六郷川の土手に到達していた。

「渡し場に人影が見えんが」

新城十兵衛は訝《いぶか》しげに闇を見まわした。

「副頭領、あの明かりは」

腹心の一人南条資浅が木枯らしのなかに浮かぶ船を差した。

渡し場の少し下流に屋根船が一隻もやわれて、男と女の三人連れが風流にも酒を飲んでいた。船の障子はすべて開け放たれて、宴《うたげ》のようすを皓々《こうこう》とした明かりが照らしだしていた。

「あやしげな」

「赤穂の大石は茶屋遊びが大の気に入りとか」

十兵衛は手下たちに散開を命じた。道三組は概《おおむ》ね三人一組になって河原の闇に没し、屋根船を半円に囲むように包囲網を敷いた。十兵衛のかたわらに残ったのは腹心一名だけだ。

「油断いたすな」

土手から河原に下りた二人は屋根船に近づいた。

「よう参られたな」

屋根船の宴の主が銀煙管《ぎんぎせる》を手に顔を向けた。

「元赤穂藩の大石内蔵助か」

火炎模様の白小袖を着た男が高笑いした。

「赤穂藩の名を騙《かた》ったは策じゃ、許せ」

「何者か」

「大黒屋総兵衛」

「なんと」

新城十兵衛に動揺が走った。

「互いにいつかは戦う身じゃ」

「いかにもさよう、よいおりかもしれぬ」

十兵衛は素早く腹をかためた。

「大黒屋、そなたの命、道三組の新城十兵衛が頂戴《ちょうだい》いたす」

新城十兵衛が刀を抜き、切っ先をだらりと地面に垂らした。

総兵衛はゆらりと立ち上がると船縁《ふなべり》に出た。小袖の帯に差し落とされた三池《みいけ》典太《でんた》光世《みつよ》の柄《つか》に手をかけるふうもない。銀煙管を一服吸うと、木枯らしの吹き荒ぶ河原に煙が吹き消えた。

河原の空気が一変したのは直後だ。

十兵衛の従えた腹心が懐《ふところ》から短筒を抜いた。

「死ね！」

弓弦《ゆづる》の乾いた音が響いた。

引き金に力を加えようとした男の胸に矢が突き立った。銃口があらぬ方向を向いて弾丸が発射された。

弓の弦音と銃声が木枯らしの河原に響き、それが鳶沢一族と道三組の死闘の開始を告げた。

隠れひそんでいた鳶沢一族が姿を見せた。双鳶の家紋の入った海老茶《えびちゃ》の装束に二本差しの戦支度《いくさ》である。三段突きの信之助の手には長柄の槍《やり》があった。戦闘部隊の中核、荷運び頭の作次郎のように薙刀《なぎなた》を手にしている者もいた。おきぬも打ち掛けを脱ぎ捨てると海老茶の戦装束の腰に小太刀、短い弓箭《きゅうせん》を手に船から飛びだした。

「憎しやな、佐久間錬蔵らの敵《かたき》。鳶沢一族を一人残らず皆殺しじゃ！」

鳶沢一族の出現を見た黒装束の道三組も鳶沢一族を押し包むように浮かび出た。

「われら道三組は二倍の陣容じゃ。一気に押し潰《つぶ》せ」

「古着屋ふぜいなどなにするものぞ！」

刀を翳《かざ》して走りだした道三組の黒衣装の何人かが悲鳴を残して落とし穴に姿を消し、鳥兜《とりかぶと》を塗りつけた鋭い杭《くい》に腹部を貫かれて死亡した。

「落とし穴に気をつけえ！」

小頭の南条資浅が注意を喚起した。

それでも黒装束の道三組は数で優勢を誇っていた。

総兵衛は船から河原に飛んだ。

「大黒屋総兵衛、今宵《こよい》がそなたの最期《さいご》の日じゃ」

十兵衛は二尺五寸（約七六センチ）もの長剣を右肩に担ぐように構えると間合いを詰めた。

「えいっ！」

十兵衛は地を這《は》うように突進すると総兵衛の肩口を伸びあがるようにして斬《ざん》撃《げき》した。

総兵衛はするりと間合いに入りこむと、銀煙管で十兵衛の刀の鍔元《つばもと》を叩《たた》き、両者は擦れ違った。

十兵衛は岸辺まで走り、反転した。

総兵衛もまたくるりと身を転じた。そして銀煙管を帯に差しこむと、三池典太光世を抜いた。

突如その背後に渦が巻き起こった。

道三組の基となった川越藩の下忍三名一組が両手に剣と脇差《わきざし》を翳し、各々《おのおの》の片足をからめて渦巻きを作りながら、総兵衛の背を襲った。三人は四足で回転しながら六本の剣を自在に操っている。それが二組、いや三組。

「川越忍び、百足歩行《むかであるき》！」

新城十兵衛が勝利を確信したように叫んだ。

木枯らしが火炎模様を直撃した。三つの渦十八本の大小の剣が回転しつつ、総兵衛の長身を斬《き》りきざむように襲いかかった。

その瞬間、火炎模様の小袖をその場に残して総兵衛の長身が夜空に飛んだ。

数本の回転する大小の刃が小袖を斬り裂いた。

夜空から葵《あおい》典太が白い光になって降ってきた。百足歩行の頭上から総兵衛が下り立った瞬間には一つに重なった四本の足を典太が両断した。さらに二組目、三組目も総兵衛の迅速の典太の犠牲になった。

ぎえっ！

血しぶきが上がり、悲鳴が響いた。百足歩行の九名はばらばらに河原に倒れ伏す。

小袖を脱いだ総兵衛も海老茶、双鳶の紋の戦衣装だ。その大きな影が絶叫する九名の者の首を次々に刎《は》ね斬った。

「おのれ、大黒屋！」

それを見た十兵衛は、長刀を脇構えにしながら走った。

総兵衛は二尺三寸四分の豪剣を地擦りに落としていた。

十兵衛は傷つき呻《うめ》く配下の体を飛び越すと、必殺の抜き胴を総兵衛に送った。

総兵衛の地擦りが這いあがってきたのは、その瞬間だ。

抜き胴が届いたと思ったとき、十兵衛は冷たくも燃えるような斬撃を太股《ふともも》から下腹部に受けて、河原に突っ伏していた。

「無念やな……」

口の端から血が流れ出て、十兵衛は絶命した。


隆円寺真悟を乗せた駕籠《かご》は上野善立寺の石段を上がった。

箱根山中で藤助ら五名を斬殺した添田刃九郎の居場所を突き止め、板橋宿まで自ら出向いた帰りだ。添田は板橋宿でも最下級の飯盛宿の痩《や》せこけた女のところで暮らしていた。万年床が敷かれ、すえた臭《にお》いの漂う、穴蔵のように暗い部屋には空の徳利が何本も転がっていた。

「お歌の方様もそなたの身を心配しておられる」

そう言うと隆円寺に添田は暗いまなざしを向けた。

「……金も尽きた」

「そなたにうってつけの仕事がある」

「金をおいていってくれ」

「いつ江戸に戻れるな」

「明日にも……」

隆円寺は懐から五両の金を出した。

駕籠が止まった。頭領の到着を知らせる、供の若侍佐々木吉之助《ささききちのすけ》の声が寒さに震えていた。

「開けよ」

隆円寺は上野善立寺の宿坊の玄関に立った。

「御番頭、だれ一人おりませぬ」

吉之助が奥から顔をのぞかせた。

「明かりを点《つ》けてみよ」

明かりが点《とも》された修行場に人影はない。新城十兵衛ら三十四名は他出していた。それればかりか、川越から運んできた手槍、弓、鉄砲など武器の類《たぐ》いも消えていた。

隆円寺の胸に不審が生じた。

（なにがあったか）

「御番頭！」

吉之助が一通の封書を見つけだし、隆円寺に慌《あわ》ただしく差しだした。

新城十兵衛に宛《あ》てられた手紙の裏を見て、隆円寺は呆然《ぼうぜん》とした。

そこには隆円寺真悟の文字が記されてあった。

隆円寺は鷲掴《わしづか》みにして封書を乱暴に開けた。

「しまった！」

「どうなされました」

主《あるじ》の狼狽《ろうばい》ぶりに吉之助がおずおずと聞いた。

「六郷の渡し場まで参る。吉之助、供をせえ！」

憤激に顔を紅潮させた隆円寺真悟と佐々木吉之助は、駕籠を捨てると善立寺から闇《やみ》の江戸へと走りだしていった。

その時刻、遠野皓之丞は秀松に言った。

「大黒屋に忍びこむ」

巻羽織に着流しの同心姿に戻った皓之丞は大小を腰に落としこむと十手《じって》を手にした。

「一人でですかい、無謀ですぜ」

「大黒屋はだれもいねえよ」

「どうしてそう言えるんです」

「おめえの目は節穴か。いつもとは違ってよ、人の気配なんぞしねえ。いつ、どこからどこへ消えやがったか。調べあげてやるぜ」

「たしかでしょうね」

皓之丞と秀松は、階段を下りていった。

飛び道具の争いから白兵戦へと変わって、六郷河原の戦は続いていた。三段突きの信之助は黒柄の槍をりゅうりゅうとしごくと三人がかりで攻めてくる敵方の古参へと狙《ねら》いをつけて繰りだした。風神の又三郎は地から湧《わ》きだしたように襲撃者の前に姿を見せると得意の剣を振るって斬りかかった。綾縄《あやなわ》小僧の駒吉は忍び寄る男たちの足を縄で引っかけては引き倒した。

「臆《おく》するな！」

笠蔵の声が河原に響いたが、鳶沢一族はだんだんと道三組の数に押されて、水辺に後退させられていた。

「鉄砲組、大黒屋総兵衛を狙え！」

副頭領を失った道三組を統率する南条資浅が残った銃火を総兵衛の身に集めるよう声を嗄《か》らした。後陣に残っていた鉄砲組が屋根船の明かりを背にした総兵衛に銃口を向けたとき、水上から新たな弓の弦が響いて、射撃手の胸や腹に突き刺さった。

「駿府鳶沢村の助勢じゃ！」

「駿府久能山神廟衛士《くのうざんしんびょうえじ》の出陣じゃ！」

長老の鳶沢次郎兵衛に指揮された別働隊が船を岸辺に乗り上げた。

新手の出現に道三組の優勢は崩れた。

背水の陣に追いこまれていた鳶沢一族の反撃が一気に始まり、浮き足立った道三組は次々と血煙のなかに沈んでいった。戦いは道三組最後の古参南条資浅が倒れ伏したとき、終わりを告げた。

河原には鳶沢一族の者の姿だけがあった。

「笠蔵、われらが犠牲は幾人じゃ」

「銀三ら五名が落命してございます」

また新たな犠牲が出た。

「引上げじゃ」

銀三らの亡骸《なきがら》と怪我人《けがにん》を屋根船に収容した鳶沢一族も六郷の河原からいなくなった。

八つ半（午前三時頃）、隆円寺真悟は木枯らしのなかに白いものが舞い散る六郷の渡し場に呆然と立っていた。

道三組の精鋭三十四名は血まみれの亡骸のうえに粉雪を積もらせて横たわっていた。まさに死屍累々《ししるいるい》……慄然《りつぜん》とする光景であった。

一夜にして道三組は壊滅させられた。

（なんということか）

柳沢保明に申し開きもたたなかった。

「吉之助、介錯《かいしゃく》を頼む」

隆円寺は雪の河原に座した。

脇差を抜く隆円寺の腕に吉之助が縋《すが》り、

「なりませぬ。御番頭、あなた様が切腹なさるのは大黒屋総兵衛を討ち取ったあと、恥を忍んでも討ち果たしてくだされ。そのときはそれがしが介錯つかまつる」

「悔しやな、切腹もできぬのか」

主従は雪の河原でしばし涙にくれた。

「吉之助、道三河岸に戻り、保明様にお伝えしてくれ。隆円寺真悟、野に伏して技量を磨き、怨念《おんねん》を膨らませてかならずや大黒屋総兵衛を斬る。そのときまで御暇《おいとま》をお許しあれとな」

隆円寺は抜き身の脇差を手に渡し場から土手へと上がっていった。

四

遠野皓之丞は栄橋下の隠し水路の開閉扉を開ける装置《からくり》を探しあてると鉄鎖を引いた。すると音もなく石垣の一部が開き、屋根船すら出入りできる幅と高さに広がった。

「なんて仕掛けですかえ。こんな仕掛けがうちのまえにあったなんて」

竿《さお》を手にした秀松が驚きの声を上げた。

皓之丞と秀松を乗せた猪牙《ちょき》は隠し水路に入った。その先には数隻《せき》の船が停泊できる広さの舟着場があった。

「秀松、猪牙を隠しねえ」

そう命じた皓之丞は石段に飛んだ。鉤《かぎ》の字に細く曲がった石畳が奥に延びていた。しばらく気配を窺《うかが》ったがやはり人のいるようすはない。

「行くぜ」

「旦那《だんな》、あとからいかあ」

秀松は猪牙を舟着場の奥に漕《こ》ぎ寄せた。

皓之丞は一人石畳を奥へと進んだ。ひんやりした冷気が漂う石垣の通路をいくと厚板の塀に突きあたった。潜《くぐ》り戸を引くと、そこには石庭が広がっていた。そしてその向こうに館《やかた》ふうの建物が出現した。

富沢町の地下城といってもよい質実剛健な構えだ。

皓之丞は館の戸を開けた。そこは僧房の庫裏《くり》のように広々とした土間と板の間からなっていた。板の間に上がって廊下を進む。厚板の引き戸の前で膝《ひざ》を突き、内部を窺った。

皓之丞は意を決して開いた。

道場と見紛《みまご》う大広間が現われた。簡素な神棚が祭られた上段の間には、双鳶《ふたつとび》の家紋を背景に南蛮仕立ての具足が飾られ、武家姿の座像と南無《なむ》八幡大菩薩《はちまんだいぼさつ》の書がかけられていた。

（ここが大黒屋の本丸か……）

遠野皓之丞は義父を殺害したという大黒屋の主に初めて関心が湧いた。

江戸湾を突っ切って五挺櫓《ちょうろ》の屋根船を疾風のように飛ばして大川から入堀へと鳶沢一族が戻ってきたのは、七つ半(午前五時頃)前、冬の江戸にまだ朝の光はなかった。

総兵衛は舟着場に飛ぶと大広間に直行した。

神棚に灯明を点し、武運を先祖に感謝した。

顔を上げたとき、侵入者に気づいた。

「何者じゃな」

総兵衛は控えの間と武器庫を兼ねた隣室の板戸の向こうに声をかけた。

板戸が開いた。

黒の着流しに巻羽織、手に十手を握った男が大広間に入ってきた。

「奉行所同心か」

総兵衛が見たこともない顔だ。

「大黒屋、おめえに殺された遠野鉄五郎はおれの舅《しゅうと》よ。もっとも生前は会ったこともねえがな」

「ほほう、そなたが遠野家の婿《むこ》どのか」

「小便臭い嫁にはまだ手も触れてない」

「探索にしては大胆にすぎたな」

「江戸城から半里（約二キロ）の場所に要塞《ようさい》まがいの地下城があるとは驚き入ったしだいだぜ。おれも御家人《ごけにん》の三男坊だ。徳川家には多少の恩顧もある。おめえの正体を暴《あば》きたくなった」

「そのような詮索《せんさく》は止《や》めておけ」

「もはやおめえの奥の院に踏みこんで引き返しもできまい」

腕には自信がありそうな不敵な面構《つらがま》えだ。

「流儀はなんじゃな」

「鹿島新当流……」

「塚原卜伝《ぼくでん》先生が祖か」

皓之丞は十手を帯に差すと剣を抜きながら訊《き》いた。

「大黒屋、おめえのほんとの名はなんだい」

「鳶沢総兵衛勝頼」

皓之丞は身幅の厚い豪剣を上段にとった。

「祖伝夢想流、相手つかまつる」

「聞いたこともねえぜ」

「わが鳶沢一族にのみ伝えられし戦国の剣技じゃ」

総兵衛も三池典太光世二尺三寸四分（約七〇センチ）を抜きあわせた。

鹿島新当流の免許持ちの同心は、息を止めた。

総兵衛も無心の境へと身を誘《いざな》った。


大番頭の笠蔵とおきぬは地下への階段を降りかけて異様な気配に気づいた。

二人は階段の途中で歩を止めた。

大広間から濃密な殺気が伝わってくる。

おきぬは広間のようすをたしかめることを無言のうちに笠蔵に告げた。もし侵入者があるとするならば、鳶沢一族が初めて許した訪問者だ。生かして地上に戻すわけにはいかない。

二人は階段を降りきった。すると廊下のくらがりに男が立っていた。

「そなたは何者か」

笠蔵が声をかけたときにはおきぬが男のもとへ走り寄っていた。

秀松は恐怖に駆られて懐《ふところ》の匕首《あいくち》を抜いた。

その匕首をかいくぐっておきぬの小太刀が秀松の胸を逡巡《しゅんじゅん》もなく刺し貫いていた。

侵入者を見たおきぬが驚きの声を上げた。

「博多屋の倅《せがれ》秀松ですよ」

「なんでこやつが……」

二人は別の侵入者の存在に気づいて大広間に走った。

大黒屋の構えは巌《いわお》のように高く、鋭く聳《そび》えているというものではない。なにか茫漠《ぼうばく》とした春霞《はるがすみ》が総兵衛の全身から立ち昇っているようで、駘蕩《たいとう》としていた。

皓之丞がなにより嫌悪《けんお》する剣だ。

ひゅっ……。

小さく息を吐いた皓之丞は、両眼を細めて総兵衛の瞳《ひとみ》を見詰めた。すると切れあがった目尻《めじり》が血の色に赤く染まった。

右の肩の上に止まっていた上段の剣が、雪崩《なだ》れるように総兵衛に襲いかかってきた。

剣身一如《いちにょ》、剣と一体となった皓之丞の体もくねるようにぴったりと連動してきた。

豪刀の切っ先が鋭くきれいに円弧を描いて総兵衛の眉間《みけん》に落ちてきた。

その瞬間、不動の総兵衛がふわりと動いた。

皓之丞のまとわりつくように落ちてくる唐竹割りの鍔元《つばもと》を葵典太《あおいでんた》が、
ぴーん!

と撥《は》ね叩《たた》いた。

総兵衛は斬撃《ざんげき》からわずかに身を外すと皓之丞の内側へと入りこみ、路地を吹き抜ける風のようにすり抜けようとした。

皓之丞は一撃目を躱《かわ》されたとき、手に軽い痺《しび》れを感じながらも、蝮《まむし》が頭を回転させるように間合いを外した敵へと向きなおり、地面へと流れた剣を脇構《わきがま》えに移して身を相手に寄せた。

侵入者の剣捌《さば》きは実に執拗《しつよう》でしぶとかった。

皓之丞は総兵衛の長身に身を擦り寄せたと確信しながら、脇構えの剣を相手の脇から胸へと斬《き》りあげた。

皓之丞が得意とした必殺技だ。

躱そうにも身を寄せられて引き切れない。また引きさがると蛇のようにうねりくる刃が襲いかかってきた。

総兵衛は鎌首《かまくび》をもたげて必殺の攻撃を仕掛ける刃からゆっくりと逃げた。

皓之丞の使う剣身の間を一寸と読み違えることなく飛び退《さ》がりながら、総兵衛の長い腕に持たれた典太が血走った両眼を撥ね斬った。

総兵衛が皓之丞の間合いを逃れて板の間に着地したのと皓之丞の両眼から血しぶきが挙がったのが同時だった。

視界を絶たれた皓之丞は叫び声一つ漏らさず、総兵衛との間合いを詰めてきた。詰めながら肩口に流れて剣を引き寄せ、最後の斬撃を、総兵衛の喉首《のどくび》に送りこんだ。

総兵衛もまた頭上で反転させた葵典太の切っ先を皓之丞の首筋に振りおろした。

横からの攻撃と上段からの斬撃が死生の境を分かって交錯した。

総兵衛の斬りおろしが万分の一ほど早かった。

血しぶきが飛び、皓之丞はたたらを踏むと崩れるように床に転がった。

総兵衛が、

「ふうっ……」

と荒い息を吐いた。

皓之丞の体が痙攣《けいれん》するとぴくりとも動かなくなった。俯《うつぶ》せになった顔の下から血の海がじんわりと広がっていった。

「旦那様……」

いつの間にかおきぬと笠蔵が立っていた。

「恐ろしき敵であったわ」

総兵衛が漏らした。

「何者でございますか」

おきぬが聞いた。

「北町同心遠野鉄五郎の婿じゃそうな」

「われらが牙城《がじょう》に侵入者があったは一大事……」

笠蔵がようやくわれに返って言いだした。

「こやつ一人か」

「いえ、博多屋の倅の秀松も」

「捕らえたか」

「おきぬさんが始末を」

「ようやった、おきぬ。笠蔵、二人の他に侵入した者はおらぬか、調べよ」

店の内外に緊張が走り、笠蔵の指揮で調べられた。

探索の結果はすぐに総兵衛に報告された。

「旦那様、侵入者は二人だけと思えます。猪牙にて栄橋下の隠し水路から入りこんでおりました。向こう岸には信之助らを走らせてございます」

「博多屋は先代が亡《な》くなられて左前になっておるのであったな」

信之助が総兵衛のもとに姿を見せたのはすぐのことだ。

「二人だけで監視していたようすにございます」

と博多屋の二階のようすを報告した。

「この二人の考えではありませぬな。どうしたもので」

「鳶沢の秘密を二人が漏らす暇があったとも思えぬが、当分は警戒を解くでない」

総兵衛の言葉は、まだ戦いの日が終結したのでないことを告げていた。

元禄《げんろく》十四年（一七〇一）十一月二十六日、五代将軍綱吉は道三河岸の柳沢保明の上屋敷を訪れ、破格にも保明に徳川一門を示す「松平」の家号を許すと同時に自らの「吉」の字を与えて、松平美濃守吉保《みのかみよしやす》と改名させた。父の安忠以来二代にわたる忠勤とはいえ、破格の厚遇に柳営ばかりか、江戸市中でも噂《うわさ》になった。

大黒屋は師走《しわす》に入って恒例の無料の市を始めた。そめの死体が転がっていた空地を使い、その年に売れ残った古着を集めて、自由に持ち帰ってよい市である。晴れ着が用意できない江戸の庶民は、師走の無料市を楽しみにして富沢町に押しかける。それが毎年の富沢町の年の瀬の行事であった。

江川屋彦左衛門が富沢町の新たな惣代《そうだい》になるという触れはいまだ町奉行所からなかった。だが富沢町の古着商のだれもが大黒屋総兵衛の惣代召し上げを知っていた。知っていたからこそ、最後の花道とばかり競って古着を出してくれた。そのせいか例年以上の賑《にぎ》わいであった。市もどうやら無事に終わりそうな暮れ六つ（午後六時頃）前、総兵衛は協力してくれた古着商たちに挨拶《あいさつ》するために空地に向かった。

古着はもはや一枚も残っていなかった。

空地の上に景気づけに垂らされた何十枚もの色鮮やかな更紗《サラサ》が提灯《ちょうちん》の明かりに照らされ、師走の風に揺れているばかりだ。

「皆様、ありがとうございましたな」

「惣代様、いつにも増して賑やかな市、ようございましたな」

「そうそう、これが終わらんことには富沢町には正月がきませんでな」

紋服姿の総兵衛が挨拶すると商人たちが口々に答えた。なにか言いたげな顔もあったがなにしろお上の意向だ、逆らうわけにはいかない。

古着商たちは帰り支度を終え、次々に空地から消えていった。それを総兵衛は最後の一人まで見送った。空地を感慨深げに見まわして、風にゆれる更紗の向こうに人影が立っているのに気づいた。

「まだおられたか」

答えはない。

「大黒屋総兵衛……」

数枚先の更紗布の向こうから聞こえる声は狂気にまぶされていた。

「これはまた名主どの、惣代就任に狂われたか」

「おまえまでも愚弄《ぐろう》するか」

風に靡《なび》いて更紗がゆれ、ちらりと江川屋彦左衛門の姿が見えた。形相が変わっている。

背後に殺気を、大気を斬り裂く鋭い太刀を感じた。

総兵衛は斜め横に転がった。逃げながら腰の白扇を抜いた。その視線に片手に白刃《はくじん》をかまえた着流しの浪人の姿が映じた。前髪は乱れ、肌は荒れて、双眸《そうぼう》は赤く血走っていた。頬の殺《そ》げた貌《かお》と痩身《そうしん》から醸《かも》しだすのは荒《すさ》んだ妖気《ようき》だ。血の匂《にお》いだ。

総兵衛は片膝《かたひざ》をついて扇子を構えた。それしか武器はなかった。

浪人の口から赤いものが吐かれた。血啖《けったん》だ。

「そなたは、藤助ら五名を箱根山中で惨殺《ざんさつ》した者じゃな。となれば、総兵衛の命に代えても許せん」

添田刃九郎の必殺剣が片手殴りに総兵衛を襲った。

刃をかいくぐり、扇で拳《こぶし》を叩こうとした。が、鋭い太刀風がそれを許さなかった。白扇を両断されて総兵衛は、突んのめるように地面に転がった。更紗を張った綱に総兵衛の足が絡《から》まり、視界を一瞬閉ざした。

「刃九郎さん、なぶり殺しにしてくだされ！」

彦左衛門の憑《つ》かれたような声が添田を鼓舞した。

添田が動きを変えた。

倒れる総兵衛に殺到してきた。

総兵衛は更紗を体に巻きつけたまま転がった。

回転する視界に突進して間合いを詰めてくる添田の足が見えた。

総兵衛はごろごろと空地を転がり、絶望のなかに得物を探した。

添田は更紗を切り払いながら、間合いを詰めてきた。

添田刃九郎は二間先に立って虚無を湛《たた》えた表情で総兵衛を見下ろし、両手に剣を握りなおすと右肩に立てた。

（この凶剣からは逃れられぬ）

総兵衛は死を覚悟した。

更紗の向こうから江川屋彦左衛門が姿を見せた。

「大黒屋の最期《さいご》をじっくり見物させてもらうぜ」

「木更津袖ヶ浦生まれ、女こましの菊三郎、そなたが江川屋彦左衛門になりすまそうとも天が許さぬわ」

「なぜそれを……」

驚愕《きょうがく》を顔に浮かべた江川屋が、ふらふらと添田の剣前に入りこんだ。

「邪魔じゃ、どけ！」

「旦那《だんな》様、これを」

駒吉の叫び声が空地を見おろす屋根の上で聞こえ、三池典太光世《みいけでんたみつよ》が空から総兵衛の手元に飛んできた。

添田刃九郎が江川屋の体を突き飛ばし、斬りおろしたのと総兵衛が典太の鍔元を片手に摑《つか》んで転がったのが同時だった。

添田の太刀は総兵衛の太股《ふともも》を抉《えぐ》って流れた。

総兵衛は片膝をついて鞘《さや》を払うと、起きあがろうとする江川屋彦左衛門の脇腹から首筋を刎《は》ね斬った。手を虚空《こくう》に彷徨《さまよ》わせた彦左衛門は総兵衛を振り見て、なんとも哀《かな》しげな顔をした。そしてどさりと更紗のうえに倒れこんだ。

総兵衛は視線を添田に向けた。立ちあがる余裕はない。

「くそっ！」

小さく吐きすてた添田刃九郎は草履を脱ぐと、肩の脇に剣を立てて構えなおした。

総兵衛は片膝をついたまま片手の鞘を頭上に翳《かざ》し、その下で葵《あおい》典太を左の脇構えにした。

つむじ風のように添田が突進してきた。

総兵衛は襲いくる光芒《こうぼう》を鞘で払った。

両断される鞘を見ながら、三池典太光世二尺三寸四分を斬りあげた。

二本の剣が交錯してかけ違った。

鞘を斬った分、添田刃九郎の剣先が流れて、総兵衛の左肩をかすめて落ちた。

片膝をついた総兵衛の刃は舞うように円弧を描き、葵典太が添田の胸部を存分に斬りあげた。

げえっ！

添田が絶叫を残すと総兵衛の体の上で翻筋斗《もんどり》を打って転がり、垂れていた更紗にくるまるように落ちていった。

総兵衛はよろよろと立ちあがり、添田に向きなおった。

黄土色の更紗を添田の血が見る見る染めた。

「旦那様……」

泣きそうな顔の駒吉が総兵衛のかたわらに立っていた。

「駒吉、よう気づいた。そなたの助けがなければ、鳶沢総兵衛は死んでいたわ」

「旦那様が遠野に襲われて以来、いつ何時でも刀を持って控えよという大番頭さんの命で……」

総兵衛の太股と肩口から血がぬらりと流れだしてきた。

十二月二十四日。

北町奉行所の保田越前守宗易は富沢町の古着商惣代に名主の江川屋彦左衛門を指名する触れを出した。

今後、古着商をなす者は彦左衛門より渡される鑑札を持たねば商売成り立たず、また新たな組合を組織して、無鑑札の商人の営業は禁止した。さらにこの鑑札制は表店《おもてだな》一カ月銀九分、仲買その他の者たちは銀五分の鑑札料を徴収する定めであった。

元禄十四年の大晦日《おおみそか》の夜も更《ふ》けて、ようやく富沢町も静かになった。

商人の町では除夜の鐘を聞くまで掛け取りに歩き、その年の精算をすます。

例年の夜なら大黒屋も売掛金を払いにくる古着商やら来春まで支払いを待ってくれと断りにくる担《かつ》ぎ商いやらでごった返し、店の土間に置かれた樽酒《たるざけ》を口にして、

「来年もよろしゅうお願い申します」

「こちらこそよろしゅうな」

と挨拶を交わすのが習わしであった。それが今年に限っては寂しいものだった。

大広間に独り座した総兵衛は、木更津湊《みなと》の房州屋竹松に宛《あ》てた手紙を書き始めた。

〈房州屋竹松様、騒がしき年も残りなくなり候《そうろう》。手前様には壮健に御暮らしの事と遠く祈念致し居り候。本日は江川屋彦左衛門こと菊三郎を討ち果たした一件を報告申しあげるとともに事前に断りなき所業の赦免を願いあげ候……〉

大番頭の笠蔵が姿を見せた。

「旦那様、今年も終わりますな」

総兵衛は筆を置いて笠蔵に向きなおった。

「これほど晦日が寂しいとは……」

新惣代の江川屋彦左衛門が鳶の連中や芸者衆を引き連れて就任披露に富沢町を練り歩き、お上のお声がかりを見せつけた。この日を境にこれまで大黒屋を立ててきた小売商の半分以上が大黒屋との関係を絶ったのだ。

「それにしても保田奉行のやることはぬかりがございませんな。まさか京にいた先代の遺児の松太郎を探しだして江戸に連れ戻し、隠し玉にして最後の最後まで手のうちを明かさぬところなどたいしたもので」

北町奉行保田宗易は、新たな富沢町惣代に松太郎改め、四代目江川屋彦左衛門の就任を発表し、即刻彦左衛門もその職に就いた。

「町奉行の考えではあるまい。柳沢保明、いやさ、松平美濃守吉保が仕組んでいたことよ。おれを襲ったときの菊三郎のなんとも哀しげな顔が目に浮かぶわ。あのとき、あやつは使い捨てにされたことを知っていたのじゃ」

「松太郎が富沢町惣代となると手強《てごわ》いことになりますぞ」

先々代の江川屋は人望を慕われた人物だ。京で修業を積んできた遺児を守《も》り立てようとするのは人情というものだ。

「大黒屋の権益ははぎとられた」

臥薪嘗胆《がしんしょうたん》の季節が大黒屋にふりかかった。

「じゃが鳶沢一族の影の仕事は続く」

「そのことを御側《おそば》御用人松平美濃守は許しますまいな」

敵方の北町奉行保田宗易、筆頭与力《よりき》犬沼勘解由《かげゆ》、駒込殿中《でんちゅう》のお歌の方も健在、憎しみを胸に抱いた隆円寺真悟も野をさまよっていた。

元禄十四年の終わりを告げる除夜の鐘が二人の耳に伝わってきた。

総兵衛は竹松に宛てた手紙に注意を戻した。

〈新年ともなれば大黒屋の窮地さらに激しくなり申し候は明白。決死の戦《いくさ》はこれより始まるものと覚悟致し居り候……〉

あとがき

日本橋富沢町から大伝馬町にかけては、今も繊維問屋や呉服関係の老舗《しにせ》が軒を連ねている。それにはいわれがないことではない。

江戸の都市造りが進行していた慶長期、開発途上の町には、全国から浪人者や野武士が集まってはびこり、夜など危険極まりなかった。そこで家康は一計を案じて、無法の巨魁《きょかい》鳶沢《とびさわ》某を捕らえて、悪人退治の取締役に就けたという。毒をもって毒を制したわけだ。

見事に家康の命を適《かな》えた鳶沢は、その報賞にその名を冠した鳶沢町を造ることを許されたうえ、古着商いの権利を得たとか(三田村鳶魚《えんぎょ》『江戸語彙《ごい》』)。

時代が下がると鳶沢町は富沢町と改名して、明治まで古着の市の立つ町として知られた。

「富沢町は往年古着店を以《もっ》て其名《そのな》を知られ、久しく諸国に喧伝《けんでん》して古着類の大市場たりしが、近年其市を東神田に移す……」と『慶長見聞集』には、富沢町が明治十四年頃まで古着の町として栄えたことが記されている。さらに大正、昭和、平成と時の移り変わりにつれ、古着から新しいファッション・ビジネスに模様を変えて、現在に至るわけだ。

百万都市江戸を支えた古着ファッション……デザイン、制作の京ブランドが江戸富沢町を発信基地にしてリサイクルされる。それにしても古着問屋一軒が二万両（一両を五万円と換算して十億円）の売り上げを誇り、市場は江戸市中のみならず、関八州から東北と広がっていた事実は、驚きに値する。江戸とはいかにつつましくも合理的な都市機能を持っていたものか。そして、それに携わった者たちは、『水滸伝《すいこでん》』に登場するような英雄豪傑であった。槍《やり》一筋、剣に命運を託した武士《もののふ》が商人《あきんど》に変わった言い伝えをなにか物語に発展できないか。

それがこの作品を書く発端であった。

佐伯泰英

解説

木村行伸

雄々しき二羽の鳶《とび》が飛び違う「双鳶《ふたつとび》」の家紋。鳶沢《とびさわ》一族の印《しるし》を象《かたど》ったこの紋章には、治世のために人知れず闘った戦士たちの記憶と永遠の絆《きずな》が刻まれている。

すべては、慶長八年（一六〇三）に新都市江戸の建設に取り組んでいた徳川家康が、紛れ込んでくる犯罪者、無法者たちへの対策に鳶沢一族の首領・鳶沢成元《なるもと》を起用したことから始まった。かつて関ヶ原に西方で参戦し、その後浪人していた成元は見事に夜盗たちを一掃。その後、日本橋で古着屋（大黒屋《だいこくや》）を開く権利を与えられた。古着商いは流通とともに様々な情報が行き交う場所でもある。家康は、この情報力を幕府の政治運営に利用しようと考えたのだ。年月は流れ元和《げんな》二年（一六一六）の四月一日。死の床にあった家康は、成元（初代・大黒屋総兵衛《そうべえ》）に、久能山《くのうざん》に鳶沢一族の隠れ里を造り、独自の兵力を養って、徳川家存亡のときには敢然とこれに立ち向かうよう命じた。この瞬間から、鳶沢一族は「隠れ旗本」となり、幕閣の協力者「影」とともに徳川の世を守護することを宿命づけられたのである。そして、その約定の証《あか》しが、家康の花押が割印となった書付けと、茎《なかご》に葵《あおい》の紋を改刻した太刀「三池典太光世《みいけでんたみつよ》」通称葵典太であった。以後、一族の任務は元禄《げんろく》十四年（一七〇一）まで十五回遂行された。

国民的人気作家、佐伯泰英が『慶長見聞集』や三田村鳶魚《えんぎょ》の『江戸語彙《ごい》』などに記された古着の町、鳶沢町（のちに富沢町と改名）の謂《いわ》れを土台にして、四大奇書の一つ『水滸《すいこ》伝《でん》』に登場するような英雄豪傑たちの活躍を江戸に具現化したのが、この「古着屋総兵衛影始末」シリーズなのである。なお、このたびの新潮文庫版刊行に際して、著者は、既存の作品に大幅な加筆修正を加えている。それゆえ、これを以《も》って「決定版」と謳《うた》っても良いだろう。

作品の舞台は、元禄十四年から宝永六年（一七〇九）。五代将軍・徳川綱吉のもと幕藩体制が確立され、農業や商業が発達し、また文化・学問も活発に行われて町人層が台頭してきた時代。このため文治政治とも呼ばれた時期だが、その一方で「生類憐《しょうるいあわ》れみの令」の施行や、側用人《そばようにん》の重用、勘定奉行・荻原重秀による財政方針の失敗など、政治的不安も少なくなかった。本編のなかで、古着商を統《す》べる〈惣代《そうだい》〉の大黒屋が、社会的有力者として認められているのはこうした世相に裏付けられているのであろう。

主人公の六代目・大黒屋総兵衛勝頼《かつより》は、背は六尺（約一八二センチ）を越える偉丈夫で、鳶沢一族伝来の実戦剣法、祖伝夢想流の達人。独自の奥儀《おうぎ》「落花流水剣」はまさに無敵を誇っている。常に銀の長煙管《ながぎせる》を携帯し、これは護身具にも使われている。

本書『死闘』はシリーズの第一巻にあたり、江戸城中で起こった赤穂《あこう》藩藩主・浅野内匠頭長矩《たくみのかみながのり》による高家《こうけ》筆頭・吉良上野介義央《きらこうずけのすけよしなか》への刃傷《にんじょう》事件が世を騒がしていた頃に幕を開ける。これまで順調に商いを続けていた鳶沢一族に、突如、何者かが凶刃《きょうじん》を振い始めた。さらに幕閣にいる「影」から、幕府の内部に古着屋〈惣代〉を名主の江川《えがわ》屋《や》彦左衛門《ひこざえもん》に移譲しようとする動きがあることを伝えられる。相次ぐ仲間の死、〈惣代〉剝奪《はくだつ》の動き、また古着の流通網を遮断しようとする「敵」の攻撃は、鳶沢一族を未《いま》だかつてない危機に陥らせた。だが、一族の懸命の探索と、大黒屋に好意的な南町奉行・松前伊豆守嘉広《まつまえいずのかみよしひろ》や、先代から深い付き合いのある大目付・本庄《ほんじょう》伊豆守勝寛《かつひろ》、また京の取引先の助力によって、総兵衛は敵の首魁《しゅかい》が何者なのかを突き止める。その正体は、上様御側御用人《おそばごようにん》にして寵愛《ちょうあい》著しい老中上座・柳沢保明《やなぎさわやすあきら》（のちに綱吉の命によって吉保《よしやす》と改名）であった。

保明は、ある日、御奥御祐筆《ごゆうひつ》組頭・高野誠硯《たかのせいけん》から古着商いが莫大《ばくだい》な収益と「八品商売人」として奉行所の支配下に置かれるほど裏社会の事情に精通していることを耳にする。古着商いによって生じる様々な権益、とくに世の中の表と裏の情報網を手にするため、保明は大黒屋からの〈惣代〉奪取を計画したのだった。この柳沢保明の企《たくら》みに与《くみ》したのが、愛妾《あいしょう》お歌《うた》の方《かた》、北町奉行・保田越前守宗易《やすだえちぜんのかみむねやす》とその配下の筆頭与力・犬沼勘解由《いぬぬまかげゆ》、以前から古着屋〈惣代〉の地位を狙《ねら》っていた江川屋彦左衛門、大黒屋に恨みを持つ浅草三間町のやくざ「閻魔《えんま》の伴太夫《ばんだゆう》」らであった。また、保田奉行に取り立てられたい同心・遠野《とおの》鉄五郎《てつごろう》、岡っ引きの半鐘下の鶴吉《つるきち》らも大黒屋へ執拗《しつよう》な攻撃を加えてくる。

彼らとの対決を端緒に、物語は、総兵衛勝頼率いる「隠れ旗本」鳶沢一族と、柳沢保明が送り込む刺客や暗殺集団、幕臣たちとの凄絶《せいぜつ》な死闘が展開されていくことになる。ここで、この壮大な物語世界の魅力を少しでもお伝えしたいので大要を紹介しようと思う。予備知識を不要とされる方は、以下の抽出部分を飛ばしていただきたい。

第二巻『異心』は、吉良邸討入りのため江戸に向かおうとする大石内蔵助《くらのすけ》ら赤穂浪士の暗殺を、総兵衛は「影」に命じられる。だが、果たしてそれが本当に徳川の世のためになることなのか。侍の生き様に悩む総兵衛と大石内蔵助。彼ら武士《もののふ》の心底に迫った佐伯泰英版、忠臣蔵外伝となっている。また、本編には総兵衛の運命の女性、女剣士・深沢美雪《ふかざわみゆき》が初登場する。

第三巻『抹殺』は、指令に逆らった報復に、「影」は総兵衛が一番大切にしていた人物に刃《やいば》を向ける。鳶沢一族全体が深い哀《かな》しみに沈むなか、総兵衛は復讐《ふくしゅう》を決意。ついに「影」と鳶沢一族との全面戦争がはじまる。「影」が家康の遺志に反しその本分を見失ったとき、果たして鳶沢一族の未来はどうなってしまうのか。緊迫感に満ちた激闘編。

第四巻『停止《ちょうじ》』は、大黒屋潰《つぶ》しに本腰を入れた柳沢保明が、北町奉行・保田宗易と元京都町奉行・能勢《のせ》式部《しきぶ》太夫《だゆう》の二人に命じ大黒屋を窮地に追い詰めていく。奉行所に監禁され拷問《ごうもん》を受ける総兵衛。「商停止《あきないちょうじ》」命令によって幽閉される鳶沢一族。絶体絶命の大黒屋を復活させるため、一番番頭の信之助を中心に一族が団結して悪権力に挑む。また、大目付・本庄勝寛は、政治生命を賭《か》けて将軍綱吉に総兵衛の救済を嘆願する。男たちの友情と、不屈の闘志が読む者の心を熱くさせる。

第五巻『熱風』は、伊勢参りの群集心理に伝奇小説的な要素が加えられた意欲作。突如、鳶沢一族に出現した鬼っ子（異能力者）の栄吉は、伊勢に向かう人々の心を人外の力で掌握する。果たしてその目的は何処《いずこ》にあるのか。人知を超えた存在の前に、総兵衛、柳沢一派、そして新たな「影」も翻弄《ほんろう》されてしまう。道中物（旅小説）のなかに、神や信仰、日本人の民族性など深遠なテーマが見え隠れする神秘的な彩りの一編。

第六巻『朱印』は、宝永元年（一七〇四）に柳沢吉保が領地にした甲府で異変が生じる。吉保の嫡男《ちゃくなん》吉里が甲州縁《ゆか》りの武装集団「武川衆」を甦《よみがえ》らせ、江戸に進軍しようというのだ。この計画の全貌《ぜんぼう》を探るため、総兵衛らは甲府へと侵入する。だが、企ての証拠を摑《つか》むも、敵に発見されてしまい決死の脱出行が始まる。極限の状況のなかで、一族の女衆《おなごし》おきぬは信之助の秘められた想《おも》いを知る。そして、総兵衛と「影」の放つ奇策は、柳沢一族の野望を阻《はば》むことができるのだろうか。

第七巻『雄飛』は、本庄勝寛の娘絵津《えつ》が加賀藩の家老職の嫡男に嫁入りすることになる。総兵衛は、父親代わりに絵津に付き添い加賀に同行。この一行を、前田家と本庄家との縁戚《えんせき》関係を良しとせぬ柳沢吉保の意を受けた若年寄・久世《くぜ》大和守《やまとのかみ》の一派が襲撃する。総兵衛は無事、絵津を送り届けることができるのか。大黒屋の大型商船〈大黒丸〉も登場し、総兵衛が「武と商」に生きる鳶沢一族の新たな百年を、海外貿易に活路を見出《みいだ》すシリーズの転換点となる作品。

第八巻『知略』は、柳沢吉保が高齢の将軍綱吉に新たな愛妾を京から呼び寄せようとする。彼女、新典侍《しんてんじ》教子《のりこ》の周辺には、妖《あや》かしの集団の気配があった。総兵衛と美雪は、それぞれ京と江戸で、柳沢吉保配下の甲賀忍び衆と対決する。また、吉保が密《ひそ》かに建造していた〈鉄甲武装船団〉が、〈大黒丸〉へと襲いかかる。凄《すさ》まじき大海戦を制するのは果たしてどちらなのか。

第九巻『難破』は、〈大黒丸〉をなんとしてでも手に入れたい柳沢吉保が、乗組員を標的にする。罠《わな》に嵌《は》められた船大工・箕之吉《みのきち》を救うため、総兵衛と手代の駒吉《こまきち》は急遽《きゅう きょ》、北関東へと旅立つ。その後〈大黒丸〉に乗船した総兵衛は琉球《りゅうきゅう》へと同道する。しかし、首里の港を目前にして、徳川幕府との密貿易を望む巨大海賊船カディス号と衝突。激しい砲撃戦の末、〈大黒丸〉は海の彼方《かなた》へと消えてしまう。

第十巻『交趾《こうち》』は、江戸から姿を消した総兵衛に代わり、美雪が大黒屋の仮当主となる。が、これを期に柳沢の攻撃は激しさを増し、ついに鳶沢一族は江戸から撤退せざるを得なくなる。一方、無人島に漂着した総兵衛らは、大黒丸に修理改善を施し、さらなる貿易港を開拓しようと「交趾」へと進路をとる。辿《たど》り着いたツロンの港には、日本からの移民、今坂家(交趾名グェン家)の人々が待っていた。そして、かの地で総兵衛は、今坂家の娘ソヒと時空を越えた愛を育《はぐ》むことになる。

第十一巻『帰還』は、ようやく〈大黒丸〉が首里の泊湊《とまりみなと》に入港する。そこには大黒屋琉球店の信之助とおきぬの姿が。ここで総兵衛は、薩摩《さつま》藩からの圧力と闘う琉球王に招かれ、国の未来について胸襟《きょうきん》を開いて語り合う。同じ頃、江戸では将軍綱吉が永遠の眠りについていた。巨大な後ろ盾を失った柳沢吉保は、今度は〈大黒丸〉による海外貿易に野望を託そうとしていた。総兵衛が江戸に帰還したとき、鳶沢一族と柳沢吉保との最後の戦いが始まる。

「双鳶」の紋を胸に、天地を羽ばたく好漢と麗妹たちの痛快無比な活劇。色鮮やかな着物や、俳諧《はいかい》、歌舞伎《かぶき》などの新しい文化の潮流、さらに旅の魅力等々。本シリーズの作品世界には、時代小説のあらゆる醍醐《だいご》味《み》が満載されている。そして、何より読者に心地よいのが、日本的な「礼節」の有無であろう。人物たちの立ち居振る舞いや、気配り、祖先の霊を敬う姿勢、また作中にたびたび登場する「手紙」を介しての言葉を遣うことの大切さが物語により深みと気品を添えている。

そういった意味では、先に『水滸伝』に登場するような英雄豪傑たちの活躍と述べたが、もしかしたらこのシリーズは佐伯泰英による〈武侠《ぶきょう》〉小説、もしくは〈武侠〉時代小説と捉《とら》えることも出来るのかも知れない。

今日、武侠小説といえば、まずは中国の作家、金庸《きんよう》の作品群が想起されよう。武芸を磨き、礼と義を重んじ、現代的ロマンスも描かれた金庸の武侠世界は、アジア全域で読まれ、もはや人生の指南書ともされている。そして佐伯泰英の作品は、この国の明治末期の講談（立川文庫）ブームから、戦争体験と、その後の経済情勢の変化などを受けて様々に進化してきた時代小説のなかから生まれた、新しいタイプの本邦〈武侠〉時代小説と見ることができよう（この解釈については今後も研究を深めていく必要がある）。

また、新しい形の小説の登場という意味では、もう一点確認しておきたい事実がある。「古着屋総兵衛影始末」シリーズが発表されたのが、二〇〇〇年七月から二〇〇四年十二月（徳間文庫刊）。その十年前の一九九〇年から一九九三年には、網野善彦《あみのよしひこ》、大林太良《たりょう》、谷川健一、宮田登、森浩一という歴史学、民俗学のパイオニアたちによって研究叢書《そうしょ》『海と列島文化（全十巻＋別巻一）』（小学館刊）が発表されているのだ。この海から見た最新の日本文化論は、海洋貿易を含め、従来のこの国の歴史観を改めさせるほどに刺激に満ちたものであった。

こうした歴史研究と、本シリーズとの関連については想像の域を出ない。だが、史学の分野に新たな動きが起きたことと、時代小説界に斬新《ざんしん》な装《よそお》いの海洋冒険小説が登場したことは、偶然以上の意味と価値があるように思えてならないのである。

残念ながら現代は、経済的な負担によって日本国全体が逼迫《ひっぱく》した状況にある。そんな時代だからこそ、日本人《さむらい》が強靭《きょうじん》なバイタリティで海と大地を縦横に駆け巡る佐伯泰英の新感覚〈武侠〉時代小説、即《すなわ》ち「古着屋総兵衛影始末」シリーズが読者の心を奮い立たせてくれるのではないだろうか。鳶沢一族の不撓不屈《ふとうふくつ》の姿が、一人でも多くの人の心を励まし勇気づけてくれることを強く願っている。

最後に、「古着屋総兵衛影始末」の後続の新シリーズについて紹介しておこう。タイトルは『新・古着屋総兵衛　第一巻　血に非《あら》ず』。舞台は、享和《きょうわ》二年（一八〇二）。富沢町の大黒屋を暗い影が覆《おお》っていた。九代目・大黒屋総兵衛勝典《かつのり》が労咳《ろうがい》（肺結核）に罹《かか》り、余命わずかと診断されたからである。しかも勝典には直系の跡継ぎがいなかった。緊急事態に、一族の長老たちは総兵衛の過去を調べ始める。この過程で大黒屋中興の祖、六代目・総兵衛勝頼と仲間たちの後半生も明らかにされていく。外国船の脅威に揺れる幕府と、その政争に巻き込まれていく鳶沢一族。彼らは「隠れ旗本」として甦ることが出来るのか。新たな独立した物語であると同時に、本「影始末シリーズ」のファンには嬉《うれ》しい粋《いき》な演出が幾つも用意されている。是非併せてお手にとり、作者ならではの気宇壮大な構想の妙を堪能《たんのう》していただきたい。

（平成二十二年十二月、文芸評論家）

この作品は平成十二年七月徳間書店より刊行された。新潮文庫収録に際し、加筆修正し、タイトルを一部変更した。

死《し》　闘《とう》

古着屋総兵衛影始末 第一巻

新潮文庫　さ - 73 - 1

平成二十三年二月一日発行
令和二年十二月五日十四刷

著者　佐《さ》伯《えき》泰《やす》英《ひで》

発行者　佐藤隆信

発行所　株式会社新潮社

郵便番号　一六二―八七一一
東京都新宿区矢来町七一
電話 編集部(〇三)三二六六―五四四〇
読者係(〇三)三二六六―五一一一
http://www.shinchosha.co.jp

価格はカバーに表示してあります。

印刷・株式会社光邦　製本・株式会社大進堂

ISBN978-4-10-138035-3 C0193